Sendo cada uma das obras dedicada a um escritor português, pretende-se que os textos desta colecção – escritos por especialistas, mas num estilo que se quer de divulgação – elucidem o leitor sobre a especificidade da obra de cada autor.

ANTÓNIO LOBO ANTUNES

Título original: *António Lobo Antunes*

© da nota prévia: Carlos Reis e Edições 70, Lda.

© Ana Paula Arnaut e Edições 70, Lda.

Capa: FBA

Depósito Legal n.º 298879/09

Biblioteca Nacional de Portugal - Catalogação na Publicação

ARNAUT, Ana Paula, 1964-

Lobo Antunes. - (Cânone ; 3)
ISBN 978-972-44-1535-2

CDU 821.134.3Antunes, António Lobo.09

Paginação, impressão e acabamento:
GRÁFICA DE COIMBRA
para
EDIÇÕES 70, LDA.
Setembro de 2009

ISBN: 978-972-44-1535-2

Todos os direitos reservados.

EDIÇÕES 70, Lda.
Rua Luciano Cordeiro, 123 – 1.º Esq.º – 1069-157 Lisboa / Portugal
Telefs.: 213190240 – Fax: 213190249
e-mail: geral@edicoes70.pt

www.edicoes70.pt

Esta obra está protegida pela lei. Não pode ser reproduzida,
no todo ou em parte, qualquer que seja o modo utilizado,
incluindo fotocópia e xerocópia, sem prévia autorização do Editor.
Qualquer transgressão à lei dos Direitos de Autor será passível
de procedimento judicial.

ANTÓNIO LOBO ANTUNES
Ana Paula Arnaut

Carlos Reis
Coordenador

1.
NOTA PRÉVIA

NOTA PRÉVIA

Nos últimos anos desenvolveu-se, no domínio dos estudos literários e mesmo fora dele, um interessante debate acerca da questão do **cânone**, debate a que não são estranhos sentidos e até preconceitos ideológicos. Polarizado em torno da dimensão institucional da literatura e de aspectos significativos dessa dimensão como seja a sua presença no sistema de ensino, a discussão sobre o cânone levou inevitavelmente à ponderação de elencos de autores considerados canónicos e, na sequência dessa ponderação, à acentuação da função pedagógica e de legitimação simbólica atribuída a esses elencos.

Com efeito, a constituição e a ratificação do **cânone** são indissociáveis de uma conformação institucional da literatura, no quadro do sistema de ensino, embora, evidentemente, não se reduzindo a essa conformação. Daí a relevância assumida pelos programas escolares, enquanto documentos com propósito orientador e às vezes normativo que o Estado estabelece; daí também a tendência para encarar os programas escolares como atestações de uma consciência cultural e nacional que procura afirmar-se como legítima, implicando a presença de certos autores nesses programas.

Ao mesmo tempo, a questão do cânone literário associa-se ainda ao ensino da língua e à exemplaridade linguística de autores reconhecidos como canónicos. Camões, Shakespeare, Cervantes, Dante, Victor Hugo ou Machado de Assis são, assim, autores do cânone não apenas por se entender que neles se acham plasmados valores e imagens com forte marcação cultural e civilizacional, mas também por força de uma outra representatividade: a do idioma em que escreveram e a sua emblemática identificação (e mesmo auto-identificação) com as comunidades nacionais que os entendem como autores canónicos.

O debate acerca do cânone encerra outras facetas que devem ser consideradas. Uma delas tem que ver com a atenção que, nas últimas décadas e em várias instâncias de validação, foi concedida a autores e a textos que, justamente por não serem considerados do cânone, foram objecto de valorização. Procurou-se deste modo, por assim dizer, compensar a marginalidade a que tais autores e textos pareciam condenados. O cânone pode, por isso, ser visto também como um poder a contrariar; daí à desqualificação de nomes de referência canónica vai um passo que por vezes tem sido dado com uma celeridade não isenta de perversidade ideológica.

***

A presente série de monografias reconhece, sem complexos nem reticências, o destaque cultural, institucional e literário dos autores canónicos. Esse destaque justifica o propósito de divulgação e de inserção pedagógica que inspira o conjunto de estudos que aqui são publicados. A organização deste volume, os componentes que o integram e a linguagem em que ele é escrito têm que ver com aquele propósito e com o público a que se destina: um público que, em momento de iniciação e de indagação de hipóteses de análise a aprofundar, encontra aqui fecundas pistas de leitura e elementos de trabalho rigorosos e sugestivos.

A postulação de António Lobo Antunes como autor do cânone não é prejudicada pelo facto de ele ser nosso contemporâneo. Nas suas obras surpreendemos temas, personagens, acções e valores que bem explicam o duplo sentido de **reconhecimento** que nelas e por causa delas cultivamos: reconhecimento enquanto identificação com aspectos significativos do nosso viver e da nossa memória colectiva, particularmente a que remete para as últimas três a quatro décadas do nosso tempo; reconhecimento enquanto testemunho de apreço de instituições e de leitores que por diversas formas têm formulado esse apreço. O presente estudo, assinado por Ana Paula Arnaut – que a Lobo Antunes consagrou diversos trabalhos, com destaque para o volume *Entrevistas com António Lobo Antunes (1979-2007). Confissões do trapeiro*, de 2008 –, confirma muito do que fica dito. Os leitores do autor de *As Naus* – os que já o são e os que graças a este livro poderão vir a sê-lo – serão disso beneficiários certos.

CARLOS REIS

2.
APRESENTAÇÃO

APRESENTAÇÃO

> "Há sempre uma abébia para dar de frosque, por isso aguentem-se à bronca".
>
> (Sentença do Dédé ao evadir-se da prisão, in *Memória de Elefante* – epígrafe)

1. O escritor e o público

Salvaguardando o devido e necessário distanciamento em relação à epígrafe com que abrimos este capítulo de apresentação do escritor António Lobo Antunes, não podemos deixar de reconhecer que os livros até agora publicados (vinte romances, três livros de crónicas – ver *infra*, Cap. 6, Crónica –, um livro de contos e um livro de poemas) obrigam, de facto, o leitor a aguentar-se "à bronca". Por outras palavras, a obra ficcional antuniana, principalmente esta, implica um reajustamento, uma readaptação e um redimensionamento das expectativas e das técnicas habituais de leitura.

Apesar de o autor ter há muito reconhecido a necessidade de uma aproximação do escritor com o público, que passaria pela utilização de uma linguagem mais simples [1], a verdade é que, no seu caso, o recurso a esta estratégia não permite, por si só, facilitar a entrada nos universos romanescos re-criados;

---

[1] Cf. Francis Utéza, "Le point de vue de l'écrivain", in *Quadrant*, 1984, p. 151 (texto que apresenta o essencial das declarações feitas por António Lobo Antunes no âmbito de um Seminário organizado em Montpellier, em 22 de Novembro de 1983).

e não permite também diluir fronteiras entre diferentes tipos de literatura e de leitor. Tal acontece, segundo julgamos, em virtude de, em concomitância com o exercício do prosaísmo linguístico, os romances apresentarem – de forma cada vez mais trabalhada e complexa – uma enorme preocupação com a categoria tempo ([2]). Esta preocupação não é apenas relativa ao facto de o tempo nos romances sofrer sucessivos alargamentos; tais dilatações pressupõem o exercício de desvios e de irradiações diversas, podendo confundir o leitor habituado a romances lineares. O que não impede que se reconheça que aqueles procedimentos consubstanciam um dos mais fascinantes atrativos da ficção post-modernista de António Lobo Antunes.

Estes traduzem-se, também, desde o início da produção literária do autor, numa linha romanesca onde notamos a influência de William Faulkner ou a *sombra* de José Cardoso Pires, por exemplo, na novidade de forma e de conteúdo das obras. Não menos sedutores e sugestivos (constituindo-se, contraditoriamente em relação à desejada aproximação ao público/leitor comum, como dificuldades acrescidas), são ainda os desafios lançados pelas ramificações polifónicas (ver *infra*, Cap. 6, Polifonia), pela forma indefinida como as personagens se configuram, ou pelo modo como a mão criadora seleciona e (des)organiza – ou seleciona para depois (des)organizar – essa mesma linguagem (só aparentemente) simples ou banal. A aludida (des)organização verbal dá azo a que as realidades observadas – pessoas e objetos, paisagens e atitudes – surjam transfigurados em outras coisas que, todavia, não são menos reais do que o real que lhes deu origem.

([2]) Preocupação e também interesse reconhecidos pelo próprio autor (cf. *ibidem*, p. 150). Numa das conversas com María Luisa Blanco, é no espaço de África que faz radicar a aprendizagem da noção de tempo que utiliza nos seus romances, um tempo dilatado, indefinido, sem fronteiras nítidas, exatas (cf. *Conversas com António Lobo Antunes*. Trad. Carlos Aboim de Brito. Lisboa: Dom Quixote, 2002, p. 96).

As inusitadas alianças vocabulares que são feitas não deixam, porém, de provocar um efeito de estranhamento, se não de desconcerto, acabando, em derradeira instância, por contribuir para uma certa ideia de entropia/desordem narrativa. Através da congregação subversiva de outros elementos (temáticos, formais/estruturais, ortográficos e sintáticos, como veremos), esta vai progressivamente adquirindo *mais corpo e mais alma* (e maior fascínio) até aos últimos romances publicados: *Ontem Não Te Vi Em Babilónia* (2006), *O Meu Nome É Legião* (2007) e, de modo diverso, *O Arquipélago da Insónia* (2008) ([3]).

Sem prejuízo de regressarmos a este tópico, citamos alguns breves exemplos relativos ao prosaísmo linguístico e à transfiguração concreta do real. A estratégia utilizada, funcionando na aparência por comezinha associação de ideias, parece aqui contrapor-se a um certo tipo de "alarde verbal", a certa "pirueta pela pirueta" ou a certo "mostruário fantástico de uma imensa capacidade de invenção verbal" que Lobo Antunes critica em outros autores ([4]):

> A cada ferido de emboscada ou de mina a mesma pergunta aflita me ocorria, a mim, filho da Mocidade Portuguesa, das Novidades e do Debate, sobrinho de catequistas e íntimo da Sagrada Família que nos visitava a domicílio numa redoma de vidro, empurrado para aquele espanto de pólvora numa imensa surpresa: são os guerrilheiros ou Lisboa que nos assassinam, Lisboa, os Americanos, os Russos, os Chineses, o caralho da puta que os pariu combinados para nos foderem os cornos em nome de interesses que me escapam, quem me enfiou sem aviso neste cu de Judas de pó vermelho e de areia (...), quem me decifra o absurdo disto (...).

([3]) Para testemunhos sobre a dificuldade de leitura dos romances de António Lobo Antunes, ver *ibidem*, pp. 253-254).
([4]) Cf. *ibidem*, p. 29.

> Na relva envernizada, um tio em calções lia o jornal, de súbito sem a dignidade do fato, a pompa da gravata, a tosse competente do Inverno, cruzando as pernas magras como talheres num prato, a fitar os pássaros caligráficos desenhados nos cadernos de duas linhas dos ramos.
>
> Passou defronte do escritório da Balaia, junto ao campo de ténis e aos canteiros de flores amarelas cujas pétalas se abriam devagar à maneira de coxas no ginecologista, submissas e inertes entre os dedos enluvados do sol ([5]).

Apesar de nada haver nos dois últimos excertos que ilustre qualquer vulgar tipo de "alarde verbal" ou de "pirueta pela pirueta", não podemos deixar de destacar que eles ilustram uma imensa afetividade linguística ou, se preferirmos, "uma imensa capacidade de invenção verbal". É certo que esta característica se dilui em romances como *Tratado das Paixões da Alma* ou *O Manual dos Inquisidores*. Não é menos certo, no entanto, que ela não desaparece nunca da globalidade das obras. A prová-lo, a recorrência de episódios de cariz surrealista – de que são exemplo o antropofágico festim em *Conhecimento do Inferno* (pp. 142-147) e a cena circense do suicídio de Rui S. em *Explicação dos Pássaros* (p. 246, *passim*) – ou os momentos de extraordinária sensibilidade, como esse que se lê na página 133 de *Ontem Não Te Vi Em Babilónia*:

> Isto porque no outono ninguém consegue dormir, vamo-nos tornando amarelos da cor do mundo que principia em setembro debaixo do mundo vermelho, o silêncio deixa de afirmar, escuta,

---

([5]) A primeira citação é de *Os Cus de Judas*. 25.ª ed./1.ª ed. *ne varietur*, Lisboa: Dom Quixote, 2004 [1979], pp. 43-44 e as duas seguintes de *Conhecimento do Inferno*. 14.ª ed./1.ª ed. *ne varietur*. Lisboa: Dom Quixote, 2004 [1980], pp. 16 e 17, respetivamente. À exceção dos romances *O Meu Nome É Legião* (2.ª ed. *ne varietur*. Lisboa: Dom Quixote, 2007 [2007]) e *Boa Tarde Às Coisas Aqui Em Baixo* (6.ª ed. *ne varietur*. Lisboa: Dom Quixote, 2004 [2003]), todas as citações serão feitas a partir da 1.ª edição *ne varietur* (ver *infra*, Capítulo 6). No Capítulo 5. – Discurso Crítico – mantivemos as referências originais dos autores.

demora-se nos objectos insignificantes, não em arcas ou armários, em bibelots, cofrezinhos, não somos a gente a ouvi-lo, é ele a ouvir-nos a nós, esconde-se na nossa mão que se fecha, numa dobra de tecido, nas gavetas onde nada cabe salvo alfinetes, botões, pensamos
– Vou tirar o silêncio dali
e ao abrir as gavetas o outono no lugar do silêncio e o amarelo a tingir-nos, as janelas soltas da fachada vão tombar e não tombam, deslizam um centímetro ou dois e permanecem, na rua os gestos distraídos da noite transformam-se num fragmento de muralha ou na doente que faleceu hoje no hospital abraçada à irmã de chapelinho de pena quebrada na cabeça (...).

2. Os ciclos de produção literária

Os aspetos a que muito brevemente acabamos de aludir, em conjunto com outras inovações formais que adiante mencionaremos, remetem para uma produção literária de elevado grau de complexidade. Complexidade que se tornará mais clara se procedermos a uma aproximação baseada nos diversos ciclos que nela é possível identificar – tarefa que se encontra bastante simplificada, na medida em que António Lobo Antunes se encarregou já de dilucidar eventuais categorizações. Assim, e de acordo com as delimitações feitas em entrevista concedida a Rodrigues da Silva, em 1994, os livros que escreveu até àquela data

> agrupam-se em três ciclos. Um primeiro, de aprendizagem, com «Memória de Elefante» [1979], «Os Cus de Judas» [1979] e «Conhecimento do Inferno» [1980]; um segundo, das epopeias, com «Explicação dos Pássaros» [1981], «Fado Alexandrino» [1983], «Auto dos Danados» [1985] e «As Naus» [1988], em que o país é a personagem principal; e agora o terceiro, «Tratado das Paixões da Alma» [1990], «A Ordem Natural das Coisas» [1992] e «A Morte de Carlos Gardel» [1994], uma mistura dos dois ciclos anteriores, e a que eu chamaria a Trilogia de Benfica.

19

A isto acrescenta que,

De certa maneira, o fim desta trilogia engrena na «Memória de Elefante», pelo que o ciclo está fechado. Neste livro, vestidas de outra maneira, surgem as mesmas personagens da «Memória de Elefante». As filhas transformam-se em filho, o homem deixa de ser médico para passar a ser cineasta, mas no fundo «A Morte de Carlos Gardel» retoma e amplia os temas da «Memória de Elefante». Com menos gordura, menos banha e sem a necessidade do palavrão, da metáfora constante... ([6])

Posteriormente, agora em entrevista a Francisco José Viegas, um ano após a publicação de O *Manual dos Inquisidores* (1996), refere-se o facto de este romance (como um outro que diz já estar acabado) se inserir numa "série de quatro livros sobre o poder e sobre o exercício do poder em Portugal" ([7]). Ora, considerando que as três publicações seguintes são O *Esplendor de Portugal* (1997), *Exortação aos Crocodilos* (1999) e *Não Entres Tão Depressa Nessa Noite Escura* (2000), e tendo em conta o sempre relativo desencontro temático deste romance em relação aos anteriores, cremos que o

---

([6]) "A confissão exuberante", in *Jornal de Letras, Artes e Ideias*, 13 de abril de 1994, p. 17. Esta e outras entrevistas que citamos encontram-se compiladas em Ana Paula Arnaut (ed.), *Entrevistas com António Lobo Antunes. 1979-2007. Confissões do Trapeiro*. Coimbra: Almedina, 2008.

O ritmo torrencial e a excessiva carga do que aqui apoda "gordura" valeram-lhe, no passado, e a propósito de *Auto dos Danados*, a crítica de Clara Ferreira Alves ("Lobo Antunes e os sete pecados mortais", in *Expresso*/Revista, 23 de Novembro, 1985, p. 58). Os pecados apontados distribuem-se pela "acumulação de comparações a torto e a direito", pela "imperfeita interligação da ação e digressão", pelas "imagens", consideradas de "mau-gosto", ou pela banalidade da "referência cinematográfica". Pelo meio ficam severas menções à "técnica de narração" e ao "Excesso a todos os níveis".

([7]) "«Nunca li um livro meu»", in *Ler*/Revista do Círculo de Leitores, n.º 37, Inverno, 1997, p. 32.

projeto da tetralogia só extensional e obliquamente se concretizará se deslocarmos para este grupo o romance *Boa Tarde Às Coisas Aqui Em Baixo* (2003). Este, não sendo exclusivamente sobre o exercício do poder em Portugal, retrata, apesar de tudo, diversas vertentes de poderes que giram em torno do tráfico de diamantes em Angola.

Deste modo, *Não Entres Tão Depressa Nessa Noite Escura*, pelo seu caráter mais intimista, integra, inaugura, um quinto e novo ciclo, em conjunto com os romances *Que Farei Quando Tudo Arde?* (2001), *Eu Hei-de Amar Uma Pedra* (2004), *Ontem Não Te Vi Em Babilónia*, *O Meu Nome É Legião* e, eventualmente, *O Arquipélago da Insónia*.

Estreitando o âmbito de uma sugestão dada por Lobo Antunes, talvez possamos designar este grupo de romances como um novo ciclo de epopeias, mas, agora, de "epopeias líricas" [8]. No entanto, também aqui, à semelhança do que julgamos dever acontecer com a classificação respeitante ao segundo ciclo (das epopeias), convém acrescentar o prefixo "[contra]". A adição justifica-se pelas subversões operadas em relação às características intrínsecas do género epopeia, não só as delineadas por Aristóteles na sua *Poética*, mas também as apontadas por Mikhaïl Bakhtine em *Esthétique et théorie du roman* (ver *infra*, Cap. 6, Epopeia).

O facto de aceitarmos a hipótese e a pertinência de compartimentar a produção ficcional antuniana não obriga, necessariamente, a que entendamos cada um desses ciclos de forma estanque. Na verdade, apesar de todas as diferenças temáticas e formais evidenciadas pelos romances até agora publicados, ressalta a impossibilidade de lermos a obra do autor fora de um *continuum*. Esta ideia faculta a verificação da permanência,

---

[8] "Não sei se estou certo ou não, mas creio que o que escrevo são «epopeias líricas»" (cf. María Luisa Blanco, *Conversas com António Lobo Antunes*. Ed. cit., p. 118). Neste sentido, o intimismo a que fazemos referência permite-nos a classificação abrangente deste conjunto de romances, na medida em que este se torna preponderante, sobrepondo-se a outras características.

mas também da evolução, de determinados tópicos e estratégias narrativas. O próprio autor confessou já, aliás, não considerar abusiva a ideia de que vem escrevendo um único livro:

> Tenho a sensação que formam um contínuo. Não me era consciente, mas algumas pessoas que escrevem sobre livros deram-me a entender isso. Tinha a sensação de que estava a fazer várias obras sem ter consciência de que era um tecido contínuo que se prolongará até deixar de escrever, até à minha morte, certamente. Tinha a ilusão de que estava a fazer livros muito diferentes uns dos outros e, no entanto, é como se formasse um único livro dividido em capítulos, e cada capítulo fosse um livro de *per si* ([9]).

Não podemos deixar de registar, a propósito, que o último título publicado parece consubstanciar o culminar de um trajeto. As páginas de *O Arquipélago da Insónia* não ecoam só personagens, temas e motivos dos romances anteriores; nelas, António Lobo Antunes parece ter conseguido o silêncio – o intimismo – (quase) completo, absoluto, que, em diversas entrevistas, diz querer alcançar. Isto significa que o romance poderá representar, duplamente, o encerramento do ciclo das [contra]epopeias líricas e/ou do "contínuo" de que fala. Além disso, uma outra hipótese se desenha: a de que esta obra poderá inaugurar um novo ciclo, um novo "contínuo", talvez o do silêncio, ou o de uma outra maneira de dizer as coisas, as vidas, as pessoas e as emoções.

3. "Mudar a arte do romance"

Se tomarmos como ponto de partida os romances que integram o "ciclo de aprendizagem", não podemos deixar de

---

([9]) "«Ainda não é isto que eu quero»". Entrevista a João Paulo Cotrim, in *Expresso*/Actual, 4 de dezembro, 2004, pp. 29-30.

reconhecer que, apesar de estes se consubstanciarem em narrativas mais simples que os romances que integram os ciclos posteriores, eles remetem já para a confessada vontade e preocupação de "mudar a arte do romance", de acordo com o que refere a María Luisa Blanco:

> – O que pretendo é transformar a arte do romance, a história é o menos importante, é um veículo de que me sirvo, o importante é transformar essa arte, e há mil maneiras de o fazer, mas cada um tem de encontrar a sua.
> A intriga não me interessa, o que queria não é tanto que me lessem mas que vivessem o livro ([10]).

Por conseguinte, mesmo se considerarmos, com o autor (e não é necessariamente o nosso caso), que "*Memória de Elefante* é claramente um livro de aprendiz", que "*Os Cus de Judas* é um livro binário, com aquele jogo mulher-guerra", que "*Conhecimento do Inferno* (...) é provavelmente o mais fraco de todos eles", não podemos também deixar de apontar – ainda com o autor – que este último "é onde começam a aparecer, ainda que timidamente, todos os processos" que depois desenvolve "melhor nos livros a seguir" ([11]). Para Maria Alzira Seixo, no notável e indispensável estudo sobre a ficção de António Lobo Antunes, são já os dois primeiros títulos que "integram uma proposta expressiva de um novo modo de entender a escrita de ficção", oferecendo uma

> escrita sacudida, onde a frase longa faz percutir os ecos de um conhecimento amplo e intenso da literatura e da arte (constantemente convocadas e integradas na experiência manifestada pelo narrador), ao mesmo tempo que anexa impressivamente pormenores avulsos do quotidiano de diferenciados níveis culturais,

---

([10]) María Luisa Blanco, *op. cit.*, p. 125; ver p. 66 para a vontade de "mudar a arte do romance" (convicção repetida em várias entrevistas).

([11]) In *Ler*, n.º cit., p. 32. Veja-se ainda, a propósito, María Luisa Blanco, *op. cit.*, p. 205.

com recurso constante à metáfora insólita e disfemística e a várias outras formas retóricas de analogia, a voz que perspetiva o texto desenvolve uma pungente consideração da existência (o exercício dececionado da psiquiatria do ponto de vista institucional; o combate contrariado e dramático contra os movimentos de libertação em Angola; as reações contraditórias de independência pessoal procurada e de dolorosa solidão resultantes de uma separação conjugal), em reversão discursiva de tipo predominantemente monologal, onde o tratamento das pessoas narrativas, e nomeadamente do diálogo, oferece traços de novidade romanesca que irão permanecer, num tratamento de progressiva maturação, na restante obra de António Lobo Antunes (...) [12].

Acreditamos, no entanto, que este "novo modo de entender a escrita de ficção" não pode, não deve, ser dissociado de uma série de linhas de rutura (dentro de algumas linhas de continuidade em relação à ficção tradicional) que José Cardoso Pires põe em prática com a publicação de *O Delfim* em 1968. Com efeito, os processos de (re)inovação post-modernista já exercitados neste romance cardoseano parecem servir de mote, progressiva e quase exponencialmente, às ousadias da ficção antuniana. Referimo-nos, entre outros, à prática metaficcional (ver *infra*, Cap. 6, Metaficção); à apresentação fragmentária da narrativa, facultada não apenas em vários blocos mas também através da colagem de várias vozes de proveniência diversa; ou ao consequente aumento da dificuldade de leitura, em concomitância com a exigência de um maior empenho na decifração dos sentidos. Se tivermos em mente, como já registámos em outro momento [13], que à estética post-moder-

---

[12] *Os romances de António Lobo Antunes*. Lisboa: Dom Quixote, 2002, pp. 15-16.

[13] Sobre as características, aplicações e desenvolvimentos do Post-Modernismo, veja-se o nosso estudo *Post-Modernismo no romance português contemporâneo. Fios de Ariadne-máscaras de Proteu*. Coimbra: Almedina, 2002 (pp. 60-62 para considerações relacionadas com modos/ /impulsos post-modernistas).

nista correspondem dois modos ou dois impulsos essenciais – um, mais moderado, outro mais celebratório –, então parecem não restar dúvidas sobre o facto de os romances de Lobo Antunes caminharem no sentido de crescentes afinidades com o segundo. Este, largamente criativo, tenta avaliar o mundo sem, contudo, lhe impor uma ordem pré-estabelecida, caracterizando-se por longas e imbricadas frases, verbalizações delirantes, repetições, montagens e colagens; o impulso anterior, através de vários exercícios metaficcionais, leva a que a obra continuamente se exponha como ficção.

Mas o que os romances do primeiro ciclo, e não só estes, acima de tudo também evidenciam é uma indissociável ligação do mundo romanesco ao real que lhes dá origem. Tal sucede não apenas no que respeita a estreitas ligações com a realidade pessoal do escritor, mas também no que se refere ao real mais abrangente da sociedade portuguesa de um passado próximo ou de um tempo coetâneo à publicação dos romances. Assim, se *Memória de Elefante* e *Conhecimento do Inferno* consubstanciam a possibilidade de neles lermos um conjunto de vivências pessoais, o romance *Os Cus de Judas*, por seu turno, acrescenta a essa linha de pendor autobiográfico a referência mais pormenorizada a um momento específico da História portuguesa: a Guerra Colonial (ver *infra*, Cap. 6). Este tema é obliquamente convocado ao palco narrativo dos dois primeiros romances: de forma mais pontual em *Memória de Elefante* do que em *Conhecimento do Inferno*, em cujas páginas o exercício da psiquiatria no Hospital Miguel Bombarda estreitamente se entretece com este tópico.

A ausência de dificuldade em identificar várias linhas romanescas que corroborem o teor autobiográfico a que acabamos de fazer referência decorre, de modo quase imediato, de uma primeira *leitura da superfície* dos romances: para além da coincidência de nomes/pessoas que do mundo real migram para o mundo ficcional – caso das filhas, por exemplo –, o protagonista de qualquer uma destas obras exerce a mesma profissão que o autor António Lobo Antunes e, tal como ele, combateu na guerra em África. Além disso, como o próprio confessa a María Luisa Blanco, *Memória de Elefante* é a história da separação da sua primeira mulher e *Os Cus de Judas* contam muitas das suas vivências em África [14].

Aduza-se ao exposto que o enraizamento da narrativa num dado concreto do real, seu ou de outrem, marcará presença, mesmo que com incidências de índole diversa, em todos os romances posteriores. Ainda a partir da leitura de *Conversas com António Lobo Antunes*, ficamos a saber que em *Explicação dos Pássaros* o suicídio de Rui S. poderá ter sido inspirado no suicídio do seu bisavô paterno; que em *A Ordem Natural das Coisas* fala de sua tia, irmã do pai, "que estava muito doente", bem como de uma série de outras personagens baseadas em gente que existia, ou que ainda existe (Iolanda, que mantém inclusivamente o mesmo nome, "ainda vive"; "o polícia secreto" "era um vizinho" da tia). Sobre *A Morte de Carlos Gardel* ficamos a saber ter começado pelo facto de a filha ter ido ao "hospital ver um amigo que estava a morrer de hepatite"; sobre *O Manual dos Inquisidores* recorda "um dia em que um dos meus irmãos me falava de um cacique que conhecemos desde miúdos" e que, tal como o protagonista deste romance, dizia "'Faço sempre o que elas querem mas nunca tiro o chapéu da cabeça para que se saiba quem é o patrão'".

A propósito de *Exortação aos Crocodilos* confessa ter roubado muitas coisas da mãe "para descrever Mimi na sua relação com os outros", enquanto sobre *Não Entres Tão Depressa Nessa Noite Escura*, além de assumir o caráter autobiográfico da narradora, Maria Clara, deixa evidente que "enquanto escrevia tinha a impressão de estar a mostrar as minhas tripas". O autor ainda refere que "nas quatro mulheres dos *Crocodilos*, não há nada de mim, bem, há tudo de mim, mas não são um retrato tão completo, tão definidor da minha

---

[14] Cf. María Luisa Blanco, *op. cit.*, pp. 57-58, 95-98.

personalidade como a rapariga que fala neste último romance" ([15]).

Todavia, mais do que estas pequenas curiosidades consubstanciadas em estreitas ligações à realidade circundante – que, depois, baralha, transforma e redimensiona, de acordo com os jogos e os riscos que a memória sempre acarreta –, interessam sobremaneira outros laços de teor mais englobante. A saber, as já mencionadas referências à Guerra Colonial, também estas escoradas na memória sempre viva da sua *passagem* por Angola, entre janeiro de 1971 e abril de 1973 ([16]). Numa linha adjacente, recordem-se as diversas menções ao panorama social do Portugal pré- e pós-Revolução de Abril ou os também já apontados elementos relativos ao seu percurso biográfico (infância, laços familiares, relação amorosa, exercício da psiquiatria incluídos; registem-se também motivos como os pássaros, o voo, as plantas, etc., que recorrerão, intensificando-se, nos romances posteriores – ver *infra*, Cap. 6, Leitmotiv).

A "memória de elefante" de António Lobo Antunes, traduz-se, pois, já em qualquer um dos três romances iniciais, na recuperação de uma memória individual. No caso da temática da Guerra Colonial, ou, em termos mais gerais, da temática de África, esta transforma-se, paulatinamente, em memória coletiva. Não por acaso, portanto, em *apontamentos* de cariz doutrinário ou no corpo da própria obra, se encarrega o autor de sublinhar a necessidade e a vontade de contrariar o

---

([15]) Cf. *ibidem*, pp. 205; 204-205; 177; 166; 93; 181 e 187; 130, respetivamente. Para o enraizamento no real de personagens de *Que Farei Quando Tudo Arde?* e de *Eu Hei-de Amar Uma Pedra* ver Sara Belo Luís, "Que diz Lobo Antunes quando tudo arde", in *Visão*, 18 de outubro, 2001, p. 184 e Adelino Gomes, "António Lobo Antunes: 'Não sou eu que escrevo os livros. É a minha mão, autónoma'", in *Público/ /Livros*, 13 de Novembro, 2004, p. 12.

([16]) Ver, a propósito, Maria José Lobo Antunes e Joana Lobo Antunes (orgs.), *D'este viver aqui neste papel descripto*. Lisboa: Dom Quixote, 2005.

"fenómeno de amnésia coletiva" que, após a Revolução de Abril, ensombrou a sociedade portuguesa. Assim comenta que

> Quando publiquei *Os Cus de Judas* tive muitos problemas porque contava algumas coisas, como quando a polícia política chegava onde nós estávamos com os negros e faziam com que o primeiro da fila cavasse a sua fossa, metia-se dentro e o polícia atirava sobre ele, o segundo tapava a fossa, abria a sua, metia-se dentro, outro disparo, e assim por diante. Isso foi um grande escândalo aqui em 1979 porque depois da Revolução toda a gente queria esquecer ([17]).

Ou, dirigindo-se à sempre silenciosa interlocutora de *Os Cus de Judas* (eventualmente especulando o silêncio e o alheamento do próprio país sobre a Guerra e sobre o *outro* que História também calou ([18])), assim se interroga

> Porque camandro é que não se fala nisto? Começo a pensar que o milhão e quinhentos mil homens que passaram por África não existiram nunca e lhe estou contando uma espécie de romance de mau gosto impossível de acreditar, uma história inventada que a comovo a fim de conseguir mais depressa (...) que você veja nascer comigo a manhã na claridade azul pálida que fura as persianas (...). Há quanto tempo não consigo dormir? (p. 69).

Ou ainda, num irónico e desalentado desabafo final, assim afirma a irrealidade de todo o contexto sócio-histórico da época colonial:

> Tudo é real menos a guerra que não existiu nunca: jamais houve colónias, nem fascismo, nem Salazar, nem Tarrafal, nem

---

([17]) Cf. María Luisa Blanco, *op. cit.*, p 153 (p. 58 para a referência à "amnésia coletiva").

([18]) Segundo Maria Alzira Seixo (*Os romances de António Lobo Antunes*. Ed. cit., p. 63), "Sofia não acede à fala, porque África não pode falar, a não ser pela luta".

Pide, nem revolução, jamais houve, compreende, nada, os calendários deste país imobilizaram-se há tanto tempo que nos esquecemos deles (...), Luanda é uma cidade inventada de que me despeço, e, na Mutamba, pessoas inventadas tomam autocarros inventados para locais inventados, onde o MPLA subtilmente insinua comissários políticos inventados (pp. 193-194).

No entanto, fazendo prova efetiva da existência da realidade que desta forma sarcasticamente se nega, bem como da contínua necessidade e vontade de a escrever e de a inscrever na *História* alternativa que a obra de arte literária também pode ser, deve sublinhar-se a permanência desta obsessão temática nas publicações posteriores.

4. A presença de África

É verdade que, à exceção relativizada de *Fado Alexandrino* e *As Naus*, os dois outros romances que integram o "ciclo das [contra]epopeias" não se coadunam com esta assunção, na medida em que, quer a Guerra Colonial (ou o espaço-tempo de África) e seus efeitos e consequências, quer o exercício da psiquiatria são deixados de lado. Abandona-se, em simultâneo, o notório pendor autobiográfico que marca o "ciclo de aprendizagem". Em *Explicação dos Pássaros* e *Auto dos Danados*, respetivamente, dá-se prioridade a uma trágica história pessoal de Rui S., investigador e assistente da Faculdade de Letras de Lisboa, e ao relato (em várias vozes) da ruína da Casa do velho Diogo, com as consequentes implicações na desagregação familiar. Não é menos verdade, no entanto, e à semelhança do que sucede em romances de outros ciclos (dos quais também apenas parece ausentar-se a obsessão com as ex-colónias portuguesas), que a presença e a memória de África, e tantas vezes a memória concreta da guerra em África, ou do período colonial e das suas consequências, acabam por conseguir fazer-se notar na trama romanesca.

Se no romance de 1981 (*Explicação dos Pássaros*) as colónias se fazem presentes no tão veemente quanto racista breve discurso do pai de Rui S. acerca "da nossa obra civilizadora em África" (p. 126), em *Auto dos Danados*, por entre múltiplas indicações que revelam também a dissolução de costumes, a prepotência, os receios e os medos de certos estratos sociais após a Revolução de Abril, África prolonga-se sub-repticiamente na própria decoração – "os chifres africanos do bengaleiro" em casa de Nuno (p. 23-24), por exemplo. Neste mesmo romance, África marca presença direta nas lembranças dessa personagem sobre os negócios do pai, a quem interessava a fortuna que a continuação da guerra em Angola poderia trazer (p. 58). Numa notação mais indireta, referem-se os efeitos da descolonização, dando conta daqueles que vieram para a metrópole. A pensão de Évora, por exemplo, é "tripulada por um indiano oleoso, de Moçambique" (p. 89). Em *A Ordem Natural das Coisas*, além da menção à "barafunda da independência" (p. 92), encontramos Iolanda, nascida em Moçambique (p. 44) e Lucília, a mulata que veio de Angola (p. 47); em *A Morte de Carlos Gardel* alude-se a "um bairro de ciganos, de pobres e de gente de África no lombo da encosta" (p. 15) e fala-se de Celeste, "a porteira negra, que era de São Tomé" (p. 76) [19].

---

[19] Ainda neste romance, Cláudia faz notar "um óleo de queimada africana na parede" (p. 228) – imagem que sob a forma de gravura reaparece em *Exortação aos Crocodilos*, p. 232. Em *Tratado das Paixões da Alma* o Artista recorda a infância na África colonial (pp. 229-232) e o sargento Eleutério (alferes Eleutério em *Os Cus de Judas*) evoca episódios da guerra (pp. 356-358). Entre tantos exemplos presentes em outros romances lembremos apenas que em *O Meu Nome É Legião* a presença de África se traduz num relato que, em muito, gira em torno das consequências do fenómeno colonial. As reminiscências de África (e/ou das consequências da colonização-descolonização) estão, porém, quase ausentes em *O Arquipélago da Insónia*. Ainda assim, é possível encon-

Fado Alexandrino, por seu turno, romance cujos protagonistas são cinco ex-combatentes que, em 1982, dez anos após o regresso da guerra, se reúnem para um jantar, não pode senão oferecer um conjunto de memórias sobre as vivências em África. Em concomitância, faculta uma aproximação aos efeitos provocados no modo de ser e de estar num presente de enunciação que é, quase sempre, disforicamente encarado. Mesmo que a larga maioria da matéria narrada respeite, por um lado, ao delinear de um retrato da decrépita sociedade coeva, e, por outro lado, à vida de cada uma das personagens; mesmo que uma delas (o oficial de transmissões) confesse ao capitão que o lhe havia ficado da guerra se resumia a "um bando de cães vadios no fundo atormentado da memória" (p. 346), são vários os momentos em que as vozes das personagens ecoam episódios dessa parcela de vida que foram obrigados a viver. Afinal, ao contrário do que observa o alferes, talvez não seja "esquisito como as coisas horríveis se nos pegam, viscosas, à memória" (p. 66). Relembremos, a propósito, os *pesadelos* desta personagem (p. 65); a referência ao episódio em que compra uma amante-criança (pp. 73-77) ou a descrição da relação entre ambos (p. 89); e, ainda, entre outros exemplos, o facto de, à medida que a noite avança e a bebedeira se instala, se misturarem os tempos e os espaços de Lisboa e de Moçambique (cf. 3.ª parte, cap. 5, *passim*) [20].

O que as curtas frases que acabamos de transcrever destacam, mais uma vez, é o papel de primordial importância que à memória também cumpre desempenhar. Um papel que, agora, para o ponto de vista que pretendemos fazer valer, não se

---

trar referência a "uma miséria colorida de caboverdianos e música e gritos, um ou outro tiro à noite e a polícia a metê-los em furgonetas, aos tombos, diante de uma assembleia de crianças descalças" (p. 158).

[20] A obsessão de António Lobo Antunes com África fica bem patente quando afirma que "Nunca poderia escrever um romance sobre a guerra, no fundo está em todos os romances porque a guerra existe sempre dentro de mim" (entrevista a Maria Augusta Silva, "«Quem lê é a classe média»", in *Diário de Notícias*, 18 de Novembro, 2003, p. 2).

reporta pura e simplesmente à inscrição no tempo-espaço da História e da história de vivências políticas e sociais datadas que, por vários motivos, há que não remeter ao esquecimento. Entre esses motivos pode contar-se uma certa moral, uma certa pedagogia e, acima de tudo, uma consciência de que temos que viver com a carga que o passado nos impõe e com as opções que outros fizeram por nós. O papel que à memória vai cabendo na ficção antuniana, em íntima conexão com a crescente vertente polifónica que se vai instaurando, tem particular e inevitável incidência no modo como formal e estruturalmente se desenha a arquitetura romanesca.

Desta feita, à medida que os romances vão ganhando vozes, ou melhor, à medida que vão sendo concedidas vozes às personagens do mundo ficcional – cada uma delas recuperando parcelas de tempos-vivências próprios ou de outrem –, a narrativa torna-se progressivamente mais fragmentária e, por consequência, mais desordenada, mais confusa. A questão essencial é que a ficção de António Lobo Antunes, confluindo embora para o desenovelamento de uma ação específica num lapso de tempo mais ou menos alargado (ou que se vai dilatando cada vez mais), vive muito de movimentos retrospetivos e laterais, de olhares que se estendem para trás e para os lados, e que são, sem dúvida, indispensáveis a uma melhor compreensão do mundo e das personagens do romance. Aliás, atrever-nos-íamos a dizer que, com muita frequência, a impressão que resulta da leitura dos mundos re-criados é a de que não saímos de um eterno presente onde convergem ecos vários de passados e de vozes mais ou menos distantes (casos exemplares: *Ontem Não Te Vi Em Babilónia* e *O Arquipélago da Insónia*).

Um dos motivos que faz com que os romances do primeiro ciclo sejam de mais acessível leitura advém, pois, do facto de neles não existir a prolixidade de vozes e de pontos de vista que, de modo progressivo, caracterizarão as obras dos ciclos posteriores (narrador heterodiegético em *Memória de Elefante*, em regime de focalização interna com constantes intromissões de 1.ª pessoa; narrador autodiegético em *Os Cus de Judas* e em *Conhecimento do Inferno*). A estratégia parece ser, então, cada vez mais, a de "escrever por detrás, às avessas" ([21]). Mas uma escrita "por detrás" que mais se complexifica quanto maior é o número de vozes e/ou de pontos de vista, assim puxando pelo leitor "como o toureiro puxa pelo touro" e assim fazendo uma "literatura não (...) facilmente digerível" ([22]). Exatamente como de algum modo já acontece no primeiro romance do segundo ciclo – *Explicação dos Pássaros* –, romance(-tragédia) ([23]) cujo protagonista já morreu no início e cujas histórias-vivências se recuperam do(s) passado(s) para o presente. Uma recuperação que se faz através de sistemáticas e bastas vezes indecidíveis (ver *infra*, Cap. 6, Indecidibilidade) oscilações entre uma 3.ª e uma 1.ª pessoa narrativas e através de constantes desequilíbrios (descontinuidades e ramificações) entre os planos temporais que se torna necessário restaurar.

O ensaio das vozes a aparecer e a desenvolver em *Fado Alexandrino* ou em *Auto dos Danados* consubstancia-se, em *Explicação dos Pássaros*, ainda de modo incipiente e embrionário, na inclusão de vários testemunhos sobre a morte-suicídio do protagonista. Testemunhos que por vezes tomam a forma de autos de inquirição, logo de registos que, não dando voz direta aos inquiridos, surgem, pelo contrário, de modo mediatizado, transposto. É o caso do testemunho de "Alice F., governanta na estalagem de Aveiro" (p. 81); de "Vítor P., solteiro, vinte e nove anos de idade" e de "Hilário A., divorciado, de quarenta e seis anos de idade", empregados "na estalagem

---

([21]) Ver *Conversas com António Lobo Antunes*. Ed. cit., p. 55.
([22]) *Ibidem*, pp. 31 e 56, respetivamente.
([23]) A impossibilidade de uma exata classificação de (sub)género dos romances antunianos (na esteira da prática post-modernista) decorre, sem dúvida, das características intrínsecas oferecidas pelos próprios textos e/ou de indicações sugeridas pelos títulos: "Auto", "Tratado", "Manual", por exemplo. *Não Entres Tão Depressa Nessa Noite Escura* surge, por seu turno, classificado como "Poema".

de Aveiro e residente[s] na mesma" (pp. 97 e 114). Testemunhos, ainda, que, à semelhança do que sucede com outros episódios do romance, são incluídos sem que se obedeça a um qualquer tipo de cronologia retrospetivamente sequencial em relação ao desenlace da ação. O "escrever às avessas" parece complexificar-se, portanto, na medida em que, numa inegável e inultrapassável mestria de manipulação dos *ingredientes* do universo narrado, sempre se misturam os vários planos temporais evocados.

Este "escrever às avessas", "escrever por detrás", revela-se ainda suscetível de adquirir um outro sentido potencial se nos centrarmos em *As Naus*, talvez o mais (re)conhecido romance do escritor, em Portugal e no estrangeiro (registemos, a título de curiosidade, que o título inicial previsto era *O Regresso das Caravelas*, que não pode utilizar por já estar registado por Vitorio Kali). Com efeito, a ideia de uma escrita "às avessas" significa neste livro a desmistificação da grandiosidade da História e da *raça* de um conjunto de heróis portugueses – uma e outros esvaziados de honra e glória e proveito histórico. Todavia, não obstante o xadrez narrativo da obra permitir verificar o prolongamento de uma "atmosfera decetiva", bem como do "disfemismo estilístico que preenche grande parte" da prosa de António Lobo Antunes, o que também se oferece – em tonalidades de valor novo e acrescentado que retomará, por exemplo, na construção de Francisco em *O Manual dos Inquisidores* – é

> uma nota diferente, de humor e fantasia, de deformação divertida da realidade e dos acontecimentos, de brincadeira assumida no jogo das palavras com factos sérios, decisivos, e também muitas vezes trágicos, do conteúdo efabulativo, que desta vez se ocupa de períodos clássicos da história de Portugal [24].

---

[24] Maria Alzira Seixo, *Os romances de António Lobo Antunes*. Ed. cit., p. 167.

Recuperando, para um presente que é o do tempo da descolonização, nomes de importantes descobridores ou, entre outros, de não menos importantes reis e autores do nosso passado glorioso (que inevitavelmente remetem para os arquétipos mentais que sobre eles criámos), o autor re-ajusta e re-escreve os seus conhecidos percursos históricos, dando azo a um interessantíssimo romance paródico (ver *infra*, Cap. 6. Paródia). Dele ressalta o caráter antiépico dos heróis do passado – agora retornados das ex-colónias – e, extensionalmente, a ideia de um país sem sentidos, ao qual parece não valer a pena voltar.

O jogo paródico e corrosivamente satírico e risível radica, pois, numa primeira instância, no desajustamento entre o que o leitor conhece da semântica histórica de egrégias figuras como Nuno Álvares Pereira, Vasco da Gama, Manoel de Sousa de Sepúlveda, Diogo Cão, Pedro Álvares Cabral, Luís de Camões ou Fernão Mendes Pinto e o retrato redimensionado que é apresentado. Recordamos que o primeiro, por exemplo, é dono da boite Aljubarrota; o segundo, um reformado amante de biscas; Manoel de Sousa de Sepúlveda mantivera, em Malanje, um negócio de diamantes, com um seu amigo inspetor da Pide; Diogo Cão "tinha trabalhado em Angola de fiscal da Companhia das Águas" (p. 65); Camões é amante da bebida e Fernão Mendes Pinto é proxeneta... Numa segunda instância, a corrosão satírica sobrévem do facto de os dramas protagonizados por estas figuras do passado-presente reproduzirem o mundo e o *texto das vivências* dos retornados no regresso ao Portugal pós-Revolução.

Seja como for, *As Naus* é, de facto, uma história de avessos, escrita "às avessas". Desta forma, a desordem que já referimos anteriormente é aqui conseguida não em virtude de qualquer dédalo de vozes (até porque, à semelhança de *Explicação dos Pássaros*, por exemplo, existe apenas uma alternância – nem sempre fácil de dilucidar apesar de tudo – entre a 3.ª e a 1.ª pessoa narrativas), mas antes da alucinante entrada e saída de cena das várias personagens e, essencialmente, da perturbação provocada na nossa enciclopédia, a individual e a coletiva.

5. O pendor autobiográfico

Não se pense, contudo, que neste conjunto de livros do segundo ciclo – porque se prefere o delinear, em várias tonalidades, de uma certa sociedade portuguesa e seus espaços-tempos colaterais – o autor abandona o pendor autobiográfico que caracterizara o "ciclo de aprendizagem". Ele próprio o sublinha quando, a propósito da publicação de *As Naus*, assume que "este livro é tão autobiográfico como os outros, já que fala daquilo que tenho dentro de mim" [25]. Em outras ocasiões, porém, António Lobo Antunes (bem como alguns ensaístas) não deixa de frisar uma crescente impessoalidade na e da escrita, o que corroboraria a diferença entre António Lobo Antunes, figura civil, e um outro Lobo Antunes que escreveria os livros [26]. A verdade é que, de um modo ou de outro, e pese embora o desenvolvimento crescente da vertente polifónica dos romances posteriores a 1988 e a consequente impressão de distanciamento e de presença autoral, sempre o escritor está presente no direito e no avesso dos textos. A impressão de afastamento e de diferença respeita, portanto, e apenas, a um dissolvimento do autor que, ainda assim, continua a estar presente nos universos narrados e nas personagens (re)construídas.

Sobre *A Morte de Carlos Gardel*, por exemplo (contrariando, como já dissemos, outros depoimentos), e quando

---

[25] "Lobo Antunes apresenta «As Naus»", in *A Capital*, 8 de abril de 1988, p. 34.

[26] Leiam-se, por exemplo, as entrevista dadas a Luís Almeida Martins ou a Adelino Gomes: respetivamente, "António Lobo Antunes: «Quis escrever um romance policial»", in *Jornal de Letras, Artes e Ideias*, 27 de outubro, 1992, p. 8; "António Lobo Antunes. 'Não sou eu que escrevo os livros. É a minha mão, autónoma'", entrevista citada, p. 13. Esta mesma ideia é reiterada em várias das crónicas do autor: entre outras, "Da morte e outras ninharias"; "Onde a mulher teve um amor feliz é a sua terra natal" e "O passado é um país estrangeiro" (*Terceiro Livro de Crónicas*. Lisboa: Dom Quixote, 2005).

questionado sobre o facto de, ao contrário dos "primeiros romances" se considerar que o autor não anda "por ali (...) como personagem mas qual encenador sobretudo preocupado com a direção de atores", Lobo Antunes discorda, deixando claro que os seus livros são, agora,

> <u>muito mais conscientemente autobiográficos</u>. Agora consigo fazer muito mais «harakiri» do que ao princípio e de uma forma muito mais profunda. Neste livro, e nos anteriores, talvez eu não me ponha como António Lobo Antunes, mas acho que as pessoas sentem que eu estou lá (...). A minha conceção de literatura passa muito por aí. Se eu, enquanto leitor, não sinto o prazer de ver um homem ali, uma presença viva, com carne e sangue e esperma e merda, se não sinto o corpo dele lá e a vida dele lá, não consigo aderir afetivamente. (...) A maior complexidade (aparente) dos meus livros tem a ver com o <u>tentar exprimir cada vez mais profundamente o que sinto e o que sou através das personagens</u> [27] (sublinhado nosso).

Ainda a propósito, registem-se algumas considerações feitas a María Luisa Blanco. Nestas, por um lado deixa claro que o autor, de facto, pode não transparecer diretamente no livro que escreve, considerando, aliás, que "No livro que é bom, o autor não está, não se nota"; que "O autor não deve ser protagonista do seu livro porque o leitor não tem de notar que o escritor está ali, este tem de se tornar invisível". Por outro lado, posteriormente afirma confundir-se e fundir-se "com o papel e com a escrita", acabando "por ficar os dois do mesmo lado" e, particularmente sobre *Que Farei Quando Tudo Arde?*, assume-se como "o personagem por detrás" [28].

---

[27] "A confissão exuberante", entrevista citada, p. 16 (sublinhados nossos). Em entrevista dada a Anabela Mota Ribeiro salienta que "Cada vez mais os livros sou eu" ("Lobo Antunes: 'Como posso eu, cristal, morrer'?", in *Público*/Pública, 12 de outubro, 2008, p. 18).

[28] María Luisa Blanco, *Conversas com António Lobo Antunes*. Ed. cit., pp. 29-30 e 43, respetivamente.

Registemos, a título de curiosidade, que em *Tratado das Paixões da Alma*, por exemplo, uma das personagens, o Homem, ganha a determinado momento o nome de Antunes (p. 63).

Em entrevista a Rodrigues da Silva podemos ainda ler o seguinte:

> Começamos por escrever livros autobiográficos, mas acho que estes agora o devem ser muito mais porque me comovem quando os estou a escrever. Portanto, tenho hoje uma partilha minha muito mais intensa com as pessoas que povoam o livro e com a própria escrita. A propósito dos meus livros, fala-se muito de escrita polifónica. Penso que não: é sempre a mesma voz que modula, que muda, que se altera. É uma única voz que habita o livro e tem uma densidade humana muito grande [29].

E, em "Crónica de Natal" (do seu *Terceiro Livro de Crónicas*), discorrendo sobre a "capacidade de silêncio" da música de Schubert, da "forma como cada nota tange um nervo" seu, escreve: "Se ao menos fosse capaz de falar do mais secreto de mim mesmo. Faço-o nos romances: deve ser por isso que não os releio, por estar ali despido".

Por conseguinte, apesar de admitirmos o diferente estatuto das categorias autor e narrador(es), acreditamos na necessidade de relativizar a distinção total, absoluta e perentória entre esses conceitos e a consequente criação da designação-categoria de "autor implicado". Este, consubstanciando-se em *alter ego* do autor, seria o resultado da imagem literária criada através da leitura da obra, seria uma espécie de segundo *eu* que, de acordo com Wayne C. Booth, se traduziria sempre em diferença em relação ao homem a sério-autor real ou empírico. Neste sentido, o autor-homem a sério poderia optar por desaparecer completamente da urdidura romanesca; assunção que, aliás revelando a fragilidade da argumentação tecida em torno dos conceitos em apreço, acaba por ser relativizada pelo

---

[29] "António Lobo Antunes: 'Mais dois, três livros e pararei'", in *Jornal de Letras, Artes e Ideias*, 25 de outubro, 2006, p. 16.

próprio Booth, quando escreve que, "embora o autor possa, em certa medida, escolher os seus disfarces, não pode nunca optar por desaparecer" (ver *infra*, Cap. 6, Autor).

Deixemos claro que reconhecemos a crescente diluição da efetiva e direta voz autoral nas vozes e pontos de vista chamados à orquestração das narrativas e que admitimos também a hipótese de, em alguns casos, se verificar um distanciamento ideológico entre o olhar e a(s) voz(es) da(s) personagem(ns)//narrador(es) e o olhar e a voz do autor – o que, em todo o caso pode ajudar, *a contrario*, à construção de uma ideia-imagem sobre quem escreve. Não podemos, no entanto, é deixar de registar a admissão da presença continuada e permanente (por detrás) da visão do(s) mundo(s) de António Lobo Antunes na globalidade da sua produção ficcional.

Uma visão do mundo que nos romances do terceiro ciclo – o "ciclo de Benfica" (porque o cenário se centra sobretudo na Benfica da sua infância) – prossegue as principais linhas temáticas patentes nos dois ciclos anteriores [30], intensificando e complicando algumas estratégias e introduzindo algumas interessantes opções formais. Num inevitável crítico e disfórico quadro referencial de um tempo português que nos está muito próximo, e através de um variado espetro de cores de diversa intensidade, *Tratado das Paixões da Alma*, *A Ordem Natural das Coisas* e *A Morte de Carlos Gardel* apresentam a problemática da família, da amizade, do amor e do malogro em que (quase) sempre esses laços redundam. Em articulação

---

[30] Além disso, as alusões intertextuais tornam-se também frequentes. A título exemplar, o pai de uma das personagens-narradores de *Tratado das Paixões da Alma* é retomado em *A Ordem Natural das Coisas* no "homem barbudo" que tocava violino (p. 37). Num outro nível, também evidenciador das ligações entre os vários romances, a questão das redes bombistas encontra-se presente em obras como *Fado Alexandrino*, *Exortação aos Crocodilos* e *Tratado das Paixões da Alma*. A incipiente influência jurídica patente nos autos de inquirição de *Explicação dos Pássaros* ou no título *Auto dos Danados* prolonga-se e desenvolve-se em *Tratado das Paixões da Alma*.

com estes, impõe-se ainda o tema da infância, nem sempre recordada como o tradicional reduto de vivências nostalgicamente felizes, mas todavia sempre importante para uma melhor compreensão de algumas atitudes que no presente de enunciação caracterizam as personagens.

Confirmando o papel que à memória cabe, "determinante no pensar-se como objeto" [31], e determinante também no modo como a categoria tempo se (des)articula na consubstanciação da história (porque há que ter em conta que a ativação dessa memória se traduz, cada vez mais, num conceito plural, isto é, em várias memórias de várias personagens, cujas vozes e perspetivas tantas vezes se fundem e se confundem), qualquer um destes livros apresenta um elevado grau de desordem. O primeiro título, respeitante ao confronto de dois homens, dois (ex-)amigos de infância, num processo judicial que envolve ativistas de uma rede bombista, apresenta, contudo, uma maior contenção na escrita, e por consequência um relato mais simples e linear. O efeito que se obtém desta maior, mas sempre relativa, sobriedade da narração de *Tratado das Paixões da Alma*, parece colocá-lo numa dimensão formal um pouco diversa da dos dois romances que neste ciclo se lhe seguem.

Em *A Ordem Natural das Coisas*, numa "trama que se desenvolve mais para os lados do que para a frente" e que substitui os "diálogos pelos monólogos sobrepostos" [32], notamos a exuberância metafórica e onírica, a tocar as fronteiras do surrealismo, desde início se envolvendo numa aura de mistério quase policial a história de uma família e seus desamores. Em *A Morte de Carlos Gadel* verificamos a intensificação de uma série de estratégias formais que baralham a leitura da colocação em cena dos desamores que, neste título, se estendem à relação pai-filho/Álvaro-Nuno.

---

[31] Maria Alzira Seixo, *Os romances de António Lobo Antunes*. Ed. cit., p. 257.

[32] Entrevista citada a Luís Almeida Martins, ("António Lobo Antunes: «Quis escrever um romance policial»", p. 8).

É ainda conveniente destacar, em primeiro lugar, e no que respeita às já aludidas inovações formais (às quais, em breve, se juntarão outras), que em *Tratado das Paixões da Alma* o autor pratica a abertura do parágrafo a meio da página, numa técnica que se estende até *O Manual dos Inquisidores* ([33]). Em segundo lugar que, quer em *A Ordem Natural das Coisas* quer em *A Morte de Carlos Gardel* se intensifica e se aperfeiçoa o exercício da polifonia narrativa que vinha caracterizando os últimos romances. Em terceiro lugar, num processo a partir de agora recorrente e também sujeito a intensificação, começa a ser notório o uso de parêntesis e de itálicos, que "irão tornar-se frequentes em *A Morte de Carlos Gardel*", sem que se possa dizer "que exprimam claramente planos diferenciados da narração ou da enunciação" ([34]).

6. As inovações formais

Este virtuosismo linguístico-narrativo traduzir-se-á, ainda, nos romances subsequentes, por exemplo em *O Esplendor de Portugal*, no aumento em grau e em número do desmembramento de frases, resultado de estranhas translineações, e, por consequência, de suspensões semânticas inusitadas (frases entrecortadas por falas de outras personagens ou por comen-

---

([33]) A 1.ª edição *ne varietur* destes romances não apresenta, contudo, esta opção formal, iniciando-se o parágrafo de modo convencional. Salientamos ainda que, ao contrário do que sucede, regra geral, nas edições anteriores, a primeira palavra do início de cada capítulo das edições *ne varietur* de *Tratado das Paixões da Alma*, de *A Ordem Natural das Coisas* e de *A Morte de Carlos Gardel* não aparece grafada em maiúsculas.

([34]) Maria Alzira Seixo, *Os romances de António Lobo Antunes*. Ed. cit., p. 240. Para a ensaísta, "O grafismo dos parêntesis desenvolve-se com a manifestação de uma problemática do segredo (...), dando ainda conta de um tipo de aparte cujo estatuto narrativo se revela hesitante entre o enunciado e a enunciação" (p. 241).

tários da voz que então fala, num jogo que pode ou não envolver parêntesis e itálicos):

> Quando disse que tinha convidado os meus irmãos para passarem a noite de Natal connosco
> (estávamos a almoçar na cozinha e viam-se os guindastes e os barcos a seguir aos últimos telhados da Ajuda)
> a Lena encheu-me o prato de fumo, desapareceu no fumo e enquanto desaparecia a voz embaciou os vidros antes de se sumir também (p.13)

> — Em que sítio escondeste os meus livros de palavras cruzadas Eunice os que vieram de Portugal anteontem?
> a minha mãe voltando-se para ele de sobrolho ao alto numa vaidade de rainha no exílio
> — Queimei-as
> e não eram só as paciências e as palavras cruzadas
> (*acácias, lembrei-me agora das acácias (...) mesmo aqui na Chiquita me lembro do cheiro de verbena, em miúda arrancava uma haste, esfregava-a nas costas no lugar onde devia ter asas e sentia-me*
> *pode parecer palerma mas sentia-me*
> *capaz de dar um pulinho e voar como os flamingos e os tucanos mas sobretudo lembro-me das acácias e do espelho partido do rio devolvendo a minha cara em fragmentos desajustados reunidos numa ordem arbitrária, irónica)*
> não eram só as paciências e as palavras cruzadas, era o meu pai iniciar uma história e a minha mãe interrompê-lo (p. 165).

Outros procedimentos reconhecidamente inovadores dirão respeito, neste quarto ciclo de produção romanesca sobre o exercício do poder (no qual, como acima dissemos, incluímos, em conjunto com O *Manual dos Inquisidores*, O *Esplendor de Portugal* e *Exortação aos Crocodilos*, o romance *Boa Tarde Às Coisas Aqui Em Baixo*), ao desmembramento de frases resultante, agora, de não menos inusitadas translineações e elipses lexicais e gráficas. Neste âmbito, e neste ciclo, revela-se exemplar o romance *Exortação aos Crocodilos*, em cujas páginas é possível encontrar uma variada ilustração de ambas as situações:

– *Acorda*
e o homem a tremer, não lhe fizemos nada, deixámo-lo a tremer nas estevas sob os berros da nortada, mais tarde soubemos que no dia seguinte o comboio o levou de rojo de Cascais ao Estoril, a minha sogra garantiu mais de mil vezes que os <u>sur</u>
portanto estava na cama ao lado do meu marido, com o cheiro de aguardente a evaporar-se, reconhecendo a pouco e pouco o quarto, os candeeiros, o toucador, a compreender que não sou pobre, não tenho uma só blusa, uma só saia, um só par de sapatos, não venderam os meus brincos para podermos comer
a minha sogra garantiu que os <u>surdos</u> *são assim mesmo, estranhos, não há quem não se atrapalhe com eles por causa das reacções ao contrário, avisou-me mais de mil vezes* (p. 19-20, sublinhados nossos).

uma cama que não era a minha, um quarto enorme repleto de pufs, arcas, consolas, foi um dos bichos de prateleira que trouxe para aqui ou então bruxas, ou então lobisomens, notei a aliança no dedo e comecei a chorar, a minha mãe estalou a tampa do caixote do lixo com o rato Mickey lá dentro, no meio de cascas, latas de conserva amolgadas, um gargalo que <u>bri</u>
– Pára com a choradeira rapariga
<u>lhou</u> e apagou-se, um quarto infinito, desconhecido, hostil, cómodas de estilo de repente cheias de arestas (p. 130, sublinhados nossos).

Ora, se na primeira citação é possível verificar (várias linhas depois) o completamento da suspensão gráfica da palavra ("*sur*"/"surdos") – sendo que, na segunda transcrição, a palavra suspensa é continuada sem a repetição da sílaba inicial –, outros momentos há em que tal não acontece, infindavelmente se suspendendo a palavra (e a frase) e, com ela, o leitor e a leitura:

> lembro-me da gravata, não me lembro dele, recordo os botões de punho, os objectos na secretária, o retrato da esposa, uma criança de óculos que o prolongava não bem nas feições, na pompa, e que devia ser o fi
> – Se conseguirmos diminuir o tumor
> o meu marido falava, o médico numa cadeira maior, o meu marido e eu em cadeiras mais modestas, iguais (...) (p. 144)

> (...) as bilhas acumulam-se todas a tilintarem sustos, travo por meu turno e no retrovisor o boné a troçar-me, começar a despir-me logo na entrada, o casaco, os sapatos, colocar a válvula na tina, sais de banho, espuma, ao entrar no quarto o meu ti ao entrar no quarto o meu marido largando-me a carteira aberta na cama, assustado (...) (p. 353).

Outros momentos há, ainda, como já registámos[35], em que este procedimento é levado às últimas consequências, na medida em que se traduz na obliteração total e absoluta da palavra ou, como escreve Maria Alzira Seixo, na elipse lexical e gráfica:

> (...) atordoava-me a inocência das rendas da camisa, o pescoço assim branco com o fio da primeira comunhão e a medalha da Virgem, se alguém agarrasse numa tesoura era tão simples, se eu agarrasse sem ela esperar numa tesoura e lhe   a garganta achava a paz de novo (...) (p. 114).

O efeito que se obtém de toda esta desagregação semântica, linguística e formal passa, portanto, pela diluição, quase

---

[35] Ver Ana Paula Arnaut, "O todo e a(s) parte(s): o prazer do fragmento", in *Forma Breve*/Revista Literária, n.º 4 (O fragmento). Universidade de Aveiro, 2006, pp. 217-228.

pelo apagamento, da ideia de narratividade (ver *infra*, Cap. 6, Narratividade), assim se exigindo uma maior colaboração do leitor na decifração dos sentidos espalhados pelo romance. Em simultâneo, quebrando-se uma linha confortável de leitura que obriga a ler o texto como construção, oferece-se a possibilidade de, no âmbito da produção post-modernista, considerar as várias vertentes de apresentação fragmentária como prática metaficcional. Tal acontece na medida em que é, justamente, todo o caos que exponencialmente se gera que acaba por chamar a atenção para "uma hiperconsciência relativamente à linguagem, à forma do literário e ao ato mesmo de escrever ficções; [para] uma constante insegurança no que se refere à relação entre ficção e realidade; [para] um estilo paródico, meio a brincar, excessivo, ou ainda enganadoramente *naif*" ([36]).

Pelo meio de toda esta interessante fragmentação e anarquia é possível, apesar de tudo, reconstruir fios de orientação narrativa, isto é, recuperar uma narratividade só aparentemente perdida, de onde se não ausenta a já referida constante preocupação/obsessão com relatos que, de um modo ou de outro, ilustram o tempo-espaço histórico de um certo Portugal e suas (ex-)adjacências coloniais.

Assim, mais uma vez partindo de realidades concretas, e utilizando um tom que com muita frequência toca as fronteiras da irrisão, do cómico e do grotesco (ver *infra*, Cap. 6) (logo, da caricatura), o autor, ou melhor, as diversas vozes e pontos de vista apresentados procedem à dissecação de cenários e de comportamentos respeitantes a alguns dos variados modos de exercer a força e a repressão individual e coletiva. A saber, a narrativa sobre a ascensão e queda do poder de um governo e dos seus tentáculos (ministeriais e policiais) em *O Manual dos Inquisidores*; a história do exercício de um poder conseguido através da violência e do medo traduzido nas práticas das redes bombistas em *Exortação aos Crocodi-*

([36]) Patricia Waugh, *Metafiction. The Theory and Practice of Self-Conscious Fiction*. London and New York: Routledge, 1988.

los; a apresentação à boca de cena das múltiplas faces do racista poder colonial em *O Esplendor de Portugal*, romance que também ilustra as consequências dramáticas do poder militar no inferno da guerra civil em Angola; e, de modo diverso mas todavia afim, o poder de práticas neocoloniais que, em *Boa Tarde Às Coisas Aqui Em Baixo*, se travestem na ganância do tráfico de diamantes no espaço angolano.

Em virtude do exposto, e alargando o âmbito do comentário tecido por Maria Alzira Seixo sobre *O Manual dos Inquisidores*, cremos que, de algum modo, os romances a que acabamos de fazer referência não sendo embora romances históricos, são, ainda assim, romances "que *encontra[m] no seu caminho a História* e nesse encontro funda[m] a natureza do seu discurso que o manifesta" [37].

7. Os malogros existenciais

Mais distantes de encontrar *"no seu caminho a História"*, mas muito próximos de retratar uma realidade social cujas fronteiras espácio-temporais com frequência se diluem e se estilhaçam, são os romances *Não Entres Tão Depressa Nessa Noite Escura*, *Que Farei Quando Tudo Arde?*, *Eu Hei-de Amar Uma Pedra*, *Ontem Não Te Vi Em Babilónia*, e, finalmente, *O Meu Nome É Legião* e *O Arquipélago da Insónia*.

A quase total ausência de específicas e estreitas relações com traves mestras oficialmente históricas, praticamente reduzindo os universos narrativos a pequenos círculos familiares, leva, de facto, a que este mais recente conjunto de publicações surja como o lugar onde a vida banalmente quotidiana da

---

[37] Maria Alzira Seixo, "As várias vozes da escrita. *O Manual dos Inquisidores*, de António Lobo Antunes", in *Outros erros. Ensaios de literatura*. Porto: Asa, 2001, p. 337 (itálicos da autora).

sociedade coeva assume o papel principal. "Reiteram-se entretanto", como muito bem destaca Carlos Reis,

> situações e temas já conhecidos no universo do romancista – personagens problemáticas e descentradas, vivências traumáticas e desmesuradas, experiências de crise social, familiar, sexual ou mental, etc. –, <u>tudo acentuado em deformação</u> quase expressionista pelo recurso a perspetivas e entrecruzadas, <u>em regime radicalmente polifónico</u>. O efeito final (provisoriamente final, se a expressão não parece absurda) desta dinâmica é a configuração de um universo ficcional fragmentário e mesmo estilhaçado ([38]).

Fragmentação e estilhaçamento formal, polifonia e desarticulação gráfica e lexical que parecem reduplicar a vida íntima e interior das personagens que povoam estas obras. E assim se escurecem ainda mais o tom e a cor das vidas romanceadas, e assim se colocam à boca de cena diversos malogros e angústias vivenciais.

Que malogros e que angústias? Entre tantos outros, aqueles que a jovem Maria Clara (protagonista de *Não Entres Tão Depressa Nessa Noite Escura*) regista no seu diário, em cujas páginas a realidade – que realidade? – se mistura com a invenção assumida, numa prosa onde as constantes transfigurações do real revelam uma extraordinária capacidade poética. Sem pretendermos esgotar os exemplos, mencionem-se, também, aqueles que, centrando-se no travesti Carlos-Soraia de *Que Farei Quando Tudo Arde?*, ensombram a identidade e a afeti-

---

[38] "A construção do universo ficcional de Lobo Antunes: o mundo como fragmentação", in Micaela Ghitescu (org. e trad.), *Colóquio António Lobo Antunes na Roménia / Colocviu António Lobo Antunes în România / Colloque António Lobo Antunes en Roumanie*. Bucuresti: Fundatiei Culturale "Memoria", 2005, p. 11 (sublinhados nossos). O último romance acentua, além disso, diversas considerações sobre o ato de escrever, na esteira do que vem sucedendo, por exemplo, desde *Memória de Elefante*, passando por *A Ordem Natural das Coisas* ou *Eu Hei-de Amar Uma Pedra*.

vidade de personagens cuja *sexualidade desviada e desviante* (de acordo com a *normalidade* socialmente aceite) acarreta o desmembramento familiar e a erosão de outras relações. Registem-se, ainda, os que, em *Eu Hei-de Amar Uma Pedra*, relatam e retratam múltiplas frustrações relacionais, mesmo quando estas se escondem (ou dão ideia de se esconder) por detrás de uma bonita e longa história de amor.

Não podemos também deixar de apontar as frustrações e as agonias que se presentificam nos vazios emocionais do que parece ser a eterna noite de *Ontem Não Te Vi Em Babilónia* (onde colateralmente, tal como em *A Ordem Natural das Coisas*, por exemplo, perpassa a inevitável referência a diversas caras de entidades repressivas do Estado Novo). De referência obrigatória são também os mal-estares e os sofrimentos que se enraízam nos baldios das almas atormentadas e das vontades coxas das personagens – brancas, negras, mestiças – de *O Meu Nome É Legião* [39]; ou, finalmente, as vivências penosas e as enfermidades afetivas das personagens de *O Arquipélago da Insónia*, principalmente do autista.

Cumpre assinalar, a propósito, que os vários tipos de inquietações, de mágoas, de ameaças, de conflitos – de violências, em suma – que compõem o universo romanesco se tornam mais assustadores se tivermos em mente que tudo parte de "um cenário sólido", de "uma base real", em que "A casca são pessoas que eu conheço, como as casas, como as ruas", depois vestidas "por dentro e por fora conforme me apetece" [40]. E depois, acrescentamos nós, colocadas num palco narrativo onde se misturam as raças e as crenças, o passado e

---

[39] Sobre este último romance, ver Ana Paula Arnaut, "O barulho surdo(?) das raças em *O Meu Nome É Legião*", in *Portuguese Literary & Cultural Studies*, n.º 15/16 (*Facts and fictions of António Lobo Antunes*, número inteiramente dedicado ao autor), Center for Portuguese Studies and Culture: University of Massachusetts Dartmouth. No prelo.

[40] "Um escritor reconciliado com a vida". Entrevista a Ana Sousa Dias, in *Público*/Magazine, 18 de outubro, 1992, p. 28.

o presente, as vozes e os silêncios, que mais não são que outra forma de dar cor e corpo à vida e à morte.

A complexa narração de não menos complexos enredos facultados a várias vozes (e em várias perspetivas) que se aliam em extrema polifonia, redunda, bastas vezes, como acima já dissemos, numa quase absoluta incapacidade para deslindar as fronteiras entre quem fala. Em consequência, cria-se a oportunidade para entendimentos díspares da essência da história, o que, em todo o caso, também pode apontar para uma linha de indecidibilidade latente. É o que advém do cotejo entre o que uma das linhas narrativas de *Eu Hei-de Amar Uma Pedra* nos sugere – a consumação da relação amorosa entre o casal que clandestinamente se encontra às quartas-feiras na hospedaria da Graça – e o que sobre o mesmo assunto lemos na introdução a uma entrevista a António Lobo Antunes, onde o entrevistador regista a não consumação desse amor (afirmando tratar-se de um amor platónico [41]). A diversa aproximação que fazemos não decorre apenas dos excertos em que, depois de reiteradamente a personagem feminina ter anunciado a necessidade de "falar consigo" – o homem-amante –, podemos ler o seguinte:

> lembro-me do primo Casimiro secar a chuva do bigode em Alcântara, da trepadeira na hospedaria da Graça e tu não sentada na cama
> (se eu ordenasse
> – Senta-te
> sentavas-te sem largar a malinha, não me ajudavas a tirar-te o casaco, a desabotoar-te o vestido)
> tu não sentada na cama, confundida com os ramos
> – Tenho de falar consigo
> ou
> – Tenho de falar consigo senhor

---

[41] "'Não sou que escrevo os livros. É a minha mão, autónoma'". Entrevista citada a Adelino Gomes, p. 12.

(...)
eu
— Perdoa
nenhuma flor nas acácias de Sintra, a tua mão que procurava o meu braço sem apertar o meu braço, o búzio do brochezito que devo ter arrancado porque o brochezito no chão, porque o meu sapato a esmagá-lo
— Não o apanhes porque o meu sapato de novo e não era o broche que eu esmagava, sabias quem eu esmagava ao calcar os enfeites, o metal
— Engravidaste como a minha mulher tu?
(...)
— Não eu para ti, eu a segurar-te o vestido, a desabotoá-lo sem dar fé que desabotoava, eu
— Engravidaste tu?
eu apenas
—Engravidaste tu?
não o homem que ordenava à gargalhada da mulher
— Vem cá (pp. 165-166).

A nossa diferente leitura decorre, ainda, de um outro excerto em que, a propósito de uma das consultas, sabemos da perda da virgindade da senhora do crochet:

eu já médico nessa época a aturar pessoas como esta de idade aparente coincidindo com a real, lúcida, calma, aspecto cuidado, atenção mantida, discurso coerente, que tropeçou no pimpolho dez anos depois
— Há cinquenta e três senhor doutor
e por conseguinte boa capacidade mnésica, numa praça da Baixa, ele casado, mais gorducho, mais calvo e a propósito de calvície a quantidade de cabelo que me fica no lavatório, no pente, o barbeiro sugeriu-me ampolas, colocou um segundo espelho e uma auréola de santidade na moleirinha, o barbeiro compassivo

– Disfarço?

e a partir de então os encontros às quartas-feiras numa residencial numa pensãozita

numa hospedaria da Graça, um espasmo no saco do crochet, uma pausa, o crochet a hesitar

– Era virgem senhor doutor

não deu com a surda-muda, desconhecia o celeiro, era virgem, o que eu podia dissertar sobre a virgindade meninos, a etimologia, o sentido, portanto a hospedaria no alto da Graça às quartas-feiras (...) (p. 290).

Seja como for, não podemos esquecer as palavras de António Lobo Antunes sobre a pretensão de não existirem, nas suas obras, "sentidos exclusivos nem conclusões definidas", assim exigindo "que o leitor tenha uma voz entre as vozes do romance (...) a fim de poder ter assento no meio dos demónios e dos anjos da terra" [42]. Seja qual for a verdade que se esconde por detrás desta história de amor, o certo é que os últimos romances definitivamente instauram a progressiva complexificação das estratégias anunciadas desde o início. Além disso, o que eles também confirmam é o crescente, fundamental papel que a personagem feminina adquiriu na ficção do escritor. Tal ocorre não apenas no que respeita à importância que a sua voz adquire na estrutura narrativa – com tudo o que isso implica em termos de visões do mundo –, mas, essencialmente, porque é a partir da sua caracterização que os romances antunianos preenchem a totalidade dos seus sentidos englobantes, completando, e escurecendo, a já mencionada linha do malogro existencial e social; denunciando e evi-

---

[42] "Receita para me lerem", in *Segundo Livro de Crónicas*. Lisboa: Dom Quixote, 2007 [2002], p. 114. Em entrevista a Rodrigues da Silva afirma que "o livro bom" "é aquele que cada leitor pensa que foi escrito só para ele, como se pensasse que os outros exemplares tinham palavras diferentes" ("Mais perto de Deus", in *Jornal de Letras, Artes e Ideias*, 6 de outubro, 1999, p. 5).

denciando, também, a carga disfórica (quase) sempre patente nas relações homem-mulher ([43]).

Não admira, pois, que da globalidade dos universos humanos apresentados na ficção de António Lobo Antunes ressaltem um tom e uma cor absolutamente cinzentos, sombrios: nada de criaturas místicas, míticas ou feéricas – felizes e contentes com a vida – apenas sombras curtas de gente quase morta, cujas cinzas não são sopradas pelo vento mas pelo modo como o mundo-texto dos romances se vai fazendo ouvir e as vai fazendo falar. No passado do primeiro romance publicado, ou no passado mais próximo do polémico romance *As Naus*, como agora num presente de *O Arquipélago da Insónia*, é sempre caso para perguntar e responder, com Luís Almeida Martins,

> Queriam-no alegre brejeiro, cheio de certezas luminosas e de glórias apolíneas? Queriam-no escandido, alexandrino, rigoroso como um Virgílio austero e vagamente ulcerado? Queriam-no a cantar um passado repleto de glórias, um presente linearmente cubista e um futuro cheio de amanhãs que cantam? Queriam? Pois não o têm (...) ([44]).

([43]) A questão do(s) universo(s) femininos na ficção antuniana é, de momento, um trabalho em progresso.

([44]) "Uma bela e alegre declaração de amor a um país", *Jornal de Letras, Artes e Ideias*, 12 de abril, 1988, p. 7.

3.
LUGARES SELETOS

LUGARES SELECTOS

Os textos a seguir inseridos, em regime de *antologia*, representam três aspectos distintos do pensamento estético e da escrita literária de António Lobo Antunes, a saber:

1. **Aforismos:** afirmações normalmente breves, que remetem para princípios e crenças genéricas, de alcance moral, ideológico ou social;
2. **Textos doutrinários:** textos que, em relação direta ou indireta com a produção literária do autor, estabelecem ou caracterizam orientações para essa produção literária, tendendo a configurar uma *poética;* os textos são organizados cronologicamente.
3. **Textos literários:** textos extraídos de obras de A. Lobo Antunes, testemunhando passos fundamentais dessas obras; os textos são contextualizados de forma breve e a sua arrumação é cronológica.

1. AFORISMOS

Amor

"o amor é uma doença perigosa que se cura com uma caixa de ampolas e lavagens de permanganato morno no bidé da criada".
(Narrador, in *Memória de Elefante*, 2004 [1979], p. 68).

"todas as mulheres são capazes de amar e as que o não são amam-se a si próprias através dos outros, o que na prática, e pelo menos nos primeiros meses, é quase indistinguível do afecto genuíno".
(*Os Cus de Judas*, 2004 [1979], p. 29).

"O coração tem mais quartos do que uma casa de putas".
(*Livro de Crónicas*, 2006 [1998], p. 27 ["O campeão"]).

"todos os livros do mundo não valem uma noite de amor".
(Segundo Cendrars, *Livro de Crónicas*, 2006 [1998], p. 81 ["Crónica escrita em voz alta como quem passeia ao acaso"]).

"Quando o coração se fecha faz muito mais barulho que uma porta".
(*Livro de Crónicas*, 2006 [1998], p. 117 ["Sombras de reis barbudos"]).

"não importa o que amor significa ainda que signifique fúria e piedade e desgosto".
(Seabra, in *Boa Tarde Às Coisas Aqui Em Baixo*, 2004 [2003], p. 136).

Bom senso

"Entre pessoas inteligentes o bom senso acaba por vir ao de cima, é inevitável".
(O chefe [Bernardino], in *Tratado das Paixões da Alma*, 2005 [1990], p. 56).

"Aos cinquenta anos, que é quando se começa a confundir a saúde com a virtude, o bom senso parece-me uma espécie de dieta cuja ausência de sal me desagrada".
(*Livro de Crónicas*, 2006 [1998], p. 123 ["Manual de instruções"]).

"Quando tudo está finalmente em ordem o melhor é não mexer em nada".
(*Livro de Crónicas*, 2006 [1998], p. 423 ["Alverca, 1970"]).

Cadáveres

"os cadáveres das autópsias são anjos defuntos, anjos que se deixam esquartejar sem uma palavra de revolta".
(Enfermeira, in *Conhecimento do Inferno*, 2004 [1980], p. 73).

Catarro

"O catarro não se inventa: conquista-se à custa de vários maços de Português Suave por dia".
(*Livro de Crónicas*, 2006 [1998], pp. 47-48 ["Os sonetos a Cristo"]).

Consolo

"detestar uma pessoa que não sejamos nós apesar de tudo consola".
(Filha da dona da Hospedaria da Graça, in *Eu Hei-de Amar Uma Pedra*, 2004, p. 480).

Coragem

"a coragem é a forma suprema da elegância".
(*Terceiro Livro de Crónicas*, 2005 ([1]), p. 269 ["Bom ano novo, senhor Antunes"]).

Deus

"o reino de Deus assemelha-se a um grão de mostarda que um homem tomou e semeou no seu campo".
(Simone, in *Exortação aos Crocodilos*, 2007 [1999], p. 279).

"Com as pessoas o que me parece é que Deus deve gostar imenso dos patetas porque não se cansa de fazê-los".
(*Terceiro Livro de Crónicas*, 2005, p. 143 ["Uma jarra em contraluz, com um galhozito de acácia"]).

"pelo sim pelo não prefiro acreditar em Deus, não me faz mal nenhum".
(irmã de Raquel, in *Eu Hei-de Amar Uma Pedra*, 2004, p. 238).

([1]) Data do *copyright*, também indicada na lista de obras do autor. A ficha técnica do livro aponta janeiro de 2006 como a data da 1.ª edição.

Divórcio

"O divórcio substitui na era de hoje o rito iniciático da primeira comunhão".
(Narrador, in *Memória de Elefante*, 2004 [1979], p. 22).

Dor

"as flores de plástico são como os bichos empalhados: assistem numa indiferença absoluta ao espectáculo da dor: nunca conheci nenhuma flor de plástico que se comovesse diante de um cadáver".
(Médico psiquiatra, in *Conhecimento do Inferno*, 2004 [1980], p. 40).

Escrita

"escrever é um bocado fazer respiração artificial ao dicionário de Moraes, à gramática da 4.ª classe e aos restantes jazigos de palavras defuntas"
(Médico psiquiatra, in *Memória de Elefante*, 2004 [1979], pp. 61-62).

"o segredo não consiste em escrever, consiste em corrigir e corrigir e despir os fatos de que vestimos as estátuas das primeiras versões, pavorosas gravatas de adjectivos, bonés de metáforas medonhas, o mau gosto das alpacas dos gestores que só não querem ser Deus porque ganhariam menos".
(*Segundo Livro de Crónicas*, 2007 [2002], p. 206 ["Para José Cardoso Pires, ao ouvido"]).

"Esperar que um escritor diga coisas interessantes é o mesmo que esperar de um acrobata que ande aos saltos mortais na rua".
(*Terceiro Livro de Crónicas*, 2005, p. 195 ["Epístola de Santo António Lobo Antunes aos leitoréus"]).

"(uma página de boa prosa é aquela onde se ouve chover)".
(*Terceiro Livro de Crónicas*, 2005, p. 226 ["O próximo livro"]).

"escrever é tentar vencer Deus a toda a largura do tabuleiro".
(*Terceiro Livro de Crónicas*, 2005, p. 226 ["O próximo livro"]).

"Escrever é ouvir com força". Continuar a ouvir o já ouvido".
(*Terceiro Livro de Crónicas*, 2005, p. 282 ["O passado é um país estrangeiro"]).

Família

"– Quem não tem família não se habitua aos outros".
(Adelaide, in *Não Entres Tão Depressa Nessa Noite Escura*, 2008 [2000], p. 49).

Fé

"(há quem acredite nos amanhãs e invejo-lhes a fé)".
(Mariana, in *Eu Hei-de Amar Uma Pedra*, 2004, p. 372).

Felicidade

"O que seria de nós, não é, se fôssemos de facto felizes?".
(*Os Cus de Judas*, 2004 [1979], p. 139).

"a felicidade é procurarmos um filme no jornal, jogarmos cartas ao domingo, dar-te a mão no automóvel".
(Polícia, in *O Meu Nome É Legião*, 2007 [2007], p. 350).

"a felicidade é só isto (...), um fósforo que se apaga e me perde".
(Polícia, in *O Meu Nome É Legião*, 2007 [2007], p. 352).

Filhos

"Os filhos educam-se à chibata, principalmente se temos quase a certeza de que não são nossos".
(Avô Diogo, in *Auto dos Danados*, 2005 [1985], p. 190).

Futuro

"Sempre apoiei que se erguesse em qualquer praça adequada do País um monumento ao escarro, escarro-busto, escarro-marechal, escarro-poeta, escarro-homem de Estado, escarro-equestre, algo que contribua, no futuro, para a perfeita definição do perfeito português: gabava-se de fornicar e escarrava".
(*Os Cus de Judas*, 2004 [1979], p. 26).

"o futuro é um nevoeiro fechado sobre o Tejo sem barcos, só um grito aflito ocasional na bruma".
(*Os Cus de Judas*, 2004 [1979], p. 90).

Homens

"– Quanto mais se conhecem os homens mais se apreciam os electrodomésticos".
(Enfermeira, in *Memória de Elefante*, 2004 [1979], p. 31.

"os homens necessitam tanto mais de mãe quantas mais mães tiveram".
(Mulher do indiano, in *As Naus*, 2006 [1988], p. 179).

"*os homens não suportam o sofrimento ou o passado, os homens, felizmente para eles, esquecem*".
(Beatriz, in *A Morte de Carlos Gardel*, 2008 [1994], p. 319).

"*há ocasiões nas quais julgo ser uma pena o uísque matar sem ensurdecer um homem*".
(Amadeu, marido de Isilda, in *O Esplendor de Portugal*, 2007 [1997], p. 256).

"*aquilo que um homem necessita na vida é uma criada ou uma governanta em condições, estrábica ou coxa mas em condições*".
(Marido de Mimi, in *Exortação aos Crocodilos*, 2007 [1999], p. 60).

"um homem faz o que a alma lhe manda e Deus julga depois".
(Autista, in O *Arquipélago da Insónia*, 2008, p. 53).

Hospitais

" – A mim os hospitais recordam-me a enfermaria da Pide em 73 (...), com tipos fechados à chave a uivarem de dor a noite inteira".
(Oficial de transmissões, in *Fado Alexandrino*, 2007 [1983], p. 159).

Infância

"Pensando bem (...) não sou um senhor de idade que conservou o coração de menino./Sou um menino cujo envelope se gastou".
(*Livro de Crónicas*, 2006 [1998], pp. 44-45 ["A velhice"]).

"(o que é a infância da gente, não nos deixa, acompanha-nos)".
(irmã do homem de Évora, in *Ontem Não Te Vi Em Babilónia*, 2006, p. 216).

"A infância é um luxo de quem possui tempo para a ter tido, uma saudade retrospectiva e enternecida de quando não há fome. Algo que a gente inventa e não houve".
(*Segundo Livro de Crónicas*, 2007 [2002], p. 238 ["Olhos cheios de infância"]).

Infelicidade

"não é possível ser infeliz a dois porque a infelicidade é solitária".
(Carlos, in *O Esplendor de Portugal*, 2007 [1997], p. 99).

Inferno

"O inferno (...) são os tratados de Psiquiatria, o inferno é a invenção da loucura pelos médicos, o inferno é esta estupidez de

comprimidos, esta incapacidade de amar, esta ausência de esperança, esta pulseira japonesa de esconjurar o reumatismo (...)".
(Médico psiquiatra, in *Conhecimento do Inferno*, 2004 [1980]. p. 56).

"((...) o inferno consiste em lembrarmo-nos a eternidade inteira)".
(Seabra, in *Boa Tarde Às Coisas Aqui Em Baixo*, 2004 [2003], p. 32).

Inteligência

"nesta época estranha a inteligência parece estúpida e a estupidez inteligente, e torna-se salutar desconfiar de ambas por questão de prudência".
(*Memória de Elefante*, 2004 [1979], p. 94).

Lisboa

"Lisboa (...) é uma quermesse de província, um circo ambulante montado junto ao rio, uma invenção de azulejos que se repetem, aproximam e repelem, desbotando as suas cores indecisas, em rectângulos geométricos nos passeios".
(*Os Cus de Judas*, 2004 [1979], p. 96).

"Lisboa é uma cidade de putas exaustas, corroídas pelo champanhe falso e pelo uísque de álcool de farmácia, um circo fúnebre que uma trompete muda lamentosamente".
(Alferes, in *Fado Alexandrino*, 2007 [1983], p. 450).

"Lisboa aparenta-se a um mendigo ao sol, com os piolhos dos pardais a escarafuncharem livremente as farripas das árvores".
(Francisco, in *Auto dos Danados*, 2005 [1985], p. 154).

"O mal de Lisboa (...) consiste em tropeçarmos no Tejo em cada bairro da cidade como se tropeça num objeto esquecido".
(Ernesto Portas – o ex-pide, in *A Ordem Natural das Coisas*, 2008 [1992], p. 29).

Mágoa

"não existe nada tão volátil quanto a pena". (...) não existe nada tão volátil quanto a mágoa".
(Jornalista sexagenário,
in Que Farei Quando Tudo Arde?,
2008 [2001], p. 254).

Manicómio

"os manicómios não passam de hortas de repolhos humanos, de miseráveis, grotescos, repugnantes repolhos humanos, regados de um adubo de injecções".
(Médico psiquiatra, in Conhecimento do Inferno,
2004 [1980], p. 127).

Matrimónio

"– Às vezes, caraças, penso que o casamento é isso (...): A gente demorar que tempos a perceber qual de nós é quando acorda".
(Tenente-coronel, in Fado Alexandrino, 1983 [2007], p. 630.

"O matrimónio possui, pelo menos, a vantagem de tornar os despertadores e os calendários velharias supérfluas. Como os maridos".
(Médico, in Auto dos Danados,
2005 [1985], p. 236).

"*pior que um marido só um ex-marido*".
(Margarida, in A Morte de Carlos Gardel,
2008 [1994], pp. 149, 151, 154, 183).

"*porque, principalmente, é isso que os ex-maridos são, ridículos, não ridículos de a gente se enternecer mas ridículos de nos agoniarem*".
(Margarida, in A Morte de Carlos Gardel,
2008 [1994], p. 152).

"*o casamento no fundo é isto, duas pessoas sem alma para cozinhar e nada para dizer partilhando peúgas em detergente e frangos de churrasco*".
(Beatriz, in *A Morte de Carlos Gardel*, 2008 [1994], p. 317).

"o casamento é um homem que a gente se vira de costas a afastar o cabelo, nos sobe o fecho éclair, aperta o colchete e se afasta a pensar noutra coisa".
(Clarisse, in *O Esplendor de Portugal*, 2007 [1997], p. 392).

"um marido pode ter uma mulher mas uma mulher nunca tem um marido, somente a ilusão de um marido".
(Maria Clara, in *Não Entres Tão Depressa Nessa Noite Escura*, 2008 [2000], p. 492).

Medo

"(não conhecemos quase nada mas conhecemos o medo)".
(Hiena, in *O Meu Nome É Legião*, 2007 [2007], p. 296).

Memória

"que esquisito como as coisas horríveis se nos pegam, viscosas, à memória".
(Alferes, in *Fado Alexandrino*, 2007 [1983], p. 66).

Morte

"No fundo, claro, é a nossa própria morte que tememos na vivência da alheia e é em face dela e por ela que nos tornamos submissamente cobardes".
(*Os Cus de Judas*, 2004 [1979], p. 28).

"A proximidade da morte torna-nos mais avisados ou, pelo menos, mais prudentes".
(*Os Cus de Judas*, 2004 [1979], p. 31).

"A morte (...). Sempre imaginei que fosse um anjo. Ou uma mulher de cabelos loiros. Ou um homem muito velho com uma foice na mão".
(Rui, in *Explicação dos Pássaros*, 2004 [1981], p. 24).

"já ninguém morre por uma relação falhada".
(Marília, in *Explicação dos Pássaros*, 2004 [1981], p. 205).

"*morrer (...) é quando os olhos se transformam em pálpebras*".
(Dona Silvina, empregada de Raquel, in *A Morte de Carlos Gardel*, 2008 [1994], pp. 51, 52, 59).

"na cama se acaba o que na cama se começou".
(Maria Antónia – a senhora idosa, vizinha de Fernando, in *A Ordem Natural das Coisas*, 2008 [1992], p. 285).

"a morte é um estranho com um pacotinho de bolos que nos cumprimenta de fugida nas escadas ou segura a porta do elevador à nossa espera".
(Celina, in *Exortação aos Crocodilos*, 2007 [1999], p. 190).

"bem aventurados os que se humilham porque serão ezaltados, a pulseira de arame corações, argolinhas, a gente morre e as coisas que nos pertenceram ganham um mistério solene".
(Paulo, in *Que Farei Quando Tudo Arde?*, 2008 [2001], p. 75).

"(os que ignoram estar mortos são os piores de aturar)".
(Raquel, in *Eu Hei-de Amar Uma Pedra*, 2004, p. 219).

"os defuntos não se despedem, ficam numa renúncia sem pressa".
(Irmã de Raquel, in *Eu Hei-de Amar Uma Pedra*, 2004, p. 498).

"deve ser isto a morte, fazendas velhas, bafientas, devíamos reuni-las numa trouxa e queimar no quintal".
(Filha de Ana Emília, in *Ontem Não Te Vi Em Babilónia*, 2006, p. 471).

"se uma pessoa não tem mortos não tem vivos também".
(Ajudante do feitor/autista, in *O Arquipélago da Insónia*, 2008, p. 48).

Mulher

"As mulheres (...) são incapazes de ironia".
(Segundo Voltaire, in *Os Cus de Judas*, 2004 [1979], p. 134).

"Deviam-nos ensinar na escola que nunca se abre uma porta fechada, principalmente se há uma mulher do outro lado".
(Alferes, in *Fado Alexandrino*, 2007 [1983], p. 308).

"Com um par de estalos a tempo qualquer problema de cornos se resolve".
(Soldado, in (*Fado Alexandrino*, 2007 [1983], p. 372).

"a cabeça das mulheres trabalha oblíqua e através do futuro e a dos homens a direito e tão inútil e pegada ao presente como uma oliveira seca".
(Esmeralda, in *Fado Alexandrino*, 2007 [1983], p. 687).

"desabafar ajuda mesmo que seja com mulheres".
(O cavalheiro [Bernardino], in *Tratado das Paixões da Alma*, 2005 [1990], p. 201).

"conheço uma única forma decente de lidar com as mulheres: um murro para pôr na ordem, uma açorda de mariscos a seguir e pouca confiança para evitar abusos".
(O cavalheiro [Bernardino], in *Tratado das Paixões da Alma*, 2005 [1990], p. 202).

"Os homens podem não ser grande coisa mas se as mulheres só existissem a partir das onze, deitadinhas no colchão e a dormir, sem nos aborrecerem com solicitudes, ternuras, exageros e baton, garanto que era facílimo viver".
(Tavares, in *Tratado das Paixões da Alma*, 2005 [1990], p. 384).

"Se esperamos (…) uma mulher, e por qualquer razão ela se atrasa (embora as mulheres não necessitem de motivo para virem a horas) a partir de certa altura todas se assemelham àquela que a nossa impaciência aguarda".
(Ernesto Portas – o ex-Pide, in *A Ordem Natural das Coisas*, 2008 [1992], p. 27).

"– Faço tudo o que elas querem mas nunca tiro o chapéu da cabeça para que se saiba quem é o patrão".
(Francisco, in *O Manual dos Inquisidores*, 2005 [1996], p. 15 *passim*).

"(é tão fácil uma mulher descobrir os homens que têm medo do escuro)".
(Lina/a terapeuta ocupacional na Misericórdia de Alverca, in *O Manual dos Inquisidores*, 2005 [1996], p. 185).

"um homem finado é só um homem finado, uma mulher finada a gente nunca sabe quando vai sentar-se e conversar connosco".
(Carlos, in *O Esplendor de Portugal*, 2007 [1997], p. 127).

"esquecer uma mulher inteligente custa um número incalculável de mulheres estúpidas".
(*Livro de Crónicas*, 2006 [1998], p. 314 ["Crónica dedicada ao meu amigo Michel Audiard e escrita por nós dois"]).

"quanto mais óbvias somos menos entendem".
(Celina, in *Exortação aos Crocodilos*,
2007 [1999], p. 123).

"As mulheres nunca se sabe".
(Dono da esplanada, in *Que Farei Quando Tudo Arde?*,
2008 [2001], p. 213).

"*as mulheres (...) acostumam-se ao passado, vivem nele, respiram-no, distinguem pela orientação do vento as sepulturas que habitam*".
(Carlos, in *Que Farei Quando Tudo Arde?*,
2008 [2001], p. 571).

"com mulheres e cães nada de confiança".
(Miguéis, in *Boa Tarde Às Coisas Aqui Em Baixo*,
2004 [2003], p. 210).

"((...) às mulheres não se pede, não caiam na asneira de pedir, ordena-se)".
(Miguéis, in *Boa Tarde Às Coisas Aqui Em Baixo*,
2004 [2003], p. 220).

"(mesmo que não falemos com ela uma mulher ajuda)".
(Agente da Polícia, in *Ontem Não Te Vi Em Babilónia*, 2006, p. 299).

Nervos

"engraçado como o nervoso nos faz apreciar os sítios onde nem felizes nos sentimos".
(Dono do armazém, in *O Meu Nome É Legião*,
2007 [2007], p. 268).

Neuróticos

"Os neuróticos (...) aguentam nas calmas os tremores de terra afectivos".
(Obstetra, in *Explicação dos Pássaros*,
2004 [1981], pp. 206-207).

Noite

"A noite (...) é a angústia cardíaca dos despertadores, o botão inlocalizável do candeeiro que a mão tacteia às cegas sem o encontrar nunca, o copo de água à cabeceira que parece conter em si uma fatia de lua e todos os rios do escuro (...)".
(Médico psiquiatra, in *Conhecimento do Inferno*, 2004 [1980], p. 78).

Nome

"(o nosso nome impresso deixa de pertencer-nos (...), torna-se impessoal e alheio, perde a intimidade familiar da escrita à mão)".
(Médico psiquiatra, in *Memória de Elefante*, 2004 [1979], p. 51).

"os objectos não necessitam de nome, estão connosco como o cheiro das faias ou um ralo num tronco vedando-me sentir".
(Mãe de Hiena, in *O Meu Nome É Legião*, 2007 [2007], p. 294).

Nostalgia

"a nostalgia é pensar às avessas, e prefiro deixar isso aos caranguejos e camarões".
(*Livro de Crónicas*, 2006 [1998], p. 314 ["Crónica dedicada ao meu amigo Michel Audiard e escrita por nós dois"]).

Ódio

"Que falta o ódio faz para nos sentirmos saudáveis (...) Acharmo-nos em harmonia com o mundo é uma infecção mortal".
(Médico, in *Auto dos Danados*, 2005 [1985], p. 237).

Palavras

"depor palavras aos pés de uma escultura equivale às flores inúteis que se entregam aos mortos ou à dança da chuva em torno de um poço cheio".
(Médico psiquiatra, in *Memória de Elefante*, 2004 [1979], p. 105.

"*o que as palavras custam caramba, a gente esquece-se do que as palavras custam*".
(Luciano, médico do Redondo, in *Que Farei Quando Tudo Arde?*, 2008 [2001] p. 316).

"não se pode ladrar às palavras: tem de se lhes correr à volta".
(*Terceiro Livro de Crónicas*, 2005, p. 196
["Epístola de Santo António Lobo Antunes aos leitoréus"]).

Paraíso

"o Paraíso é uma espécie de clínica para anjos deprimidos, e os bigodes dos apóstolos os mata-borrões das suas lágrimas".
(Médico, in *Auto dos Danados*, 2005 [1985], p. 233).

Passado

"– Não se pode passar a limpo o passado mas pode-se viver melhor o presente e o futuro".
(Rapariga do sorriso, in *Memória de Elefante*, 2004 [1979], p. 118).

"a idade mistura as vozes do passado".
(Fernando, in *A Ordem Natural das Coisas*, 2008 [1992], p. 154).

"O passado é um país estrangeiro".
(*Terceiro Livro de Crónicas*, 2005, p. 281
["O passado é um país estrangeiro"].

Pessoas

"as pessoas, se devidamente estimuladas, mudam mais depressa de estado de alma do que em regra se supõe".
(O cavalheiro [Bernardino], in *Tratado das Paixões da Alma*, 2005 [1990], p. 203).

"a verdade é que existem três categorias de pessoas, nós, os possidónios e aqueles que os possidónios chamam pirosos".
(Tio Pedro, in *O Manual dos Inquisidores*, 2005 [1996], p. 101).

Portas

"todas as portas fechadas têm um ar peremptório".
(Maria Clara, in *Não Entres Tão Depressa Nessa Noite Escura*, 2008 [2000], p. 325).

Portugal

"– Dá-me ideia às vezes que Portugal todo é um pouco isso, o mau gosto da saudade em diminutivo e latidos enterrados debaixo de lápides pífias".
(Amigo do médico psiquiatra, in *Memória de Elefante*, 2004 [1979], p. 58)

"A noite em Lisboa é uma noite inventada (...), uma noite a fingir. Em Portugal quase tudo, de resto, é a fingir, a gente, as avenidas, os restaurantes, as lojas, a amizade, o desinteresse, a raiva. Só o medo e a miséria são autênticos, o medo e a miséria dos homens e dos cães".
(Médico psiquiatra, in *Conhecimento do Inferno*, 2004 [1980], p. 25).

"para se fazer uma revolução a sério em Portugal têm de se matar os padres todos, os doutores todos, os ricos todos: pelo menos metade do país".
(Soldado, in *Fado Alexandrino*, 2007 [1983], p. 505).

"Foi no Brasil, um ou dois anos depois da revolução, que percebi que Portugal, tal como os comboios do meu pai, não existia. Era uma ficção burlesca dos professores de Geografia e de História".
(Ana, in *Auto dos Danados*, 2005 [1985], p. 118).

"em Portugal (...) tudo estagna e se suspende no tempo".
(Funcionário público, in *A Ordem Natural das Coisas*, 2008 [1992], p. 19).

Proletariado

"até a vanguarda do proletariado tem direito à infância e a ver as girafas e os mandris entre a roupa a secar da varanda e as árvores em bico de aparo que acenam do céu".
(O Homem [Antunes], in *Tratado das Paixões da Alma*, 2005 [1990], p. 31).

Putas

"não há nada pior no mundo do que a cara de uma puta à luz do dia".
(Alferes, in *Fado Alexandrino*, 2007 [1983], pp. 449, 467).

"Quem não sabe ser puta (...) junta as pernas e reforma-se".
(Avó do Soldado, in *Fado Alexandrino*, 2007 [1983], p. 557).

Romance

"Os romances servem para se ler na cama antes de adormecer: dobra-se o canto da página, apaga-se a luz, e na manhã seguinte recomeça-se a pensar na vida".
(Chefe de equipa, in *Conhecimento do Inferno*, 2004 [1980], p. 149).

"os únicos livros que podem vir a ser bons/(e nunca é certo)/são aqueles que a gente tem a certeza de não ser capaz de escrever".
(*Terceiro Livro de Crónicas*, 2005, p. 172 ["Explicação aos paisanos"]).

Ricos

"Os ricos, no fundo, só se lembram de nós para os safarmos das chatices".
(Juiz de Instrução, in *Tratado das Paixões da Alma*, 2005 [1990], p. 321).

Salazar

"quando nós nascemos já o Salazar transformara o país num seminário domesticado".
(Médico psiquiatra, in *Memória de Elefante*, 2004 [1979], p. 58).

Silêncio

"o silêncio, tal como os marinheiros bêbedos, deve atacar-se a golpes de garrafa porque se lutamos contra ele de mãos nuas é mais que certo acabarmos estendidos na serradura do chão".
(*Livro de Crónicas*, 2006 [1998], p. 282 ["Velhas sombras fortuitas"]).

"Todo o silêncio (...) é uma segunda solidão a aumentar a primeira".
(*Segundo Livro de Crónicas*, 2007 [2002], p. 142 ["Ó Rosa arredonda a saia"]).

Sofrimento

"Às vezes passa-me pela cabeça que as coisas gostam de sofrer".
(Fátima, in *Exortação aos Crocodilos*, 2007 [1999], p. 63).

"talvez o sofrimento não passe de uma boininha cómica na direcção da roleta, de um tacão sujo ou de uma cama de hospital sem ninguém".
(Maria Clara, in *Não Entres Tão Depressa Nessa Noite Escura*, 2008 [2000], p. 26).

"inventamos sofrimentos no interior da cabeça, o segredo está em não nos abatermos".
(Carlos, in *Que Farei Quando Tudo Arde?*, 2008 [2001], p. 446).

Solidão

"a solidão possui o gosto azedo do álcool sem amigos, bebido pelo gargalo, encostado ao zinco do lava-loiças".
(Narrador, in *Memória de Elefante*, 2004 [1979], p. 22).

"a solidão (...) é uma pistola de criança num saco de plástico na mão de uma mulher apavorada".
(Médico psiquiatra, in *Conhecimento do Inferno*, 2004 [1980], p. 67).

"a solidão são as pessoas de pé à minha frente e os seus gestos de pássaros feridos, os seus gestos húmidos e meigos que parecem arrastar-se, como animais moribundos, à procura de uma ajuda impossível".
(Médico psiquiatra, in *Conhecimento do Inferno*, 2004 [1980], p. 70).

"A solidão é o azedume da dignidade".
(Médico psiquiatra, in *Conhecimento do Inferno*, 2004 [1980], p. 76).

"a partir de certa altura as mães desistem ou perdem-se algures, tanto faz, e continuamos sozinhos".
(Mariana, in *Eu Hei-de Amar Uma Pedra*, 2004, p. 383).

Sonho

"Por qualquer motivo que desconheço moro num sonho inventado com chuva verdadeira dentro".
(Médico psiquiatra, in *Conhecimento do Inferno*, 2004 [1980], p. 196).

Sopeira

"– Sopeira em que o patrão não se ponha nunca chega a criar amor à casa".
(Tenente, in *Os Cus de Judas*, 2004 [1979], pp. 43 e 80).

Talento

"a ausência de talento é uma bênção (...); só que custa a gente habituar-se a isso".
(Médico psiquiatra, in Memória de Elefante,
2004 [1979], p. 101).

Tempo

"o tempo (...) não é nenhuma entidade metafísica, é apenas uma empresa de demolições".
(Terceiro Livro de Crónicas,
2005, p. 258 ["Dalila"]).

Vida

"envelhecemos para nada ou ainda é possível, ainda será possível qualquer coisa?".
(Capitão, in Fado Alexandrino,
2007 [1983], p. 40).

"não há nenhum relógio (...) que badale horas que já foram".
(Alferes, in Fado Alexandrino,
2007 [1983], p. 478).

"a vida às vezes usa tanto a gente que não se percebe a idade das pessoas".
(Soldado, in Fado Alexandrino,
2007 [1983], p. 488).

"as histórias são tão tolas quanto a vida".
(Alfredo, in A Ordem Natural das Coisas,
2008 [1992], p. 231).

"as sombras e a estranheza existem em nós e não nas coisas, e então desiludimo-nos a pouco e pouco com a aborrecida e estática vulgaridade dos objectos".
(Julieta, in A Ordem Natural das Coisas,
2008 [1992], p. 257).

"apesar dos mortos e da idade e das feridas do tempo, enquanto houver um acordeão e um piano e um violino e Carlos Gardel no gira-discos a cantar uma milonga para nós, temos tudo, o que se chama tudo, para recomeçar a vida do princípio e ser felizes".
(Raquel, in *A Morte de Carlos Gardel*, 2008 [1994], p. 285).

"a vida é azul se souberem tirar partido das contrariedades".
(Tio Pedro, in *O Manual dos Inquisidores*, 2005 [1996], p. 111).

"tudo nesta vida ganha pó, se os sentimentos que são mais escondidos ganham pó que se farta calcule o que não sucede aos objectos sem vitrine".
(Dona Emília – empregada de Tomás, tenente-coronel na reserva, in *O Manual dos Inquisidores*, 2005 [1996], p. 335).

"não tenho a certeza se somos nós que crescemos ou o mundo que encolhe, tudo deixa de nos servir e não apenas a roupa mas os sentimentos, as casas".
(Maria Clara, in *Não Entres Tão Depressa Nessa Noite Escura*, 2008 [2000], pp. 51-52).

"A gente sabe com o que conta e aprendi nesta vida a não contar com ninguém tirando eu".
(Senhor Sales, gerente da cave, in *Que Farei Quando Tudo Arde?*, 2008 [2001], p. 619).

"A vida é uma pilha de pratos a caírem no chão".
(*Segundo Livro de Crónicas*, 2007 [2002], p. 87 ["Minuete do senhor de meia idade"]).

"Há ocasiões em que um homem se sente tão mal vivido que se não fosse por timidez aceitava o abraço da camisa".
(*Segundo Livro de Crónicas*, 2007 [2002], p. 119 ["Já não tenho idade para estas coisas"]).

"a existência é a arte do inacabado que a morte interrompe de súbito como uma piada de mau-gosto".
(*Segundo Livro de Crónicas*, 2007 [2002], p. 161 ["A compaixão do fogo"]).

"a gente nasce inocentes e à pala da inocência leva cada bofetada da vida que até andamos de lado".
(Miguéis, in *Boa Tarde Às Coisas Aqui Em Baixo*, 2004 [2003], p.207).

Vinho

"Quando o vinho sobe à tristeza é necessário pulso teso para aguentar o safanão".
(Soldado, in *Fado Alexandrino*, 1983 [2007], p. 651.

Voo

"cada um voa como pode".
(Domingos, in *A Ordem Natural das Coisas*, 2008 [1992], p. 92).

2. TEXTOS DOUTRINÁRIOS

Romance

O romance que gostava de escrever era o livro no qual, tal como no último estádio de sabedoria dos chineses, todas as páginas fossem espelhos e o leitor visse, não apenas ele próprio e o presente em que mora mas também o futuro e o passado, sonhos, catástrofes, desejos, recordações. Uma história em que eu, folheando-a no intuito de a corrigir, armado de um lápis vermelho destinado a uma carnificina de emendas, encontrasse de súbito, a acenar-me alegremente sentado num parágrafo como no muro da quinta do meu avô, o filho do caseiro que me ensinava a armar aos pássaros e a roubar figos no pomar vizinho e que deve ser hoje um bate-chapas confinado a um segundo andar em Alverca, sem espaço para as cegonhas de Benfica, para as árvores da mata, para aquela dimensão religiosa, envolvente, auroral, entre céu e terra, onde as laranjeiras respiram devagar e os peixes do tanque nos entram e saem do corpo pelos poros da pele. E não só o filho do caseiro: também a música de piano da Vila Ventura onde morava um par de solteironas feias que Chopin transfigurava, adoçando-lhes os olhos até à ternura insuportável e belíssima dos animais doentes que conversam connosco numa linguagem que com o tempo nos tornamos surdos demais para entender, opacos à condição angélica dos inválidos, dos órfãos e das mulheres casadas, os únicos seres que conheço capazes de voar sobre o mistério das coisas.

No romance de páginas de espelhos que gostava de escrever tropeçaria, à esquina de uma capítulo, com os anos de Nelas, courts de ténis, a Serra da Estrela semeada de luzes, o ramo do castanheiro a assustar-me contra o postigo da insónia, a D. Irene a tocar harpa com as rolas amestradas dos dedos, a dama viúva instalada no topo das escadas como um buda gordíssimo e o primo solteirão dobrado para o telefone a segregar em ademanes de galã

– Mande-me meio quilo de alcatra senhor Borges.

Como as páginas são espelhos lá estaria o meu rosto de agora e todos os rostos que tive até ao rosto de agora revisitado no Álbum do Bebé que ainda conserva, mumificado como a trança de um santo, um feixezinho de cabelos de criança, hoje morta, que fui, a olhar-me através dos séculos numa desconfiança acusadora, cabelos que evito tocar no receio que se desfaçam em pó à maneira das flores de laranjeira das noivas antigas, e que ao desfazerem-se desapareça o que fui e as pessoas que amei com uma paixão sem igual, o meu avô paterno, a minha avó materna, Flash Gordon, a menina de pestanas compridas que fazia de Nossa Senhora no presépio da igreja, Sandokan e o Capitão Haddock.

Como as páginas são espelhos seria um livro rude e comovido como as moradias da Beira em setembro, o vento no pinhal do Zé Rebelo, as primeiras chuvas nas paredes de granito, a minha mãe franzida, de mão em concha na orelha, a perguntar aos gritos

– O quê?

e refugiado a um canto da sala, onde lhe não escutassem os cochichos sedutores, o primo solteirão a arrulhar de olhos fechados ao telefone, másculo, persuasivo, irresistível

– Afinal não é alcatra senhor Borges é um quilo de vazia.

Como as páginas são espelhos lá estariam os meus anos de menino do coro, a coreografia hipnótica das missas, a lúgubre encenação das procissões, o pavor de um Deus terrificante que me espiava emboscado na esperança de uma mentira, de um palavrão, de polegares disfarçados no bolso a tentarem pecaminosas manobras, a fim de me empurrar direitinho para um universo que se assemelhava a uma cozinha ferrugenta cheia de panelas de caldo verde a ferver e de criadas de pupilas fosforescentes e tornozelos em pé de cabra, prontas a mergulharem-me por toda a eternidade num tormento de sopas fumarentas. Os padres de bochechas enceradas como as das mulheres que vinham comer aos sábados a casa dos meus avós, transformavam o almoço num sacramento solene, onde o arroz de pato adquiria uma espessura litúrgica que um sotaque do norte e um forte hálito de galheta sublinhavam. E indiferente aos padres, ao Demónio, ao Inferno, aveludado e gorjeante, de feições na sombra como Humphrey Bogart e chapéu inclinado para as sobrancelhas, encantatório, mágico, esfumado, o primo solteirão, de lábios no bocal, resignava-se numa languidez de desmaio

– Pronto senhor Borges se não tem vazia não tem vazia acabou-se traga-me duzentas e cinquenta de fiambre.

Como as páginas são espelhos se me aproximasse mais do livro toparia atrás dos meus avós, de Sandokan, de Flash Gordon, da rapariga do presépio, da minha mãe de mão em concha na orelha e do adolescente que deixei de ser, afogueado de timidez e borbulhas, um homem aflito a penar o seu romance palavra a palavra até o entregar ao editor que do outro lado da secretária o recebe como um dignitário eclesiástico aceita com benevolência pastoral a oferta de um crente. Deposito-lhe reverentemente um maço de folhas no tampo da mesa, ele abençoa-me com o báculo de uma caneta de prata e ao alcançar a rua dou-me conta de que perdido o romance perdi uma parte essencial da minha identidade de modo que em casa principio de imediato a preparar os blocos para a história seguinte na pressa de me reflectir de novo no papel onde surge devagarinho uma esperança teimando em garantir-me que existem manhãs tão matinais que só por elas merece a pena acreditar nem que seja nos políticos, esses patéticos administradores do efémero, nem que seja nos economistas, esses absurdos gestores do contingente, acreditar em todas as criaturas que baseiam o seu prestígio numa insegura veemência e permanecer vivo. (...).

António Lobo Antunes, "O coração do coração",
in *Livro de Crónicas*. 6.ª ed./1.ª ed. *ne varietur*.
Lisboa: Dom Quixote, 2006 [1998], pp. 51-54.

Deus

A existência de Deus não preciso que ma provem como aquele padre ontem na televisão de caneta em riste, sério, acusador, definitivo. Não preciso que ma provem porque conheço Deus desde que nasci, ainda antes do catecismo, ainda antes das aulas de moral do liceu, ainda antes de ser menino de coro. Daí para cá mudou um pouco, mas o Deus de eu era pequeno era um senhor de idade, cerca de sessenta anos, barba comprida e cabelo branco comprido também, como na época em que mo apresentaram só Walt Whitman e o D. João usavam. O D. João
(falo dele num romance)
andava à chuva nas ruas de Nelas, Beira Alta, vestido de farrapos, amparado a uma bengala a proclamar que era imperador de todos os reinos do mundo, o que me parecia absolutamente natural visto ter sido ele que criara o Universo. Hoje os tempos são outros e para além de Walt Whitman e do D. João há imensas pessoas parecidas com Deus nas tascazinhas de artistas
(Gide espantava-se sempre de haver mais artistas do que obras de arte)
do Bairro Alto em geral acompanhados por mulheres feiíssimas. Escrevem versos em edições de autor e têm mau perder após o segundo copo. O Deus da minha infância não frequentava restaurantes nem escrevia versos: habitava um casarão enorme chamado igreja, em contencioso com a EDP por nunca haver luz eléctrica, só castiçais de velas cujas chamas se inclinavam a tremer na direcção dos guarda-ventos. Uma das primeiras coisas que me explicaram foi que Deus amava os pobres os quais em morrendo seguiam direitinhos em flecha para o Céu, o que não impedia que em vida não lhes ligasse grandemente: os pobres ajoelhavam-se nas lajes ou, com sorte, em bancos corridos de pau que magoavam os ossos, ao passo que os ricos, condenados a seguir ao último suspiro a um estágio de queimaduras do segundo grau no barbecue do

Purgatório, tinham cadeiras almofadadas com uma chapinha com o nome do proprietário nas costas. Mesmo que os ricos estivessem destinados a sofrer o seu pedaço com o churrasco que antecedia o Paraíso, nunca compreendi muito bem esta segregação social que o chefe da repartição de Deus, o prior, aumentava ao promover aos domingos uma missa às sete da manhã para as criadas e outra ao meio-dia para os patrões. Julgo que na missa das criadas se falava das maravilhas que as esperavam no Céu que eu imaginava cheio de caramelos e automóveis de pedais, e contudo nunca nenhuma se mostrou especialmente entusiasta quando lhes perguntava se queriam dar uma volta no meu. Talvez preferissem bem-aventuranças que não compreendia bem em que podiam consistir e acerca das quais o padeiro parecia melhor informado do que eu, pois assim que tocava a campainha elas precipitavam-se para a porta a recebê-lo e quando os meus pais não estavam conversavam com ele, do Paraíso, no fundo do jardim, mandando-me embora se me aproximava para me impedirem de conhecer em pormenor as delícias que Deus lhes destinava.

A mim o que desde logo me disseram foi que Deus detestava essencialmente três coisas, todas elas conducentes ao Inferno em consequência da sua gravidade indesculpável: não comer a sopa até ao fim, arreliar as tias e chamar nomes à cozinheira. (...).

António Lobo Antunes, "A existência de Deus",
in *Livro de Crónicas*. 6.ª ed./1.ª ed. *ne varietur*.
Lisboa: Dom Quixote, 2006 [1998], pp. 99-101.

Literatura

(...) Eu ontem estava a pensar como é que havia de acabar esta conversa e estava a ler um escritor que sempre me assombra, que é o Joseph Conrad, que é um escritor que não é para ser – como é que eu hei-de dizer ? – não é para ser compreendido nem para ser analisado, é para ser apanhado como uma

febre. Eu acho que a grande literatura é isto: tem que ser apanhada como uma febre. E ele diz a páginas tantas num livro espantoso chamado *Heart of Darkness*, *O Coração das Trevas*, que a única coisa que a vida nos pode dar é um certo conhecimento de nós mesmos, que chega sempre tarde demais. (...).
António Lobo Antunes, "Facas, garfos e colheres",
in *Espaços de educação. Tempos de formação*.
Textos da Conferência Internacional Espaços de educação.
Tempos de formação. Lisboa: Fundação Calouste Gulbenkian,
2001, p. 22.

Leitura

Sempre que alguém afirma ter lido um livro meu fico decepcionado com o erro. É que os meus livros não são para ser lidos no sentido em que usualmente se chama ler: a única forma
parece-me
de abordar os romances que escrevo é apanhá-los do mesmo modo que se apanha uma doença. Dizia-se de Bjorn Borg, comparando-o com outros tenistas, que estes jogavam ténis enquanto Borg jogava outra coisa. Aquilo a que por comodidade chamei romances, como poderia ter chamado poemas, visões, o que se quiser, apenas se entenderão se os tomarem por outra coisa. A pessoa tem de renunciar à sua própria chave
aquela que todos temos para abrir a vida, a nossa e a alheia
e utilizar a chave que o texto lhe oferece. De outra maneira torna-se incompreensível, dado que as palavras são apenas signos de sentimentos íntimos, e as personagens, situações e intriga os pretextos de superfície que utilizo para conduzir ao fundo avesso da alma. A verdadeira aventura que proponho é aquela que o narrador e o leitor fazem em conjunto ao negrume do inconsciente, à raiz da natureza humana. Quem não entender isto aperceber-se-á apenas dos aspectos mais par-

celares e menos importantes dos livros: o país, a relação homem-mulher, o problema da identidade e da procura dela, África e a brutalidade da exploração colonial, etc., temas se calhar muito importantes do ponto de vista político, ou social, ou antropológico, mas que nada têm a ver com o meu trabalho. O mais que, em geral, recebemos da vida, é um certo conhecimento dela que chega demasiado tarde. Por isso não existem nas minhas obras sentidos exclusivos nem conclusões definidas: são, somente, símbolos materiais de ilusões fantásticas, a racionalidade truncada que é a nossa. É preciso que se abandonem ao seu aparente desleixo, às suspensões, às longas elipses, ao assombrado vaivém de ondas que, a pouco e pouco, os levarão ao encontro da treva fatal, indispensável ao renascimento e à renovação do espírito. É necessário que a confiança nos valores comuns se dissolva página a página, que a nossa enganosa coesão interior vá perdendo gradualmente o sentido que não possui e todavia lhe dávamos, para que outra ordem nasça desse choque, pode ser que amargo mas inevitável. Gostaria que os romances não estivessem nas livrarias ao lado dos outros, mas afastados e numa caixa hermética, para não contagiarem as narrativas alheias ou os leitores desprevenidos: é que sai caro buscar uma mentira e encontrar uma verdade. Caminhem pelas minhas páginas como num sonho porque é nesse sonho, nas suas claridades e nas suas sombras, que se irão achando os significados do romance, numa intensidade que corresponderá aos vossos instintos de claridade e às sombras da vossa pré-história. E, uma vez acabada a viagem

e fechado o livro

convalesça. Exijo que o leitor tenha uma voz entre as vozes do romance

ou poema, ou visão, ou outro nome que lhe apeteça dar

a fim de poder ter assento no meio dos demónios e dos anjos e da Terra. Outra abordagem do que escrevo é

limita-se a ser

uma leitura, não uma iniciação ao ermo onde o visitante terá a sua carne consumida na solidão e na alegria. Isto não se

torna complicado se tomarem a obra como a tal doença que acima referi: verão que regressam de vocês mesmos carregados de despojos. Alguns
   quase todos
os mal-entendidos em relação ao que faço, derivam do facto de abordarem o que escrevo como nos ensinaram a abordar qualquer narrativa. E a surpresa vem de não existir narrativa no sentido comum do termo, mas apenas longos círculos concêntricos que se estreitam e aparentemente nos sufocam. E sufocam-nos aparentemente para melhor respirarmos. Abandonem as vossas roupas de criaturas civilizadas, cheias de restrições, e permitam-se escutar a voz do corpo. Reparem como as figuras que povoam o que digo não são descritas e quase não possuem relevo: é que se trata de vocês mesmos. Disse em tempos que o livro ideal seria aquele em que todas as páginas fossem espelhos: reflectem-me a mim e ao leitor, até nenhum de nós saber qual dos dois somos. Tento que cada um seja ambos e regressemos desses espelhos como quem regressa da caverna do que era. É a única salvação que conheço e, ainda que conhecesse outras, a única que me interessa. Era altura de ser claro acerca do que penso sobre a arte de escrever um romance, eu que em geral respondo às perguntas dos jornalistas com uma ligeireza divertida, por se me afigurarem supérfluas: assim que conhecermos as respostas, todas as questões se tornam inimportantes. E, por favor, abandonem a faculdade de julgar: logo que se compreende, o julgamento termina, e quedamo-nos, assombrados, diante da luminosa facilidade de tudo. Porque os meus romances são muito mais simples do que parecem: a experiência da antropofagia através da fome continuada, e a luta contra as aventuras sem cálculo mas com sentido prático que os romances em geral são. O problema é faltar-lhes o essencial: a intensa dignidade de uma criatura inteira. Faulkner, de quem já não gosto o que gostava, dizia ter descoberto que escrever é uma muito bela coisa: faz os homens caminharem sobre as patas traseiras e projectarem uma enorme sombra. Peço-lhes que dêem por ela, compreen-

dam que vos pertence, é o que pode, no melhor dos casos, dar nexo à nossa vida.

António Lobo Antunes, "Receita para me lerem",
in *Segundo Livro de Crónicas*. 2.ª ed./1.ª ed. *ne varietur*.
Lisboa: Dom Quixote, 2007 [2002], pp. 113-116.

Prémios literários

(…) Os prémios literários (…) afiguram-se-me tão aleatórios como um concurso hípico. Sempre que havia uma eleição no parlamento francês Clemenceau anunciava

– Voto no mais burro.

Em Portugal não os aceito por medo que os burros votem em Clemenceau. No estrangeiro, de onde chovem com uma abundância que me confunde, aceito os que me oferecem os países de que gosto por uma questão de turismo de borla, desde que não me obriguem a dar entrevistas nem a fazer discursos. O meu amigo José Cardoso Pires admirava-se de me ver empilhar os troféus na casa de banho: expliquei-lhe a sua função laxante e a esperança de que um dia o autoclismo os levasse a todos a caminho do Tejo. E quanto à literatura sempre fui de opinião que os únicos romances que devemos reler para melhorar o trabalho são aqueles que escrevemos, embora deteste visitar cemitérios de palavras num desconsolo de viúva. Olho para as estantes e o que vejo são pequeninos túmulos fechados com cadáveres lá dentro, aos quais me repugna oferecer os jacintos que se compram no portão a vendedoras ambulantes de lágrimas. A minha tarefa consiste em desfazer livro a livro os tricots que construí, em desmontar os estados de alma que criei, em jogar para o lixo as estátuas que pretendi que admirassem, em ser suficientemente corajoso a fim de subverter as leis que tomei como dogmas, em tomar balanço a pés juntos, sobre os meus erros, para chegar mais longe, o que me impede a satisfação da felicidade mas que me reserva a esperança do prazer dos leitores. E não existe aqui altruísmo algum porque não sou um escritor generoso: apenas um homem de orgulho que julga que ser dotado é ir além do que pode. Não estou no mundo para ajudar os meus admiradores a atravessar a rua. (...).

António Lobo Antunes, "A compaixão do fogo",
in *Segundo Livro de Crónicas*. 2.ª ed./1.ª ed. *ne varietur*.
Lisboa: Dom Quixote, 2007 [2002], pp. 161-162.

Bastidores da criação 1

Talvez as pessoas mais próximas de mim, com quem mais me assemelho, sejam as que encontro, à noite, a vasculharem os contentores de lixo. Julgo que não tenho feito outra coisa toda a vida, ou seja, meter o nariz,

(engraçada esta expressão, meter o nariz)

no que deitam fora, no que abandonam, no que não lhes interessa, e regressar daí com toda a espécie de despojos, restos, fragmentos, emoções truncadas, sombras baças, inutilidades minúsculas, eu às voltas com isso, virando, revirando, guardando

(um caco de gargalo entre duas pedras do passeio, por exemplo)

descobrindo brilhos, cintilações, serventias. Quase sempre os meus romances são feitos de materiais assim, palavras assim, sentimentos assim, que a cabeça e a mão trabalham numa paciência de ourives. Se olho para dentro encontro um armazém anárquico de expressões desbotadas, caixinhas de substantivos, arames de verbos para ligar tudo, uma espécie de cesto de costura

(de cestos de costura)

como os das minhas avós, em que se acumulavam botões quebrados, linhas, metades de tesouras, as pobres ferramentas de que necessito para construir o mundo. A sua racionalidade truncada da existência, a resposta às nossas acções desconexas, a procura de uma verdade tão difícil de distinguir da paixão da mentira, a amarga treva interior indispensável à luz, minados que estamos por uma espécie de isolamento essencial. Aprendi muito cedo que a vitória se ganha à custa de sucessivas derrotas, entendendo-se por derrota a aridez da ambição sem audácia. Claro que o preço disto é elevado, mas talvez mereça a pena emergir das cidades sepulcrais interiores em que nos confinamos, ainda que o desafiar da trivialidade gere, inevitavelmente, uma incompreensão profunda. Sou muito claro a respeito do que julgo ser a arte de escrever um romance: não existe um sentido exclusivo e este não tende

(tal como nós)

para uma conclusão definida. A única forma de o ler consiste em trocar a obsessão da análise por uma compreensão dupla, se assim me posso exprimir: acharmo-nos, ao mesmo tempo, no interior e por fora da intensidade inicial, ou seja do conflito entre o quotidiano e o esmagamento cósmico, atemorizados pelo horror e a alegria primitivas, vagando sem cálculo nem sentido pelo ermo dos dias. Daí a minha busca nos contentores do lixo: chega-se ao meio dia da alma buscando-a entre restos de comida, espinhas, dejectos, lâmpadas fundidas, remendos coloridos: ao vestirmo-nos deles somos, por fim, o que de facto não deixámos de ser: mulheres e homens que podem caminhar agora em ruas diferentes por conhecerem, de modo inapelável, a voz da sua alma, e detestarem as restrições da falsidade. Escrever não bem romances: visões, morar nelas como num sonho cuja textura é a nossa própria carne, cujos olhos, tal como os olhos dos cegos, entendem o movimento, os cheiros, os ruídos, a subterrânea essência do silêncio. Tudo é absurdo e grotesco menos a revolução implacável que conduz ao puro osso da terra, e tudo isso se acha, a cada passo, no que deitamos fora, no que abandonamos, no que não nos interessa. É por medo que deitamos fora, que abandonamos, que não nos interessa (...). Peço perdão de não explicar isto de outro modo: é que não possuo nenhuma escola literária por mais parentes que me inventem, e pode ser que padeça de teimosia de quem, peça a peça, se ergueu a si mesmo: em consequência disso vejo-me obrigado a lutar com a língua, o penar da composição sofrida, a imensa gama de significados obscuros que se sobrepõem e entrelaçam. Deixo-vos os meus livros à porta como os leiteiros de eu pequeno as suas garrafas brancas. Estão aí. No caso de os não recolherem do capacho continuarão aí, visto que não toco a campainha, e ao abrirem a porta já eu desci as escadas. Para onde? Agrada-me imaginar que ao vosso encontro: chegando à varanda é fácil dar por mim, parado quase à esquina, a remexer sedimentos e sedimentos

(restos, emoções truncadas, sombras baças)

até vos tocar e me tocar no por dentro de nós, onde aflitamente moramos, no encantado lugar de horror e alegria que é a única parte da vida do homem consciente.

     António Lobo Antunes, "A confissão do trapeiro",
     in *Terceiro Livro de Crónicas*. Ed. *ne varietur*.
     Lisboa: Dom Quixote, 2005, pp. 133-135.

Bastidores da criação 2

(...) Nunca começo um livro antes de ter a certeza que não sou capaz de o escrever

e de imediato, sem pausa alguma, vai o Júlio e responde

– E como é que a gente explica isto aos paisanos?

A frase dele

– Como é que a gente explica isto aos paisanos?

tem andado comigo. Talvez se possa explicar garantindo, por exemplo, que a principal dificuldade com o livro que ando a escrever consiste em que pensei demasiado no romance, sem ter deixado espaço para o romance se pensar a si mesmo. E, quando a gente pensa, pensa por fora, ao passo que quando o livro se pensa a si mesmo

(e a gente ali, vigilantes)

se pensa por dentro. A obra é autónoma e não admite intromissões do autor pelo menos durante as duas ou três primeiras versões. É preciso sentir que estamos de um lado do tapume, que a mão atravessa mas os olhos não, e nem temos a certeza de acertar no papel. O que não faz mal porque, de qualquer maneira, o que não acertou com a página não merecia estar nela. É preciso compreender que não é importante perceber-se o que se faz, dado que aquilo que se faz se percebe e se articula e se basta de acordo com as suas próprias regras, que não são as nossas

(felizmente)

e necessita da gente apenas como uma espécie de intermediários entre duas instâncias que nos escapam e não nos ligam nenhuma. Sento-me à mesa e fico à espera: é assim que trabalho. A pouco e pouco uma espécie de onda ou seja o que for vai tomando conta de mim. A minha tarefa consiste em ficar quietinho, aceitando a tal onda ou o que for. E então chega a primeira palavra. Chega a segunda. Uma fúria calma toma conta da gente e a mão principia a mexer-se do tal lado invisível. Claro que por vezes a cabeça entra nisso, mas mal entra sai logo. Os capítulos vão-se construindo devagar, numa inevitabilidade cega. O material conflui, junta-se, muda de cor, de textura, de direcção, toma forma, acerta, penosamente, os seus vários elementos, à medida que a cabeça, que já não entra nele, desenvolve uma actividade paralela, seguindo-o de longe, como um cão de rebanho sem grande importância na vontade das ovelhas mas, apesar de tudo, com uma importância que as ovelhas sentem. Horácio chamava a isto «uma bela desordem precedida do furor poético». O que fica, nas tais primeiras versões, é um magma: por baixo do magma está o livro. E agora sim, chega aqui, cabeça, e ajuda-me a limpar, a trazer o livro metido lá por baixo, a secá-lo, a sacudi-lo, a dar-lhe forma. E então pira-te cabeça, outra vez, mas mantém-te aí à mão de semear, porque me vais ser útil. Quem inicia um trabalho sabendo o que vai fazer faz mal. Faz idêntico ao anterior. Faz previsto. Faz aquilo que a preguiça do leitor espera.

Escrever

(ou pintar ou compor)

é ser vedor de água. Caminhar com a varinha, à procura, até que a vara se inclina e anuncia

– Aqui

e então a gente pára e cava. E existe tudo, lá no fundo, à espera.

Escrever

(ou pintar ou compor)

consiste em trazer para cima. Se a gente apanha o que está em cima faz o que se vê nas livrarias e nas galerias, que apresentam o óbvio. O óbvio tem sucesso enquanto o hoje é hoje. Mal o hoje é ontem ganham ranço. (...).

António Lobo Antunes, "Explicação aos paisanos",
in *Terceiro Livro de Crónicas*. Ed. *ne varietur*,
Lisboa: Dom Quixote, 2005, pp. 169-172.

3. TEXTOS LITERÁRIOS

Memória de Elefante

> [Dando conta de acontecimentos vários (alguns a tocar os limites do grotesco) que ocorrem no lapso temporal de cerca de vinte horas – desde que o protagonista entra ao serviço no Hospital Miguel Bombarda até às cinco da manhã do dia seguinte (sexta-feira para sábado) –, este romance aparece, de acordo com Maria Alzira Seixo, "como o romance do malogro" (*Os romances de António Lobo Antunes*. Ed. cit., p. 20). Malogro conscientemente assumido pelo médico psiquiatra que, neste excerto, desabafa a sua vida virada de um avesso crescente, e sem solução, como parecem sugerir as páginas finais desta *Memória* onde o presente se cruza com o passado remoto da infância ou com o passado mais próximo da guerra em África (numa estratégia que, de forma inevitável, condiciona o olhar que o sujeito lança sobre si, sobre os outros, ou sobre as coisas do real circundante).]

(...) – Cheguei ao fundo dos fundos, continuou o psiquiatra, e não tenho a certeza de conseguir sair dos limos onde estou. Não tenho mesmo a certeza de que haja sequer saída para mim, percebes? Às vezes ouvia falar os doentes e pensava em como aquele tipo ou aquela tipa se enfiavam no poço e eu não achava forma de os arrancar de lá devido ao curto comprimento do meu braço. Como quando em estudantes nos mostravam os cancerosos nas enfermarias agarrados ao mundo pelo umbigo da morfina. Pensava na angústia daquele tipo ou daquela tipa, tirava remédios e palavras de consolo do meu espanto, mas nunca cuidei vir um dia a engrossar as tropas porque eu, porra, tinha força. Tinha força: tinha mulher, tinha filhas, o projecto de escrever, coisas concretas, bóias de me aguentar à superfície. Se a ansiedade me picava um nada, à noite, sabes como é, ia ao quarto das miúdas, àquela desordem de tralha infantil, via-as dormir, serenava: sentia-me escorado, hã, escorado e a salvo. E de repente, caralho, voltou-se-me a vida do avesso, eis-me barata de costas a espernear, sem apoios. A gente, entendes, quero dizer eu e ela, gostava muito um do outro, continua a gostar muito um do outro e os tomates desta merda é eu não conseguir pôr-me outra vez direito, telefonar-lhe e dizer – Vamos lutar, porque se calhar perdi a gana de lutar, os braços não se movem, a voz não fala, os tendões do pescoço não seguram a cabeça. E foda-se, é só isso que eu quero. Acho que nós os dois temos falhado por não saber perdoar, por não saber não ser completamente aceite, e entrementes, no ferir e no ser ferido, o nosso amor (é bom falar assim: o nosso amor) resiste e cresce sem que nenhum sopro até hoje o apague. É como se eu só pudesse amá-la longe dela com tanta vontade, catano, de a amar de perto, corpo a corpo, conforme desde que nos conhecemos o nosso combate tem sido. Dar-lhe o que até hoje lhe não soube dar e há em mim, congelado embora mas respirando sempre, sementinha escondida que aguarda. O que a partir do início lhe quis dar, a ternura, percebes, sem egoísmo, o quotidiano sem rotina, a entrega absoluta de um viver em partilha, total, quente e simples como um pinto na mão, animal pequeno assustado e trémulo, nosso. (...). (pp. 63-64).

Os Cus de Judas

[Abrangendo um intervalo de tempo inteiramente noturno (serão e madrugada passados num bar e na casa do médico), a ação de Os Cus de Judas respeita a um incessante diálogo-monólogo entre o ex-combatente na guerra colonial e uma mulher a quem nunca é dada voz na narrativa e cujo nome fica por conhecer. A esta, no entanto, se fazem as mais diversas e agónicas confidências: memórias de uma "infância que a nenhum de nós pertence" (p. 13), considerações sobre o "país estreito e velho" em que vive (p. 35), desabafos pessoais, descrição de solidões várias, etc. Tudo isto, como também podemos ler no excerto transcrito, sistematicamente mesclado com tristes e críticas memórias da guerra e, enviesadamente, com os efeitos psicológicos do tempo vivido em África.]

Porque camandro é que não se fala nisto? Começo a pensar que o milhão e quinhentos mil homens que passaram por África não existiram nunca e lhe estou contando uma espécie de romance de mau gosto impossível de acreditar, uma história inventada com que a comovo a fim de conseguir mais depressa (um terço de paleio, um terço de álcool, um terço de ternura, sabe como é?) que você veja nascer comigo a manhã na claridade azul pálida que fura as persianas e sobe dos lençóis, revela a curva adormecida de uma nádega, um perfil de bruços no colchão, os nossos corpos confundidos num torpor sem mistério. Há quanto tempo não consigo dormir? Entro na noite como um vagabundo furtivo com bilhete de segunda classe numa carruagem de primeira, passageiro clandestino dos meus desânimos encolhido numa inércia que me aproxima dos defuntos e que o vodka anima de um frenesim postiço e caprichoso, e as três da manhã vêem-me chegar aos bares ainda abertos, navegando nas águas paradas de quem não espera a surpresa de nenhum milagre, a equilibrar com dificuldade na boca o peso fingido de um sorriso.

Há quanto tempo de facto não consigo dormir? Se fecho os olhos, uma rumorosa constelação de pombos levanta voo dos telhados das minhas pálpebras descidas, vermelhas de conjuntivite e de cansaço, e a agitação das suas asas prolonga-se nos meus braços em tremuras hepáticas, apenas capazes de um tropeçar desajeitado de galinha, as pernas enrolam-se na colcha numa humidade de febre, por dentro da cabeça uma chuva de outubro tomba lentamente sobre os gerânios tristes do passado. Em cada manhã, ao espelho, me descubro mais velho: a espuma de barbear transforma-me num Pai Natal de pijama cujo cabelo desgrenhado oculta pudicamente as rugas perplexas da testa, e ao lavar os dentes tenho a sensação de escovar mandíbulas de museu, de caninos mal ajustados nas gengivas poeirentas. Mas por vezes, em certos sábados que o sol oblíquo alegra de não sei que promessas, suspeito-me ainda no sorriso um reflexo de infância, e imagino, ensaboando os sovacos, que me despertarão rémiges entre o musgo dos pêlos, e sairei pela janela numa leveza fácil de barco, a caminho da Índia do café.

Como na tarde de 22 de junho de 71, no Chiúme, em que me chamaram ao rádio para me anunciar de Gago Coutinho, letra a letra, o nascimento da minha filha (…). (pp. 69-70).

Conhecimento do Inferno

> [No decurso de uma solitária viagem entre o Algarve (Quinta da Balaia) e Lisboa (Praia das Maçãs), entre o início da tarde e cerca das três da manhã, o narrador evoca, numa caleidoscópica e serenamente angustiante mistura de memórias, *travessias* diversas de *infernos* não menos diversos: o exercício da Psiquiatria; os tempos de uma infância que, como em outros romances, surge colorida por tonalidades um pouco sombrias; a guerra colonial (e, mais uma vez, os seus efeitos no sujeito); ou, ainda, as relações familiares e (des)amorosas.]

(...) Nunca saí do hospital, pensou ele no covil de cimento da garagem, em que o mais insignificante dos ruídos adquiria a desmedida amplidão de um berro informe de náufrago. Ao crepúsculo, o avesso das coisas sobressalta-nos de medo como se do nosso rosto aflito e sério nascesse de súbito a corola imprevista de um sorriso. A aparência dos objectos modifica-se, os relógios aceleram-se angustiadamente no escuro, o corpo que se move debaixo dos lençóis ao nosso lado ameaça-nos com a sua raiva pastosa. Entrei no hospital, pensou ele, para uma viagem tão sem fim como esta viagem, como o mar das oliveiras aproximando-se e afastando-se, cintilante, nas trevas, agitado por ciciados cortejos de fantasmas. Nunca saí do hospital, pensei, e apesar disso nunca entendi os internados: digo Bom dia ou Boa tarde, subscrevo diagnósticos, ordeno terapêuticas, mas não compreendo, de facto, o que se passa por detrás das expressões vociferantes ou opacas, dos olhos apagados, das bocas sem saliva dos doentes. Um gajo de pijama garante, por exemplo, Apetece-me ter relações com um puto de seis anos, os livros explicam o motivo mas não é isso, não pode ser só isso, há outra coisa, outras coisas que sucedem tão fundo que as não percebemos, adivinho-lhes os contornos imprecisos e não percebo, de modo que receito calmantes, receito calmantes, receito calmantes, como quem cala os gritos do telefone enterrando-o sob uma pilha de almofadas.

Nunca saí do hospital, pensou ele no labirinto de ruelas de Aljustrel, onde as casas se aparentam a guardanapos dobrados, rígidos de goma, para jantares de cerimónia. Os aparelhos de televisão dos cafés difundiam pirâmides baças de claridade azul, espectrais como as olheiras de álcool da manhã, amarrotadas de insónia, e essa constelação de halos iluminava a vila, maquilhando as órbitas encovadas das varandas ou revelando as silhuetas amarelas dos bichos, de pupilas agudas como fragmentos, cheios de arestas, de ardósia. Os arbustos do largo trouxeram-lhe à ideia a praça de Malanje, defronte da esplanada, uma praça sem cisnes nem pombos, a que apenas a noite conferia um peso de mistério, feito da ausência de gritos e de vultos. Os peixes dormiam de olhos abertos no lago, e ele sentava-se, às vezes, nas cadeiras da esplanada vazia, preso das suas caprichosas melancolias, repletas de fúria e de desdém. E agora regressava a Lisboa sem nunca ter saído do hospital, porque quando alguém entra no asilo cerram o enorme portão à chave nas nossas costas, despojam-nos da carteira, do bilhete de identidade, do fato, do relógio, dos anéis, injectam-nos nas nádegas cinco ou seis centímetros cúbicos de doloroso esquecimento, e na madrugada imediata o nosso corpo é um puzzle de pedaços espalhados no lençol, impossíveis de reunir pela moleza incerta das mãos.

Nunca saí do hospital, pensou ele, nunca sairei do hospital (…). (pp. 116-117).

Explicação dos Pássaros

> [Rui S., investigador e assistente da Faculdade de Letras de Lisboa (e também espécie de filho pouco pródigo), é a personagem que ocupa o palco de uma imbricada narrativa que se alonga pelo espaço de quatro dias (entre uma 5.ª feira e um domingo de fevereiro) e onde, de forma obsessiva, por entre tempos baralhados e misturados, se entrecruzam as metáforas dos pássaros, do voo e do circo. Decidindo não ir a Tomar, onde participaria num Congresso, Rui S. sugere a Marília (sua segunda mulher) um fim-de-semana prolongado em Aveiro, onde lhe comunicaria o desejo de se separar.]

(...) Vamos chegar a Aveiro, Marília, os letreiros da pousada multiplicam-se, Pousada, Pousada, Pousada, Pousada, setas a apontarem a névoa da manhã, um odor de água podre, uma suspeita de areal, e não pensei em nada para te dizer, não encontro palavras na cabeça que te expliquem o que sinto, a minha gana de fugir de novo, de me virar do avesso, de partir, ficando, neste país de merda, à roda destes cinemas, destes bares, destes amigos barbudos prolixamente artistas, a resmungar o que não realizavam nunca diante de uma cerveja solitária. Já não gosto de ti (alguma vez gostei?), prefiro viver sozinho por uns tempos (cheguei a querer outra coisa, caralho?), preciso do quotidiano sem amarras, topas, sem cordas a prenderem-me os braços e as pernas (apressar-me-ei a arranjar outras, descansa), tenho os filhos a crescer e necessito de tempo para eles (há quantos fins-de-semana os não procuro?), vamos chegar a Aveiro e esqueci o odor dos teus cabelos, a forma do teu peito, o lento modo de seiva como as tuas coxas se humedecem. Quando havia parentes o meu pai desdobrava o écran de tripé ao fundo da sala, montava o projector, apagava as luzes, um rectângulo branco surgia a tremer na tela, traços e cruzes vermelhas vibravam e dissolviam-se, um cone de luz onde o fumo dos cigarros se enrolava em volutas lentas sobre as nossas cabeças, e nisto o mar repleto de albatrozes, a linha romba de espuma, a extensão horizontal, cor de serradura, da praia, e de novo os albatrozes evoluindo na esquadria de azul denso do filme, a forma afuselada dos corpos, os bicos pálidos abertos, os espanadores achatados das asas, dezenas, centenas, milhares de pássaros de que se imaginavam os crocitos, os gritos, os leves gemidos de criança, pássaros pousados nas rochas desafiando-se ou combatendo-se, enfunando o peito, furibundos, apaixonados, alegres, chamando-se, provocando-se, afastando-se, o meu pai só filmava pássaros e os convidados bolsavam comentários doutos e patetas, acendiam charutos, deitavam cubos de gelo nos copos de uísque, a voz minúscula ao telefone endureceu de súbito, autoritária e surpreendida:

– Letras? Porquê Letras se só dá para professor de liceu a tuta-e-meia por mês? (...). (pp. 65-66).

Fado Alexandrino

[Dez anos depois do regresso da guerra colonial em Moçambique, cinco tropas reúnem-se num jantar numa Lisboa que se estranha e que, com frequência, se funde e se confunde com o(s) espaço(s) da ex-colónia portuguesa e com o tempo aí vivido. Da mesma forma, misturam-se e intersecionam-se as diferentes vozes que vão compondo o relato de uma ação que, neste romance, abrange a noite e parte do dia seguinte. Depois do jantar, e depois de uma incursão pelo Bar Boîte Madrid – levando com eles as cinco prostitutas a que o excerto transcrito faz referência –, os militares dirigem-se a casa do alferes, que será o palco do assassinato de um deles. Pelo meio da narrativa sucedem-se os comentários à guerra de África, à Revolução de Abril de 1974 e aos seus efeitos e consequências.]

(...) O vestíbulo microscópico, com as portinhas dos contadores do gás, da electricidade, da água incrustados na parede, a sala-quarto de dormir dividida ao meio por uma estante de livros, galhardetes, bonecos de loiça, retratos, o tranquilo ronronar animal do frigorífico, as oxidadas corolas sem pérolas dos bicos do fogão, e à esquerda um corredorzinho com armários pintados de branco, o antigo quarto da Mariana a cheirar a pó e a grelado, a casa de banho com a cortina de plástico do chuveiro corrida, o pincel da barba e a gilete na prateleira de vidro, presa aos azulejos por grampozinhos cromados, e, pela janela, as escadas para as altas árvores do Príncipe Real, a pedra iluminada da fonte, com os seus recessos escuros e as suas rugas boleadas e porosas, e do outro lado da rua, Repare, meu capitão, disse o soldado a agarrar-me com força o cotovelo, o andar do pintor quase ao alcance do dedo, se eu me debruçar com força da varanda, olhe, sou capaz de tocar-lhe, se eu galgar o peitoril, por cima do orvalho dos automóveis estacionados, aterro de novo no meio das telas do velho e dos manipansos do preto, dos colares de missangas, dos frascos de terebintina, das latas de tinta, das telas, dos panos do Congo, dos jornais pelo chão, é impossível que o nosso alferes nunca me tenha visto, é impossível que o nosso alferes não esteja a disfarçar, a mulata observava um corcunda de loiça a tocar bandolim, a deusa do strip-tease Melissa procurava o lugar dos copos nas gavetas ao lado das máquinas de lavar, as magrinhas do cabelo descolorido fecharam-se, de baton em punho, na retrete, Cinco tropas e cinco putas bêbedas, conho, pensou o alferes, arrependido, oxalá que pelo menos não acordem os vizinhos, já bem basta o que a porteira vai badalar por aí, Não há música para alegrar estes defuntos, perguntou a ajudante do ilusionista, nunca assisti a um velório tão rasca, nunca aturei gente tão mona em toda a vida, o oficial de transmissões desencantou uma telefonia de pilhas atrás de uma cortina e tentava pô-la a funcionar, sentado no sofá com o aparelho ao colo, embalando-o num enternecimento de bebé, Não reparem na desarrumação, não reparem no lixo, solicitava o alferes a empurrar com o joelho um balde e um esfregão de plástico, a lavar à pressa os cinzeiros de vidro na torneira, a encher o recipiente de gelo, a abrir garrafas de gasosa e água tónica, a mulata estendeu-se na cama, cruzou os polegares gordos no decote, fechou os olhos e um momento depois ressonava, de queixo caído, exibindo as ferraduras dos molares, Não acredito que me não topasse, nu, meu alferes, alarmava-se o soldado, aos pulos, como um gafanhoto, em cima do preto, em cima do pintor, escutou-se o despejar bronquítico do autoclismo aos soluços nos canos e quase de seguida as duas magrinhas, vestidas como gémeas, entraram na sala com um risito aliviado, Se o que você quer é separar-se da Inês, sua besta (esteja calado, Jaime, que eu resolvo muito bem este assunto), tenha ao menos a honestidade de não me vir para aqui com lamúrias imbecis.

– Tão engraçado, comentou a deusa do strip-tease Melissa apontando o candeeiro de papel amarelo que o vento da rua abanava como um pêndulo, em que loja desencantou esta bola giríssima?

– O sacana casou e foi morar para casa dela, rosnou a porteira, furiosa. O senhor julga que se ele ficasse eu lhes dava um instante de sossego?

– Não só não me trouxe os cigarros, indignou-se a senhora de cabelo roxo, como andou para aí a espalhar coisas miseráveis a respeito de mim. Eu nem contei nada ao Greg, coitado, tive medo que lhe desse uma solipanta qualquer. Há pessoas capazes de tudo, capitão.

– E se eu o levar a tribunal por difamar a minha filha, oiça lá?, berrou a sogra. E se eu o arrastar pelas ruas da amargura, como é? (…). (pp. 462-464).

Auto dos Danados

> [Dividido em cinco grandes secções, *Auto dos Danados*, num tempo que se diz ser o de setembro de 1975, faculta a entrada no disfuncional e disfemístico universo de uma família reunida à volta da morte do patriarca. A singularidade de cada um dos pontos de vista apresentados, correspondentes a várias das personagens envolvidas na ação, permite reconstituir o ódio e a sordidez que levaram à desagregação familiar e a diversas formas de *danação*. De outros romances retoma Lobo Antunes, entre outros, o motivo da viagem ou do 25 de Abril, agora dando conta do comportamento reacionário de uma família. No excerto transcrito, cabe a Francisco, sete anos depois da morte do avô Diogo, recordar vagamente alguns dos momentos vividos, num relato que se afirma ser feito por solicitação.]

(...) eis-me em Monsaraz, no primeiro dia da festa, dobrado na minha cama de criança, a seguir ao almoço, com o avô a morrer lá em cima entre foguetes e gritos e música de baile, apertado contra o travesseiro de palha, crescendo para o orgasmo que não vinha.

A minha tia trotava-me nos calcanhares, pelas ruelazitas do cemitério e ao longo da colina para o rio como os machos dos ciganos a coxear atrás dos donos, gemendo protestos roucos de cansaço. Mesmo depois da sua morte continuou a visitar-me nos meus sonhos, a passear por eles na sua marcha quadrúpede, desequilibrada, sempre à beira da queda, e acontece-me descobrir o seu odor, no verão, nas botas de alpinista que comprei num ferro-velho de São Bento, entre armações de lavatório e cobertores esburacados, os quais me conferem ao usá-las, a virilidade exótica dos exploradores. Mas aos onze anos, amor, a minha tia representava para mim uma surpresa de carnaval, um animal obediente que me procurava de contínuo nos bolsos à espera dos rebuçados que eu não tinha, e enchia às vezes a noite, sem motivo, acordando os morcegos e o vento na figueira, com os lamentos dos seus gritos. Os adultos mandavam-me com frequência passeá-la, no intuito de se massacrarem à vontade, longe de mim, a propósito de ciúmes, de invejas, de dinheiro, temas incompreensíveis que possuíam, no entanto, o condão de fazer subir neles a rodopiante temperatura do ódio. De modo que quase todos os dias, em setembro, quando o sol torna as sombras verticais horas seguidas, arrastava pela porta das traseiras aquele gigantesco bebé de listras que me lambia amigavelmente as bochechas e a nuca, e sentávamo-nos na muralha, a suar, rodeados de vespas, balouçando as pernas como se pontapeássemos o Guadiana no sentido de Espanha.

Porém há sete anos, na parte deste relato que me mandaram contar, o estoiro dos morteiros, os lençóis dos fantasmas, os tangos da banda de Mourão, e os mugidos das vacas no curro do castelo, assustavam-me de tal forma que trotava ao acaso, a esbarrar nos arbustos e nos cardos, a picar-me nos espinhos, a desaparecer como uma toupeira nos desníveis da terra, a escalar montículos escorregadios, e a patinhar na lama da margem, na esperança de escapar às canas de foguete despenhadas do céu num aroma de pólvora morta, atadas num nozinho de arame. O meu cunhado fitava as chamas que se sucediam, mudas, no céu, recordadas, uma eternidade depois, pelas salvas dos estrondos. Um gargalo de garrafa surdia-lhe da algibeira como uma antena. Assim despenteado, soprando um bafo de vinho, com tantas nódoas no casaco como os bêbedos da vila, aparentava-se aos vagabundos que ressonam sob as pontes ou nas escadas de salvação dos prédios, submersos de desperdícios e detritos, soprando e engolindo os beiços ao ritmo de cachoeira dos pulmões. Não me espantaria se trotasse, a mancar, para nós, aos ziguezagues, exigindo uns tostões para um copo, com pedaços de terra e de ervas colados às calças, e a descobrir, aos soluços, meia dúzia de dentes oxidados. Há semanas pareceu-me vê-lo na rua em Campolide, gordo, calvo, de óculos, muitíssimo mais gasto, de sobretudo a escorrer pelas pregas do corpo. Examinava a vitrina de uma sapataria de segunda ordem, com uma sanduíche em punho, como outrora observava sem expressão os morteiros da festa, e, embora se não me afigurasse enodoado e barbudo, havia nele um clima de abandono interior, como se a terra e os detritos o forrassem por dentro, tornando-o, por assim dizer, um pedinte às avessas. (...). (pp. 162-163).

As Naus

[Neste romance, em que "o país é o personagem principal" (entrevista a Rodrigues da Silva, in *Jornal de Letras, Artes e Ideias*, 13 de abril, 1994, p. 17), é mais uma vez possível corroborar a perceção disfemística da realidade – da História – que caracteriza os universos romanescos (re)construídos. Numa narrativa que oscila constantemente entre a 1.ª e a 3.ª pessoas, o autor lança um olhar crítico sobre o Portugal pós-25 de Abril. Recorre, para tal, a figuras-personalidades histórico-literárias (a alguns anónimos também, caso do casal da Guiné) cujo significado e importância parodicamente desmembra e esvazia, para depois (re)criar no âmbito de um regresso a Portugal no período da descolonização (ver *infra*, Cap. 6, Paródia). No capítulo a que pertence o excerto que seleccionámos, Manoel de Sousa de Sepúlveda, anteriormente envolvido no negócio de diamantes com um inspector da Pide, regressa ao "reyno" onde encontrará a sua casa ocupada por retornados. Depois de expulso e roubado pelos novos ocupantes, procura refúgio na praia, onde dorme entre ciganos e rafeiros (pp. 67-70).]

(...) Uma manhã o engraxador do café, de voz rente aos sapatos, a estalar o pano do lustro nas biqueiras, informou-o de que haviam sucedido acontecimentos estranhos em Lixboa: o governo mudara, falava-se em dar a independência aos pretos, imagine, os clientes dos folhados de creme e das torradas indignavam-se. Crescia a frequência das colunas de regresso da Baixa do Cassanje, que perderam o aspecto bélico para se aproximarem da fisionomia pacífica das camionetas de transportes: o engraxador não se surpreenderia de ver berços e pianos a navegarem pelos morros na direcção de Loanda. Manoel de Sousa de Sepúlveda escutou a mesma conversa no barbeiro, no notário, na farmácia, e de atacadores a luzir postou-se de sentinela nos buxos do quintal, de chapéu de palha na cabeça, a observar as casernas da tropa com a mica das lentes. Assistiu à animação desusada do edifício do comando, aos pelotões de atiradores que carregavam furgonetas civis de caixotes de pólvora e espingardas, a um torvelinho de capitães esganiçados, aos maqueiros que arrumavam os filtros da água e a pomada antivenérea. Por causa de um negócio complicado de helicópteros estivera no Congo Belga na época da descolonização, e tinha aprendido a farejar no ar a ansiedade e o medo, o precipitado desmanchar de feira dos guerreiros vencidos, os sujeitos que apareciam e desapareciam, a mando não se sabia de quem, conspirando nas sanzalas, conversando com os padres negros, carambolando perguntas inocentes nos panos de bilhar. De modo que vendeu por tuta e meia, ao dono de um restaurante chinês, a casa, o recheio dos armários e os vestidos da esposa, armou-se da tesoura para se exaltar pela última vez com as estudantes do liceu de Malanje, circulou numa hipérbole triste pelos quartos a despedir-se do lava-loiça rachado e dos guaches do corredor, encheu um baú de roupa, pesou-lhe o joelho em cima a fim de trancar os fechos, e na semana seguinte era visto na África do Sul a tomar o avião para Lixboa.

Logo que tocou o pé no reyno e recuperou a bagagem que cirandava em voltinhas soluçadas numa passadeira de borracha telefonou de uma boutique de tabacos e artesanato (moliceiros de filigrana, bonecas minhotas, garrafinhas de vinho do Porto, barricas de ovos moles e galos de Barcelos) ao irmão que morava em Lixboa a anunciar-lhe Estou cá, mas como não conseguiu entender as respostas atropelou um grupo de freiras australianas que discutia medalhinhas de mártires, virgens opalescentes e outras preciosidades de pacotilha mística, arredondou-se num táxi e mandou seguir para o Jardim das Amoreiras da sua infância. O chapéu de palha e os óculos deviam jazer ainda onde os deixara, na mesinha de três pés do vestíbulo, a cheirar a terebintina, por baixo do bengaleiro de chifres diante do qual a falecida, assustada por tanto corno, se benzia sempre, ao entrar em casa, com a rede de compras na mão. (...). (pp. 61-62).

Tratado das Paixões da Alma

[Mais uma vez lançando o seu olhar crítico sobre o país, António Lobo Antunes apresenta, agora, um enredo relativo ao desmantelamento de uma rede de bombistas. Tudo se desenovela através e a partir do diálogo entre o Juiz de Instrução (Zé) e o acusado (o Homem, Antunes, António) (amigos de infância), numa exposição de informações e num rememorar do passado (sistematicamente entrecruzado com o presente) que desnudam vários ódios e também vários afetos. No extrato citado, passível de ilustrar a constante intromissão do passado, bem como os laços que unem os dois amigos de infância, sabemos da fuga de Antunes e da namorada após um atentado falhado.]

– O seu amigo cumpriu parte do contrato, temos quase todos os terroristas lá em baixo e o Secretário de Estado pede-me que lhe transmita as felicitações do Governo, anunciou o cavalheiro a sentar-se diante do Juiz de Instrução que arrumava processos no gabinetezinho da polícia, enquanto os atiradores especiais abandonavam o telhado e camionetas do Exército recolhiam os militares no portão. Trouxe uma garrafita de uísque para comemorarmos, é servido?

Dois copos de vodka finlandês que roubei ao armário do velho, vamos dar cabo disto à saúde de quem? disse o Homem estendido na relva, a puxar a tampa com os dentes. Desta vez safei-me por uma negra de me internarem em Abrantes, a minha avó comoveu-se no último minuto e deixaram-me ficar em Lisboa na condição de não chumbar mais nenhum ano no liceu.

– Promete, promete, mas eu já estou por aqui com as promessas dele, lamentou-se o avô à procura da boquilha de tartaruga nas algibeiras do colete. O que eu garanto é que não lhe faço mais vontades, Matilde, se o miúdo reprova meto-o de paquete na companhia e terminaram-se os estudos, há-de ser manga de alpaca a vida inteira.

– Com um ou dois explicadores resolve-se o problema num instante, decidiu a avó, como ganham pouco os professores passam a vida a faltar e a embirrar com os pequenos.

– Obrigado, deixei de beber há muitos anos, desculpou-se o Juiz de Instrução a sorrir ao cavalheiro, mudando a posição dos telefones na mesinha que flanqueava a secretária. Que me lembre, de resto, só me engrossei uma ocasião, em garoto.

Uma vontade doida de morrer, uma sensação de desmaio, uma dor de cabeça horrível, um enjoo imenso, tonturas que ondulavam os canteiros e as árvores do jardim, a estufa, desfocada, afastando-se e aproximando-se, o Homem, perdido de riso, a cantarolar fados, a encher os copos derramando álcool nas flores, e eu a pensar, aterrado, Não me aguento nas pernas, como volto agora para casa, a minha mãe prega-me uma tareia com a soca se der comigo a entrar de gatas porta adentro.

– Quase todos na gaiola e sem complicação nenhuma, um sucesso completo, alegrou-se o cavalheiro a erguer a garrafa num brinde universal, como vê não tinha razões para assustar-se. Apenas o seu amigo e a namorada se safaram mas segundo o tenente da Brigada em menos de um par de horas temo-los também na choçazinha, descanse.

– Um colégio na província, que horror, para cima de Alverca toda a gente cheira mal, escandalizou-se a avó a estender o cigarro ao isqueiro do marido, com a revista de moda nos joelhos. Você queria o seu neto numa espelunca ordinária, Fernando?

– Não vou para o internato, não vou para Abrantes, fico em Lisboa contigo, exultou o Homem a quebrar caules com os braços. Engole mais um bocado, maricas, logo à noite vamos às putas às Pedralvas.

– Não é espelunca nenhuma, é um colégio esplêndido, asseadíssimo, o meu irmão andou lá e repare no lugarão que ele tem no banco, protestou o avô, de boquilha nos caninos, a brincar com uma faquinha de papel. Mas não se fala mais acabou-se, no fim do ano logo se vê o resultado.

– O António não foi preso, como é isso? Estranhou o Juiz de Instrução a espiar de viés o cavalheiro, desconfiado. Como é que um quarentão que não sabe pôr um pé adiante do outro sem tropeçar escapou a uma companhia de fuzileiros com metade da idade dele treinados em guerrilha urbana? (...). (pp. 283-285).

A Ordem Natural das Coisas

> [À semelhança de romances anteriores *A Ordem Natural das Coisas* (re)constrói-se a partir da intervenção de várias vozes. A elas cumpre tecer o seu tempo pretérito, sendo nessa recuperação individual que (para além da recoleção de um certo passado recente do país) se vai desenhando quer o passado que a sempre inominada personagem do excerto afirma não possuir, quer o passado de uma família – de uma casa – cuja decadência se anuncia de várias formas.]

(...) Na vivenda para onde me levaram, a seguir ao falecimento da minha madrinha, não existiam velhos que se odiavam, nem bibelots de estanho, nem pilhas de revistas antigas. Ficava no número três da Calçada do Tojal, rampa que nessa época se perdia em quintas e colmeias (um zumbido de abelhas pairava no ar e o dia velava-se de asas) e os ramos das glicínias, transbordando dos muros a que faltavam tijolos, vinha rasar o passeio com os cachos. A trinta ou quarenta metros erguia-se a palmeira dos Correios, e um pouco mais adiante, no sentido das Portas de Benfica (um par de castelinhos de brincar prolongados por guaritas corroídas pelo tempo) situava-se a vivenda onde um homem barbudo tocava violino, retalhando o instrumento em gemidos cruéis. Um feriado qualquer, há meses, tomei no Arco do Cego, diante de um cinema fechado, de plateia a desfazer-se atrás da grade de ferro, um autocarro para a minha infância, e viajei por ruas desconhecidas ladeadas de prédios opacos, todos idênticos, em que não reconheci uma única fachada, para desembarcar num bairro habitado por salões de cabeleireiro e consultórios de ortodôncia, e em cujas esquinas me perdi. Não dei com a palmeira nem com os muros de glicínias, o zumbido das abelhas não escurecia o céu, prédios de dez andares haviam engolido as quintas ou nascido dos morangueiros e das couves prateadas pela baba azul dos caracóis. Descobri, após andar quilómetros em redor de escritórios de cabos eléctricos, uma placa aparafusada à parede, ao lado de uma loja de modista, anunciando Calçada do Tojal, e contudo, Iolanda, nem a rampa existia já, aplainada por escavadoras gigantescas: apenas marquises e marquises, estores e caixilhos de alumínio e um senhor de idade a passear um cachorrito que alçava a pata para os automóveis do largo. De forma que regressei ao cinema do Arco do Cego sentindo-me um homem sem passado, nascido quarentão num banco de autocarro, a inventar para si mesmo a família que nunca tivera numa zona da cidade que jamais existiu. E assim ontem à noite, por exemplo, ao falar-te das minhas tias, veio-me à ideia a sensação ingrata de te mentir, ao criar enredos sem nexo a partir do vazio de parentes e de vozes da minha vida pretérita. E abati-me na almofada numa vertigem de horror, envergonhado de mim, a escutar as frases que sopras nos lençóis conversando com uma realidade que me não pertence. (...). (pp. 37-38).

A Morte de Carlos Gardel

> [Encerrando o tríptico iniciado com *Tratado das Paixões da Alma*, *A Morte de Carlos Gardel* recupera, inevitavelmente, veios temáticos e formais de romances de outros ciclos: a *presença* de África ou a desorganização semântica que parece fazer perder a noção de narratividade. O tema da família em desagregação e em constantes conflitos (e também o tema da morte) centra-se nas relações entre Nuno (jovem drogado, internado e em coma – a voz do fragmento transcrito) e os pais (Álvaro e Cláudia) e, ainda, entre estas e outras personagens direta ou indiretamente ligadas por laços familiares e/ou (des)afetivos. Como já havia acontecido em outras obras de Lobo Antunes, cumpre a cada uma destas personagens dar conta do seu retalho de realidade(s), de forma a permitir que o leitor recomponha as peças do *puzzle* narrativo. Como é possível verificar a partir deste fragmento, o passado, a sua recuperação parcelar (e sempre subjetiva), vai e vem "como lodo na margem" (p. 39), constantemente se misturando com o presente e com ecos de vozes outras.]

E então um sábado, quando entrei no carro em Benfica com o saco da camisola interior, do pijama e da escova de dentes, o meu pai disse sem me olhar

– Mudei de apartamento Nuno

e em vez de seguirmos por Monsanto voltou, sem falar mais comigo, na direcção do rio, e ao passarmos o Cais das Colunas, onde começavam os guindastes e os pássaros do Tejo, procurou-me no espelho do automóvel

– Está lá uma pessoa comigo

e eu a pensar, furioso, Se calhar é o Hélder, se calhar a minha mãe e o meu pai combinaram-se para me abandonar, de maneira que me enrolei no assento para que não notasse a zanga, tão dobrado que não via água nem prédios, só o céu que reflectia as ondas e o piar das gaivotas, e não me doía nada nem me custava respirar mas as máquinas a que me ligaram iam-me sugando o sangue, e a minha tia

– Claro que o miúdo melhora, Álvaro, repara no écran, o coração está óptimo

e no momento em que quis explicar à enfermeira que me envenenavam com o soro o meu pai torceu o volante para a esquerda

(chocalharam ossos no porta-bagagens, era um cadáver que ele transportava na mala)

subimos um becozinho entre muros, com azinheiras ardidas, pirâmides de areia e cães a ladrarem de barracas de tijolo, o braço de uma escavadora aparecia e desaparecia a trepidar, e a enfermeira para a minha tia, cuidando que eu não podia ouvir

– Ainda é o coração que o aguenta

e o meu pai a procurar-me a perna às cegas, com os dedos estendidos

– Não dês pontapés no assento

mas claro que os ouvia e tinha vontade de sorrir da preocupação deles, vontade de os informar

– Nunca me senti tão bem

de lhes pedir

– Quero ir para casa logo à noite, estou óptimo

e depois dos becos e dos ruídos de máquinas parámos diante de um prédio onde a avenida fazia uma curva na direcção do Beato, sem pessoas nem lojas, só fachadas desertas, um vestíbulo de apliques amolgados a que faltavam azulejos, e eu para o meu pai, calado desde que deixou de me levar ao circo e ao Jardim Zoológico e passava os domingos no Monte Estoril a seguir os filmes da televisão, eu com o saco do pijama e da escova de dentes

– Deixe-me carregar no botão do elevador

e lá em cima duas divisões sem um centímetro de parede livre, leques sevilhanos, máscaras de louça, chinelinhas minhotas penduradas de pregos, sofás com ovais de renda nas costas, cestos de verga cheios de revistas de cabeleireiro ou de dentista, um bar de pegas cromadas, reposteiros de folhos como vestidos de noiva, um relógio de cuco numa caixa lavrada, uma mulher feia a sorrir

– Bom dia

os tubos secavam-me as veias até eu ficar oco como um insecto morto, o médico tirou uma luzinha do bolso e avançou-a para a minha cara, e o meu pai para o tecto, como se não estivesse ali ninguém salvo ele próprio

– Casei este mês com a Raquel, Nuno (…). (pp. 233-235).

O Manual dos Inquisidores

[A ação deste romance gira em torno, mais uma vez, da desagregação do núcleo familiar e, por conseguinte, e entre outros temas, da casa – a quinta de Palmela –, efetivamente destruída para dar lugar a um condomínio de luxo. Vários relatos e comentários (agrupados em cinco relatos--partes), correspondentes às personagens direta ou indiretamente relacionadas com Francisco, ministro de Salazar e patriarca/ditador, contribuem para a rememoração de um passado relativamente próximo e para a (re)construção do que foi um certo Portugal. Depois de ter vivido momentos de pujança política (não por acaso caricatamente – se não grotescamente – narrados e descritos), Francisco, desde cedo abandonado pela mulher Isabel e nunca objeto de afetos (à exceção da governanta Titina, aqui recordada), acaba por ser internado num lar de idosos, em Alvalade.]

Quando o meu filho era pequeno costumava levá-lo aos domingos a passear pela quinta. O leme do moinho girava para a direita e para a esquerda à procura do vento e afligia--me o que das minhas feições se prolongava nas dele conforme me aflige o corpo que dizem ser meu mas que não me pertence porque não sou assim, sentado à janela diante de uma praceta com um baloiço e um escorrega

– Chichi senhor doutor chichi não queremos de certeza sujar o pijaminha lavado pois não senhor doutor?

mãos que me levantam, me deitam, me lavam, dão de comer, me entalam um bacio nas pernas, eu a correr de mim para o bacio num tilintar de berlindes, e me beliscam o queixo afastando-se contentes, corredor fora, levando-me consigo no bacio

– Muito bem senhor doutor querido menino quem fez um chichi lindo quem foi?

eu à janela diante de uma praceta com um balouço e um escorrega como os presos de Moçâmedes frente ao mar sem o verem, cinco estrados de tábuas sem tábuas para dez, cinco estrados de tábuas sem tábuas para vinte e eu que os detestava a passear com o director no meio deles, da sarna deles, da tosse deles, a mandá-los ajoelhar para os interrogatórios na cabana de zinco da secretaria, em cima de uma vara com os dedos para baixo, os presos, cestos esburacados como eu aqui, arcas coçadas de pele, gaiolas desfeitas de costelas, viam a areia e o mar através das paredes, não viam o director, não me viam a mim, não viam as varejeiras e as lagartas nas chagas, viam o mar sem repararem nele como se o mar fosse um baloiço e um escorrega

– Caldinho senhor doutor um caldinho de legumes óptimo passado pelo passe-vite uma postazinha de pescada frita sem nenhuma espinha que gastei meia hora a tirá-las seu camelo uma perazinha cozida esta pelo papá toca a andar esta pela mamã mais depressa esta por mim raios parta o velho que também mereço esta é pelo palerma do seu filho para o não achar mais magro no dia da visita não vamos assustar o seu filho com um rostozinho chupado das carochas não vamos assustar o seu filho com um rostozinho de múmia vamos ser obedientezinhos senhor doutor engula sacrista do homem que me fecha os dentes engula engoles ou não engoles meu safado?

a paz da areia e do mar de Moçâmedes através das paredes apesar da sarna e dos piolhos e da tosse, apesar dos ratos, eu ajoelhado em cima de uma vara com os dedos por baixo e na cabana de zinco da secretaria a colher a magoar-me as gengivas, o garfo a magoar-me as gengivas, a faca a separar-me os queixais, um condenado tão magro como eu, tão idoso como eu na cadeira ao meu lado, a relva azul, o baloiço, o escorrega, os gansos a soprarem-me o esparguete dos pescoços

– Uma aposta que engoles meu sacrista uma aposta que engoles meu safado?

a Titina afugentando os gansos com a vassoura, o caseiro que observava o céu mesmo com nuvens, pensava um bocadinho e acertava na hora, o meu filho com um embrulho de línguas de gato, sem se atrever a beijar-me, que não sabia se eu o escutava ou o não podia escutar, fingindo um sorriso que se eu conseguisse mover o braço lhe atirava um estalo

– Há que tempos que o não via com umas cores assim pai (...). (pp. 347-349).

O Esplendor de Portugal

> [Intercalando os capítulos maioritariamente a cargo do enteado e dos filhos (respetivamente, Carlos, Rui e Clarisse: "um mestiço, um epiléptico, uma prostituta", p. 236) – num tempo que é o de 24 de dezembro de 1995 –, a voz de Isilda (ainda e sempre em Angola) torna-se, em derradeira instância, na grande responsável pela dinâmica recuperação de um passado que se confunde com uma memória bem anterior a 24 de julho de 1978 (as datas dos capítulos relativos à voz desta personagem centram-se entre esta data e 24 de dezembro de 1995). No extrato que transcrevemos, Isilda dá conta do violentíssimo ataque a uma fazenda vizinha, momento em que, segundo, afirma, desconfia ter Angola acabado para si. Não menos violenta, todavia, é a forma como, no último parágrafo, aparece referida a relação entre colonizadores e colonizados. Esta, mesclando-se com outros temas recorrentes em Lobo Antunes, percorre toda a tessitura narrativa de *O Esplendor de Portugal*.]

10 de maio de 1988
Devia ter desconfiado que Angola acabou para mim quando mataram as pessoas duas fazendas a norte da nossa, o homem de pescoço para baixo nos degraus, isto é pregado aos degraus por um varão de reposteiro que lhe atravessava a barriga, a mulher nua de bruços na desordem da cozinha, muito mais nua do que se estivesse viva, sem mãos, sem língua, sem peito, sem cabelo, retalhada pela faca de trinchar com um gargalo de cerveja a espreitar-lhe das pernas, a cabeça do filho mais velho fitando-nos de um ramo, o corpo que a serra mecânica decepara em fatias espalmado no canteiro, o filho mais novo nas traseiras

(onde tomávamos chá à tarde com eles, a comermos bolinhos secos e a refrescarmo-nos com leques de ráfia) misturando as tripas com as tripas do cão, dedadas de sangue nas paredes, os tarecos tombados, as molduras em pedaços, as cortinas das janelas abertas varrendo o silêncio e o cheiro das vísceras, uma grita de gansos por cima da cantina, dos tractores e dos campos de girassol incendiados, em que os capatazes enrolados no chão mastigavam os próprios narizes e as próprias orelhas com cachos de besoiros zunindo nas chagas, o meu pai e os cipaios percorreram as lavras sem encontrar ninguém excepto os cachorros do mato que esfarrapavam os defuntos e recuavam a soprar, de pêlo eriçado, abandonando a contragosto trapos e ossos, o meu pai sem encontrar ninguém excepto a própria sombra assustada, de lenço na cara a ordenar que os enterrassem, pela primeira vez sem segurança nem autoridade nem certezas, não me interessa o sítio quero lá saber do sítio abram um buraco e enfiem-nos dentro, os holandeses dos diamantes remendavam o alcatrão que as chuvas destruíram com fogareiros cuspindo pedrinhas e lágrimas negras, os cachorros do mato regressavam a farejar troncos, o meu pai para os cipaios, sempre de lenço na cara, recuando a soprar igualzinho aos cachorros, mas quais cruzes gaita quais cruzes deixem as cruzes em paz não vamos perder tempo a fabricar cruzinhas, e nisto um rumor de passos, uma agitação de fuga, uma pressa de rastilho, uma debandada de pardais, uma aflição no capim, o cabo a correr entre as plantas negando a mata, os cipaios a baterem raízes com os canos impelindo os passos na direcção do celeiro, a pressa de rastilho e a debandada surgiram no pátio das camionetas transformadas num bailundo de oito ou nove anos a estacar à nossa frente com um saco de feijão roubado sob o braço, uma árvore copada de que não sei dizer o nome

parece que estou a ver e não me lembra o nome

espanejava o alarme dos corvos, nas cortinas das janelas abertas, sem caixilhos nem vidros, madeixas de tecido sujo continuavam a varrer o silêncio e o cheiro das vísceras, o cabo dobrou-se para o bailundo de coronha apoiada no ombro e o meu pai

– Não

um garoto descalço de oito ou nove anos encostado ao celeiro com um saco de feijão roubado sob o braço a olhar as espingardas, a olhar os cipaios, os cachorros do mato escavavam os buracos dos mortos, o meu pai a soprar de lenço na cara igualzinho aos cachorros, de novo com segurança, autoridade, certezas, esquecido da cabeça no ramo, da mulher de bruços na cozinha mais nua do que se estivesse viva

– Não (...). (pp. 209-210).

Exortação aos Crocodilos

> [*Exortação aos Crocodilos* é um dos mais fragmentários romances do autor. Tal acontece não apenas porque resulta de uma composição a quatro vozes (Mimi, Fátima, Celina e Simone) cuja entrada em cena segue sempre a mesma ordem (num total de 32 capítulos), mas também porque, por um lado, cada capítulo/fragmento se apresenta, regra geral, como uma *manta* de ecos de outras vozes, assim se transformando o enunciado em "vozes, respirações, pessoas, fragmentos vagos no escuro" (p. 169). Por outro lado, a fragmentação decorre, de modo iludível, do modo como formalmente se apresentam os discursos-vozes. Tal como em *Tratado das Paixões da Alma*, também aqui se desenvolve a atividade de redes bombistas surgidas no pós-25 de Abril. No texto que seleccionámos, Simone, uma das mulheres-comparsas dos bombistas tenta convencer Gisélia, sua amiga de infância, da inocência do namorado no que se refere ao seu (efetivo) envolvimento em diversos atentados, como o de Camarate.]

Querida Gisélia

afinal antes de cinco ou seis meses não estaremos em Espinho: o coronel da Guarda espanhola sugeriu que ficássemos por aqui até se provar que a história da moradia

(não sei se te recordas da vivenda entre Sintra e Lisboa que explodiu há uns tempos, páginas e páginas nos jornais, a telefonia não falou noutra coisa durante dias a fio)

até se provar que a história da moradia foi um acidente infeliz, parece que o dono guardava bombas lá dentro, não se sabe porquê, e durante uma reunião com amigos alguém se descuidou com um fósforo ou isso, na minha ideia não existiam bombas nenhumas salvo na imaginação dos jornais para arranjar leitores e das estações de rádio para aumentar patrocínios, o mais certo é ter sido uma botija de gás, estes produtos modernos, sem cheiro, que não se dá pela avaria e tornam as desgraças fáceis, basta acender com toda a inocência o bico do fogão e pronto, um estrondo, um bafo de chamas e o bairro inteiro a arder, segundo me disseram havia meia dúzia de cadáveres lá dentro que de acordo com um semanário de escândalos

(calcula até onde vai a má língua)

pertenciam a um grupo saudoso da ditadura que perseguia democratas e pessoas de bem

(democratas!)

com metralhadoras, petróleo, explosivos caseiros, fotografias dos bandidos nas primeiras páginas, um oficial do exército, um oficial da marinha, um dono de hotéis, parece que mulheres, um diário socialista insinuava que um bispo, a igreja desmentiu de imediato, furiosa com o ultraje, apontando horríveis antecedentes de calúnias ateias contra Deus e a família, os católicos indignaram-se com razão nas missas de domingo, os boletins paroquiais exigiram desculpas, o diário socialista recuou numa página ambígua em que elogiava a atitude anticapitalista do papa e depois

(e isso dói)

a fotografia do meu namorado na primeira página também onde o apelidavam

(isto é a loucura completa)

presumível autor material, tive de ler duas vezes para compreender as palavras, alegavam que o avião do ministro, que a praça de toiros, que o automóvel do padre, tu que o conheces bem deves ter rido de espanto, um encolhido, um tímido com medo dos meus pais que não fazem mal a uma mosca, diante de vocês nem uma palavra sequer, as mãozinhas nos bolsos, os olhos no chão, não falava, não discutia, não arranjava conflitos, o teu noivo sempre a brincar com ele e ele coitado em silêncio, punham-lhe vespas na cerveja e limitava--se a tirar a vespa, davam-lhe encontrões e pedia desculpa, a Benilde fingindo-se apaixonada a afagar-lhe a cara

(não sei se te lembras)

e ele perdido de susto, mesmo comigo as cerimónias, o respeito, a delicadeza, a distância, a modéstia de pobre, presumível autor material é no mínimo cómico (…). (pp. 367-368).

Não Entres Tão Depressa Nessa Noite Escura

[Composto em sete partes que podem ser consideradas equivalentes aos sete dias da criação do mundo (recordem-se as citações do *Génesis* que antecedem cada grupo de capítulos), este é um romance onde predomina a voz de Maria Clara que, no texto transcrito, relata uma das suas *visitas* ao psicanalista. Não se julgue, todavia, que esse facto leva a uma simplificação da urdidura romanesca (onde, mais uma vez encontramos os temas da desagregação da família, da ruína da casa, da solidão e dos medos que lhe subjazem). Pelo contrário: esta personagem não só constantemente re-inventa o seu discurso, deixando em indecidível suspensão a fronteira entre a verdade e a mentira, como, além disso, há ainda que contar com uma série de outras vozes – ou de ecos de outras vozes – que cortam qualquer hipótese de linearidade discursiva. E ainda, talvez porque seja "tão difícil transformar o que pensamos em sons que se entendam " (p. 98), elidem-se palavras, as frases surgem cortadas, quando não misturadas e/ou repetidas.]

Deito-me neste divã e o que vejo são nuvens. Nem sempre brancas aliás, amarelas, castanhas, rosadas, por sorte, como agora em setembro, duas ou três escarlates, principio a contar as nuvens amarelas e as nuvens castanhas

se as amarelas forem em maior número que as castanhas não reprovo este ano

e a conversar consigo isto é a conversar sozinha porque não me responde

duas amarelas e uma castanha, se os quarenta e cinco minutos acabassem neste momento não reprovava o ano

e creio que o que lhe digo se relaciona com as nuvens, assim lentas, sem contornos, mudando de forma e doendo-me por dentro tal como a minha mãe e o meu pai me doem por dentro, a minha irmã me dói por dentro, eu me doo por dentro e por me doer por dentro invento sem parar esperando que imagine que invento e desde que imagine que invento e não acredite em mim torno-me capaz de ser sincera consigo, é certo que de tempos a tempos, para o caso de me supor honesta, lhe ofereço uma nuvem amarela ou uma nuvem castanha e uma mão cheia de pardais em lugar da verdade, a verdade por exemplo da Ana a abraçar-me à entrada da clínica e eu a empurrar-lhe as mãos, o pai está doente Maria Clara

Clarinha

o pai está doente Clarinha, o pai está tão doente, o que vamos fazer, uma invenção percebe, um exagero percebe, o meu pai talvez um bocadito mais fraco mas já capaz de sentar-se, já capaz de comer, as pessoas a olharem-nos numa piedade que me dá ganas de as espantar aos gritos

o coitada das órfãs, o tão novas pobrezinhas

a Ana sem pudor algum

– Tão doente

mentira, o meu pai óptimo, a escolher doces, a interessar-se, a ler

duas nuvens amarelas e três nuvens castanhas, a ser assim reprovo e a sua caneta parada sem que eu entenda o motivo, os edifícios que estão lá em baixo e encontro à saída, o cabeleireiro, a sucursal de banco, a loja de confecções com manequins pedindo-me

– Compra (...). (pp. 357-358).

Que Farei Quando Tudo Arde?

> [A "arqueologia de vozes" (p. 371) tipicamente antuniana distribui-se neste romance por trinta e dois capítulos onde as personagens esgaravatam "os fragmentos de caliça do passado" (p. 450) – o próximo e o distante, o seu e o de outrem – e onde o "vazio do silêncio" (p. 370 *passim*) parece nunca ser preenchido. Incomunicabilidade, incapacidade de compreender o(s) outro(s), desdobramento do *eu*, distanciamento afetivo e, como não podia deixar de acontecer, desagregação familiar, são alguns dos principais temas presentes nesta narrativa onde, apesar da pluralidade, predomina a voz de Paulo (Paulo Antunes Lima, p. 73). Toxicodependente, filho de Judite e de Carlos, Paulo dá aqui conta da família que o acolhe, nos Anjos, após a separação dos pais; do vício da heroína que o levava a voar (temática recorrente em outros romances); da sua incapacidade de perdoar o pai, Carlos, ou melhor, o travesti e homossexual Soraia (cuja voz aqui se introduz, em itálico, para sublinhar a sua paixão por Rui).]

(...) o meu pai levantava-se sempre que passos no átrio, aproximava-se do tapete sem coragem de abrir, as pantufas de volta para a cama porque eram as pantufas que lhe levavam o corpo, o corpo queria ficar até que a próxima tosse ou a próxima chave, as pantufas com sono a dormirem uma ao lado da outra e você na cama a fumar, um suspiro que se escapava da fronha, não desilusão, cansaço

vontade de morrer pai?

sossegue, não morre

– Nunca me viste Paulo?

o cedro e o café sublinhados pelo halo da noite, rodelas de canteiro entre sombras, um quinto do cedro onde me mandava que esperasse, o lago em que descansava a água sem matéria dos sonhos, a dona Aurorinha talvez acordada igualmente enquanto pessoas com asas, mulheres nuas, deuses

– Agradece ao senhor Aurorinha

não bem nuas, tapadas com um lençol, os pés rechonchudos pisando-a e pisando-a, o beliscar a teimar

– Espera que ele saia Aurorinha

o meu pai de bruços

faleci no lugar do meu pai, deixei-o vivo, se eu fosse capaz de perdoar-lhe, aceitá-lo, se quiser vou consigo ao jardim e talvez às quatro da manhã os pombos, o meu pai de bruços a escutar a chuva

não escuta a chuva pai?

eu a escutar a chuva nos Anjos e o relógio da igreja a baralhar a noite esquecido das mãos cheias de pardais, o andar gigantesco da insónia, ruídos que se zangavam comigo

– Agradece ao senhor Couceiro malcriado

– Perdeste a educação Paulo?

– Não tens língua Paulo?

e eu de língua de fora

– Sou educado pois

a distância para a janela infinita, o interruptor não sei onde, quer uma seringa pai

quer uma dose de heroína?

quer voar?

o amigo da mãe da dona Aurorinha a oferecer-lhe a romã

– Soraia

conheci o Rui e apaixonei-me pronto ponto final, quase da idade do meu filho pronto ponto final, mais novo do que eu quinze anos pronto ponto final, nunca me aconteceu desta maneira com os outros, julgava que era amor e não era, humilhava-me, deixava-me roubar

tudo tão escuro

o Rui nunca me humilhou o infeliz, se me roubava sofria mais que eu, levava-o para o camarim a impedi-lo de drogar-se

o meu pai de bruços na cama, a cabeceira de ornatos de mármore que se percebia ser pinho, a imagem na redoma da cómoda, olhe alguém nas escadas, olhe uma tosse, olhe o seu nome

– Soraia (...). (pp. 130-131).

Boa Tarde Às Coisas Aqui Em Baixo

[Retomando a temática de Angola, agora em período de pós-descolonização, António Lobo Antunes orquestra o enredo de *Boa Tarde Às Coisas Aqui Em Baixo* em torno de sucessivas viagens de agentes de espionagem, cuja missão consiste em contrabandear diamantes. Deste modo, em cada um dos três Livros que compõem a estrutura do romance (que conta ainda com um Prólogo e um Epílogo), procede-se à narração da viagem de cada um dos três (quatro?) agentes a quem é solicitado o cumprimento da tarefa. No excerto transcrito, sabemos do falhanço do primeiro agente enviado (Seabra) e da escolha de um outro (Miguéis). Este, além de "limpar os restos" (incumbência de eliminar o anterior incluída), deve tratar de recuperar e trazer de volta a Portugal os diamantes roubados. Se nos dois primeiros Livros predomina o ponto de vista de cada um dos agentes (intercalado sempre por outras vozes), no terceiro – relativo à viagem de Morais (ou Borges?) assistimos a uma multiplicidade de perspetivas que, todavia, confluem no sentido de irem preenchendo alguns dos vazios que os capítulos anteriores haviam deixado.]

(...) sentado entre o Presidente e a bandeira, a praça de toiros lá fora ao centro de copas não
áceres
amoreiras
ao centro de copas não de carvalhos, árvores sem luz nem sombras nas folhas, o director, o tenente-coronel, o responsável do oitavo andar que entrou depois de mim no Serviço, estagiou comigo
quase comigo
e ao promoverem-no deixou de me tratar por tu, árvores vulgares em que não existia o meu pai, um homem um tudo

128

nada curvado custoso de distinguir lá adiante, o responsável do oitavo andar
— Senhor Miguéis
uma faca até que sangre, cortá-lo com uma faca até que sangre, até que o
— Senhor Miguéis
se cale, o telefone do director e nisto a minha filha ali sem toalha que a cobrisse, nua, a barriga não redonda, trinta e um anos e a pele baça, costelas
— Estou cansada
e portanto
amigo Miguéis
trata-se de chegar a Angola para um trabalhinho simples, uma questão de rotina, três ou quatro dias no máximo a fim de limpar os restos
(não sei se me faço entender mas com a sua experiência faço-me entender de certeza, levamos tanto tempo aqui, os anos voam, voam)
o director semelhante a um pato de plástico, o brinquedo ideal para as crianças, desprovido de arestas, sem substâncias tóxicas, lavável
levamos tanto tempo a moer os ossos aqui para alimentar o país dos diamantes que conseguimos que os pretos e os americanos não levem, onde é que eu ia
já sei
a necessidade de chegar a Angola para um trabalhinho simples Miguéis
amigo Miguéis
uma questão de rotina, três ou quatro dias no máximo a fim de limpar os restos que um colega seu
um rapaz sem experiência, bom rapaz mas sem experiência
foi deixando por África e o primeiro resto a limpar é ele mesmo numa fazenda de girassol e algodão a cinquenta ou sessenta quilómetros de Luanda, ele mesmo, uns documentozitos que poderiam maçar-nos e os diamantes é claro que não recebemos ainda

(se o colocasse no banho o director de penas amarelas e azuis, vertical, sem nenhuma água dentro)

um encargo de pouca monta para se despedir de nós a um mês ou dois da reforma, diz o senhor tenente-coronel que oito meses mas resolve-se, emendamos o oito para dois e a seguir a boa vida Miguéis

amigo Miguéis (...) (pp. 221-222).

Eu Hei-de Amar Uma Pedra

> [À semelhança do que sucede em grande parte das obras anteriores, também aqui é possível encontrar uma multiplicidade de vozes, e de perspetivas, a quem cumpre re-compor o mosaico de uma existência que, todavia, sempre se apresenta de forma parcelar. Neste romance, dividido em quatro partes que vão progressivamente chamando à colação novas séries de vozes, trata-se de (tentar) reunir os estilhaços de uma história de amor – vivida praticamente em segredo durante 52 anos – entre a personagem cuja voz surge no texto transcrito e a senhora que, na foto tirada, se some no crochet. Enviesadamente, ou, se calhar, não tanto quanto isso, as vozes que vão falando parecem aproveitar-se do poder que pontualmente lhes é concedido para recuperar, ainda, parte da sua própria existência. A partir destes relatos oferecem-se, mais uma vez, alguns dos mais caros temas da ficção antuniana: a desagregação da casa, os laços de desamor (mas também os de amor), a questão de África, etc.]

Este retrato de Tavira, a praia, toldos, o homem dos bolos de bivaque

senhor Alfredo

a caminhar para nós com o cesto

foi a minha filha mais velha que tirou: não queria emprestar-lhe a máquina dado que por princípio não empresto coisas valiosas a crianças que não descansam enquanto não as estragam, pifam a parte eléctrica com água ou deixam entrar areia lá dentro, ela a pegar naquilo ao contrário

(o que se espera de uma catraia de sete anos?)

– Prometo que só uma pai

(não se trata de uma questão de preferência, é verdade, a irmã com cinco metia-a num chinelo)

e o resultado aí está, apareço de costas ou nem sequer de costas, o ângulo de um ombro e um bocadinho de nuca que tanto podem ser meus como de outro homem qualquer, nota-se que sou eu apesar do excesso de luz porque a minha mulher a discutir comigo

(presumo que a defender a miúda

– Só uma que mal tem?

sempre pronta a defender a miúda)

a minha mulher sim, nítida no anel que usava junto à aliança, inclusive na cicatriz da vacina no braço e se colei a fotografia no álbum não é por nenhum de nós nem pelo senhor Alfredo todo torto devido ao peso dos bolos mas porque tu de perfil, sumindo-te no crochet com uma madeixa no ar dois toldos adiante

(a tua madeixa a única coisa viva no álbum)

na cadeirinha de lona que trazias da pensão e gosto de olhar-te percebes, gosto de olhar-te, mal começo a passar da poltrona para a janela do Jardim Constantino abro a gaveta da escrivaninha, encontro a madeixa, tranquilizo-me imaginando que continuas comigo, tocas, num intervalo do crochet, o colar que te dei e daqui a pouco graças a Deus quarta-feira, ao pedir-lhe a máquina a minha filha mais velha fechou-a nos braços

– Não dou

enquanto ia apertando o botão

pic pic pic

até ao fim do rolo, no Algarve não existem cães como no Beato, preocupados, de cabeça baixa, a falarem sozinhos, na Guiné vinham depois de nós farejar os mortos, mesmo dentro dos caixões eles de focinho contra a madeira na atitude de quem recebe mensagens, se me aproximava a escutar os defuntos calavam-se ao darem por mim, quando muito uma desculpa

– Eu não fui

(a partir do terceiro dia, à hora do calor, borbulhavam de febre conversando uns com os outros do que tinham passado

– Sucedeu isto sucedeu aquilo) (…). (pp. 199-200).

Ontem Não Te Vi Em Babilónia

[A ideia de que, como escreveu no romance anterior, "o passado continua a acontecer em simultâneo com o presente" (p. 201) é reiterada pela constatação de que, além de movediço, continua "a existir ao mesmo tempo que nós". E assim é, de facto, também neste *Ontem Não Te Vi Em Babilónia* em cujas páginas várias personagens – e, como já vem sendo hábito, várias vozes – desatam fios de lembranças e de inquietações vindas de tempos vários (pessoais e políticos), que só com alguma (muita) atenção o leitor consegue (des)entrelaçar. Entre a meia-noite e as cinco da manhã (lapso temporal correspondente às seis partes do livro) conhecemos as vidas (verdadeiras ou inventadas, é difícil saber) de um conjunto de pessoas ensombradas por fantasmas diversos mas, todavia, por vezes afins. No excerto transcrito a voz é de Ana Emília que, mais uma vez, refere a perda da filha (que se enforca na macieira com a corda do estendal) e relembra a fragilidade dos laços afetivos (por quem espera, afinal?).]

Estará a senhora de olhos abertos indiferente com eu na vivendinha entre dúzias de vivendinhas iguais na outra banda do Tejo, um bairro de travessas com nomes de batalhas demasiado pomposos para laranjeiras miúdas e vasos de cimento onde ao fim da tarde criaturas velhas como ela regavam peónias a transportarem a água em cafeteiras e bules, viúvas com os maridos em casa a contarem os próprios dedos numa cadeira ortopédica e que elas regavam também de garoupa cozida, o que sobrava da fotografia de um militar, o bengaleiro aparafusado à parede em que se não pendurava nada e os maridos defuntos, sem feições nem voz, a separarem os dedos com ganas de arrancá-los, lembravam-se de um barco que chegava

(de onde?)

ou estrondos de oficina que mais ninguém ouvia, os dedos imobilizavam-se à procura mas o barco e a oficina regressavam ao nada, a cara em que de súbito um esboço de sobrolho deserta, as falanges recomeçavam o seu trabalho sem fim e eu a contá-las igualmente, uma duas três quatro cinco, faltam-me as laranjeiras e os vasos de cimento, a senhora se calhar o meu nome

– Ana Emília

e eu sem poder responder-lhe

– Diga

porque a minha filha vai instalar-se à mesa de comer com os trabalhos da escola, uma almofada para ficar mais alta e a língua ao canto da boca a conseguir uma letra, a macieira bem tentava avisar-me sem que lhe entendesse os receios, julgava que a contracção dos ramos derivada ao calor em lugar das palavras e depois da minha filha nem pio, amuou, se pudesse arrancava os dedos como eu faço a lembrar-me não de um barco que chegava mas de mim de joelhos, durante o funeral, a cortar a erva que rodeava o tronco de língua ao canto da boca e o corpo torto a acompanhar a caneta, a tesoura, a conseguir o golpe de uma letra, outro golpe, se eu fosse a senhora na vivendinha do outro lado do Tejo chamava-me do primeiro andar não para me pedir nada, para ficarmos juntas enquanto a erva se amontoava ao meu lado, hei-de regar por gratidão os vasos de cimento e endireitar as peónias, que lugar movediço, o passado, continuando a existir ao mesmo tempo que nós, o meu pai no jornal, a minha mãe a saltar da sua esquina

– Deu-te o dinheiro ao menos? (…). (pp. 357-358).

O Meu Nome É Legião

> [As vidas (não inteiras, mas em estilhaços) que se põem entre as capas do livro partem da situação enunciada nestas primeiras páginas-relatório do polícia Gusmão: as atividades criminosas de um grupo de oito jovens provenientes do Bairro 1.º de Maio, réplica ficcional de tantos outros nos subúrbios da capital. Por entre os relatórios apresentados, os depoimentos de testemunhas que com os jovens lidaram de perto, ou o testemunho direto dos rapazes, lêem-se, inevitavelmente, numa desassossegada polifonia, as violências, as misérias, as dores, as angústias de almas baldias ou de gente que parece só conseguir escutar "um oco de gruta no interior" de si, p. 35.]

Os suspeitos em número de 8 (oito) e idades compreendidas entre os 12 (doze) e os 19 (dezanove) anos abandonaram o Bairro 1.º de Maio situado na região noroeste da capital e infelizmente conhecido pela sua degradação física e inerentes problemas sociais às 22h00 (vinte e duas horas e zero minutos) na direcção da Amadora onde julga-se que por volta das 22h30 (vinte e duas horas e trinta minutos) hipótese sujeita a confirmação após interrogatório quer dos suspeitos quer de eventuais testemunhas até ao momento não localizadas furtaram pelo método denominado da chave-mestra

(sujeito a confirmação também e que adiantamos como provável derivado ao conhecimento do modus operandi do grupo)

2 (duas) viaturas particulares de média potência estacionadas nas imediações da igreja a curta distância uma da outra e no lado da rua em que os candeeiros fundidos

(vandalismo ou situação natural?)

permitiam actuar com maior discrição após o que se dirigiram para a saída de Lisboa no sentido da auto-estrada do norte utilizando a via rápida que por não se acharem as ditas viaturas munidas do dispositivo magnético necessário à sua utilização registou as matrículas conforme fotocópia anexa aliás não muito nítida e previne-se respeitosamente o comando para a urgência de melhoramentos no equipamento caduco: fotocópia número 1 (um) embora perceptível é verdade com uma lupa decente.

Temos motivos para adiantar com base em actuações pretéritas essas sim já aferidas que os suspeitos se distribuíram nos veículos de acordo com a ordem habitual ou seja o chamado Capitão de 16 (dezasseis) anos mestiço, o chamado Miúdo de 12 (doze) anos mestiço, o chamado Ruço de 19 (dezanove) anos branco e o chamado Galã de 14 (catorze) anos mestiço na dianteira e os restantes quatro, o chamado Guerrilheiro de 17 (dezassete) anos mestiço, o chamado Cão de 15 (quinze) anos mestiço, o chamado Gordo de 18 (dezoito) anos preto e o chamado Hiena de 13 (treze) anos mestiço, assim apelidado em consequência de uma malformação no rosto (lábio leporino) e de uma fealdade manifesta que ousamos sem receio embora avessos a julgamentos subjectivos classificar de repelente

(vacilámos entre repelente e hedionda)

a que se juntava uma clara dificuldade na articulação vocabular muitas vezes substituída por descoordenação motora e guinchos logo atrás, salientando-se a importância do chamado Ruço ser o único caucasiano

(raça branca em linguagem técnica)

e todos os companheiros semi-africanos e num dos casos negro e portanto mais propensos à crueldade e violência gratuitas o que conduz o signatário a tomar a liberdade de questionar-se preocupado à margem do presente relatório sobre a justeza da política de imigração nacional. Cerca das 23h00 (vinte e três horas e zero minutos) as duas viaturas alcançaram a primeira estação de serviço do trajecto Lisboa-Porto a cerca de 30 (trinta) quilómetros das portagens tendo parado com os motores a trabalharem

(existia apenas uma furgoneta numa das bombas)

diante do estabelecimento envidraçado no qual se efectua a liquidação do montante de gasolina adquirida e onde se pode malbaratar dinheiro em revistas jornais e tabaco

(espero bem que não álcool)

pastilhas elásticas e ninharias. No citado estabelecimento encontrava-se o empregado a conversar sentado à caixa registadora com o condutor da furgoneta e outro empregado mais idoso a varrer o soalho adjacente a uma porta de escritório ou compartimento de arrumos

(deseja-se que não destinado à venda clandestina de bebidas espirituosas)

com a placa Interdita A Entrada mal aparafusada à madeira. Os suspeitos apetrecharam-se de gorros de lã e óculos escuros e ingressaram sem pressa no local (…). (pp. 13-14).

O *Arquipélago da Insónia*

> [Este último livro (até à data) de António Lobo Antunes dá continuidade ao tratamento de vários temas recorrentes nos romances anteriores mas parece-nos apresentar, todavia, um registo de mais elevado teor intimista. Nas duas primeiras partes que compõem a obra (cinco capítulos cada), a personagem central, um autista de quem nunca sabemos o nome, recupera momentos fragmentários de um passado de violências, silêncios e solidões várias. O preenchimento (possível, porque sempre disperso) dos *espaços* deixados *em branco* por esta personagem será feito, na terceira e última parte do livro, através das vozes de Maria Adelaide, do ajudante do feitor, da prima Hortelinda, do pai do autista e do seu irmão. O excerto que transcrevemos, além de exemplificar o tema da incomunicabilidade (com as pessoas e com as coisas) e da irrelevância do tempo, representa um dos raros momentos em que o protagonista indicia alguns laivos de afetividade. Curiosamente, ou talvez não tão curiosamente quanto isso, o afeto manifesta-se em relação à prima Hortelinda, que é a morte.]

Deve ser o fim ou qualquer coisa parecida com o fim porque não vejo a serra, vejo alguém que não conheço, não o meu avô, não o meu pai, não o meu irmão, não o ajudante de feitor, a olhar-me do poço, ainda pensei que a prima Hortelinda para me estender um goivo
— Já vai sendo tempo filho
com pena que se lhe percebia na cara
— Se dependesse de mim não estava aqui hoje
pronta a pegar-me na mão e a ajudar-me
— É mais fácil do que se calcula sabias?
e no poço águas profundas à espera, também gosto de você prima Hortelinda, não a censuro, palavra, compreendo o seu trabalho, dê-me só um instante para calar o relógio

abrindo a portinha de vidro e imobilizando-lhe o pêndulo, que sentido faz preocupar-me com o tempo que de resto nunca entendi o que era

– Em que consiste o tempo relógio?

e já vou ter consigo, feche as águas depressa quando eu chegar lá baixo, não quero ouvir ninguém, a casa mudou tanto de tamanho com o relógio parado, os móveis imbricados uns nos outros, nenhum eco a lembrar-me do que fui, eras assim, eras assado e impedindo-me de esquecer, só o vento ao rés do chão a deslocar a poeira

(eu poeira?)

acolá as árvores mas não falam comigo, falam umas com as outras, deixei de conseguir comunicar com as coisas, olha o tractor nem reparando em mim, a porta do celeiro, livre do trinco, que razão a desloca, sinto o cavalo à procura do meu pai e o meu pai onde, se por acaso disser

– Pai

a prima Hortelinda de palma na orelha

– Não compreendi filho

sempre filho, nunca o meu nome, filho (…). (pp. 148-149).

4.
DISCURSO DIRETO

DISCURSO DIRETO

> Ao invés de procedermos à transcrição de excertos de várias entrevistas dadas pelo autor, julgámos preferível incluir apenas o presente texto. A nossa opção justifica-se pelo facto de considerarmos que ele reúne, de forma concisa mas clara, as principais preocupações e obsessões evidenciadas por António Lobo Antunes nas múltiplas conversas que, desde 1979, tem vindo a ter com a imprensa. ([1])

Fingindo não se tratar de uma entrevista

1. *A memória da infância*

Nenhuma infância é alegre. A recordação dela é que pode ser alegre ou triste. Nenhuma infância é alegre porque a infância é sempre muito normativa. Os pais impõem normas contra as quais os filhos reagem constantemente. A infância e a adolescência são sempre períodos de uma grande revolta. No meu caso, um miúdo que escreve provoca nos pais reações várias. De apreensão, por exemplo. O que é que irá ser o futuro dele? Será que ele vai conseguir ganhar a vida? Porque é que ele faz isto? Porque é que ele tem necessidade de fazer isto? Porque é que ele não tem uma infância como os outros? Para um pai e para uma mãe, ver um filho sentado a uma mesa a escrever coisas deve ser – não sei, nunca perguntei – muito

---

([1]) Para um conhecimento do teor das entrevistas concedidas à imprensa nacional portuguesa, ver Ana Paula Arnaut, (ed.), *Entrevistas com António Lobo Antunes. 1979-2007. Confissões do Trapeiro*. Coimbra: Almedina, 2008.

alarmante. Nunca falei sobre os livros com a minha família. Tenho com os meus irmãos uma relação muito boa, mas há um grande respeito pela intimidade de cada um. Não se fala de Deus, não se pergunta em que partido vota. Respeitamos a privacidade e, mesmo que não estejamos de acordo com as posições que tomam, acabamos sempre por nos defendermos uns aos outros.

2. *A autobiografia*

Quando estive em Estocolmo, uma senhora, numa sessão de autógrafos, disse-me: «Leio os seus livros e estou a vê-lo a si.» Ao contrário do que se possa pensar, estes últimos livros são muito mais autobiográficos do que os primeiros que escrevi. Chega a uma altura em que o livro e eu formamos um corpo único – e eu acabo por falar muito mais de mim. Deixo de falar dos episódios da minha vida para falar da minha vida interior, da minha *inner life*. Estou muito mais inteiro dentro deste livro (*Ontem Não te Vi em Babilónia*) e quem o ler com atenção fica a conhecer-me muito melhor. A um olhar atento, apareço completamente nu nestes últimos livros nos quais, do ponto de vista factual, já nada tem a ver com os factos da minha vida pessoal. Nos primeiros livros, bem ou mal, eu escrevia o que queria. Agora, estes livros ganharam uma certa autonomia e, por isso, vou atrás, apenas acompanho o que está a surgir. Sou a primeira pessoa a ficar surpreendida com o que lá está escrito.

3. *A mão*

Faço duas versões de cada capítulo, passo para o capítulo seguinte e vou por aí fora... Demoro um ano e tal com isto e, depois, quando chego ao fim, tenho medo de ir olhar o material. É um mistério como, nesse momento, tudo se articula porque, quando se está a escrever, não se tem essa noção. Nos grandes momentos é claro que penso na hipótese de a mão me falhar. E a cabeça também. Acho que, no fundo, escrevo com o corpo todo. Estou tão metido dentro do livro, somos tão parte um do outro... Não sei como é a gravidez, nem creio que tenha semelhanças, mas é como se de repente o meu inconsciente estivesse ali, como se de repente aquilo que não conheço de mim estivesse ali à mostra. O que me acontece cada vez mais é que essa parte de trevas continua em mim durante os intervalos dos livros e dá-me uma maior tranquilidade, uma maior paz e uma maior humildade. Porque eu não sou autor daquilo que escrevi.

4. *A guerra colonial*

Não li as cartas que escrevi enquanto estive em Angola (publicadas no ano passado em *D'este viver aqui neste papel descripto*). Não me pertencem. Foram escritas por uma pessoa, um rapaz de 20 anos, que eu já não sou. E, por outro lado, não me apetece mexer com os pauzinhos nas feridas. Em todo o caso, tanto quanto me recordo, quando as escrevi, a única coisa que queria dizer era «estou vivo, continuo vivo, ainda estou vivo». Essas cartas eram um grito e os livros são um comentário a esse grito, a pessoa em que me fui tornando. De qualquer maneira (na apresentação pública *D'este viver aqui neste papel descripto*), gostei de encontrar os militares que estiveram em África comigo. É evidente que foi muito emocionante porque existe entre nós uma certa camaradagem, um termo que contém dentro de si amor, partilha e muitos outros sentimentos. Era uma situação horrível e estávamos juntos naquele pesadelo. Foi com eles que vivi as coisas mais horríveis da minha vida, ao lado deles, com eles. E isso cria laços que serão indestrutíveis.

5. *As vozes*

Os livros não têm personagens, é sempre a mesma voz, que vem, que vai, que muda de tom. Fico sempre muito surpreendido quando as pessoas falam em romances polifónicos, porque é sempre a mesma voz. A uma segunda ou terceira leitura o leitor compreenderá que se trata sempre da mesma voz. A mim também me pareciam ser vozes polifónicas. Agora fala este, agora fala aquele outro. Depois, comecei a perceber que estava equivocado. Era só uma voz, que ia mudando. Como o dia, que é um só e que vai mudando de cor e de luz. Se calhar é sempre a mesma voz que vai transitando de livro em livro. Eu próprio não sei. O livro adquire uma tal autonomia que conversa comigo o tempo inteiro. E questiona. E pergunta. E responde. Transforma-se numa espécie de diálogo, faço corpo com o livro. Umas vezes há uma distância[] entre nós, outras vezes voltamos a unir-nos. Daí parecer-me que não se pode chamar romance a estas coisas que escrevo. Não há uma história, não há um fio, não há nada.

6. *O belo*

A mim o que me interessa nos livros é a felicidade da expressão. E isso dá-me uma alegria enorme. A escrita deste livro (*Ontem Não Te Vi em Babilónia*) foi acompanhada de uma grande alegria. Claro que se está sempre com os problemas técnicos que a cada passo o livro põe, claro que muitas vezes não se sabe como resolvê-los, claro que se começa, recomeça e volta a recomeçar. Mas o sentimento profundo é um sentimento de felicidade. Um livro tem que ser uma alegria. Keats dizia que «a thing of beauty is a joy for ever». Quando pela primeira vez li este verso, fiquei muito impressionado – uma coisa bela era uma alegria para sempre. Por isso fico surpreendido quando me dizem que um livro é triste. A partir do momento em que é belo é uma alegria. É uma alegria, para mim, enquanto leitor. No outro dia, li a versão definitiva de *O Grande Gatsby* e deu-me uma imensa alegria ler aquilo. Pela felicidade de expressão, pela capacidade de exprimir os sentimentos, por me revelar a mim mesmo e por me revelar o mundo. Uma obra de arte boa é uma vitória sobre a morte. E isso é o mais importante de tudo.

7. *A portugalidade*

No princípio, era no estrangeiro que eu era mais bem entendido. Porque, neste caso, é óbvio que a distância toma o lugar do tempo. Ao longo destes anos, as pessoas em Portugal não sabiam muito bem como classificar-me e, então, iam pondo etiquetas que, sucessivamente, se foram alterando. O rótulo dos subúrbios, o rótulo de que eu trato mal as mulheres... Tenho que ensinar os meus leitores a lerem-me e, livro após livro, a sensação é a de que hoje estão mais próximos daquilo que faço. De há uns anos para cá, acho que as pessoas foram percebendo que não podem aplicar-me a mesma categoria de valores nem a mesma tabela que se aplica a um romance. Estes últimos livros deveriam ser a vida inteira. Como é impossível manter isto durante muito tempo, a minha ideia é fazer mais dois ou três livros e depois calar-me. Cada vez me dá mais prazer apanhar o avião de regresso porque sei logo qual é o que vai para Portugal pelas pessoas que estão na bicha para o *check in*. É aqui que eu pertenço, é aqui que eu gosto de estar, é para as pessoas do meu país que escrevo.

8. *A obsessão de escrever*

Até agora, a vida tem sido generosa comigo. Gosto de estar vivo. Gosto das manhãs e, quando estou com um livro, tenho uma vida muito metódica. Caso contrário, não conseguiria escrever. É curioso porque, visto de fora, pode parecer muito monótono, mas não é. A minha vida está sempre habitada e, quando estou a escrever, o livro ocupa-me 24 horas por dia. Nunca entendi porque é que o fazia. Gosto de estar sem escrever, gostei de estar sem escrever nestes últimos três meses. O problema é que depois começo a sentir-me culpado. Como se me tivessem dado uma coisa que não é minha e que eu tenho obrigação de transmitir. É como se o livro não fosse meu. Acho que os livros deveriam ser publicados sem o nome do autor, seria mais honesto. *O Monte dos Vendavais* não foi escrito pela Emily Brontë, foi escrito por mim enquanto o estou a ler, foi escrito por si enquanto o está a ler. Brontë foi apenas o veículo que trouxe o livro até nós. Quando digo que ninguém escreve como eu, não implica vaidade nenhuma. Não foi feito por mim, a única coisa que fiz foi esvaziar-me para o receber.

9. *As emoções*

Não há sentimentos puros. O que eu quero pôr dentro de um livro é tudo. Quero pôr a morte, a vida, o amor e a alegria. Como a morte nos preocupa mais do que a vida, temos tendência para ter visões parcelares do que estamos a ler. Tal como em relação às pessoas, vivemos com fragmentos delas e não com elas todas. Tal como em relação à nossa própria vida – temos muitos quartos, vivemos em dois ou três quartos e de modo nenhum abrimos as portas dos restantes. Não podemos aplicar a estes livros o mesmo código, a mesma escala, o mesmo alfabeto. Estes meus últimos livros têm que ser lidos de maneira diferente. Nunca pensei se as minhas personagens estão loucamente apaixonadas ou se pelo contrário se odeiam imenso. Não é isso que me interessa. O que me interessa é o mais fundo de nós, o negrume onde depois as paixões e as emoções podem brotar. O que me interessa é o que está antes de elas florescerem ou de se manifestarem.

10. *As referências*

Só há dois ou três escritores que eu considero meus colegas – Tolstoi, Conrad, Proust, Tchecov, Gogol... O problema é que, enquanto no século XIX tínhamos 30 génios, hoje, só encontramos três ou quatro grandes escritores no mundo inteiro. E, mesmo assim, temos que andar com uma candeia acesa. Há muito poucos escritores bons, ainda menos escritores muito bons. Perante a maior parte dos livros que se publicam, pergunto-me: porque é que publicam isto? É difícil escrever livros bons, sendo jornalista, médico, engenheiro ou escriturário. Um livro precisa de nós por inteiro. Aqueles nomes de que falei só escreviam, tinham todo o tempo. E muitos deles escreviam com grandes dificuldades materiais porque ninguém enriquece a escrever. Se uma pessoa enriquece a escrever, os livros não são bons. Irão, depois, isso sim, enriquecer os herdeiros. Todos os anos, *Terna é a Noite* vende não sei quantas vezes mais do que vendeu durante toda a vida de Francis Scott Fitzgerald. Até à morte de Céline, *Viagem ao Fim da Noite* vendeu 16 mil exemplares. Citando Shakespeare, Stendhal escrevia sempre no fim dos livros: «*to the happy few*». A grande literatura é lida por poucos. Há tempos, Philip Roth, que sem ser um grande escritor me parece um bom contador de histórias, dizia que os leitores da *Anna Karenina* serão um clube de 150 pessoas.

11. *Os títulos dos livros*

Gostei do título *Ontem Não te Vi em Babilónia* (inscrito em escrita cuneiforme num fragmento de argila, 3000 anos a.C.) porque me fez sonhar. Andei muito tempo a perguntar quem é que teria escrito aquela frase e para quem. Uma mulher para um homem? Um homem para uma mulher? Um pai para um filho? E, ao mesmo tempo, é como se fosse: ontem não te vi no café, ontem não te vi no restaurante, ontem não te encontrei.

Além do som da palavra Babilónia, que tem para mim muitas conotações. Lembra-me logo o Camões, por quem eu tenho uma imensa admiração. Acho que ele inventou o português moderno, que é o António Lobo Antunes da poesia. Não faço a menor ideia de como é que aquele título se relaciona com aquelas personagens. Até que ponto é que o nome António se relaciona comigo? Normalmente, os títulos só começam a aparecer a dois terços do livro. Não é nenhuma angústia porque sei sempre que ele vai aparecer, é apenas uma questão de tempo. O que é curioso é que, depois, sem que se dê conta, é o título certo para o livro.

12. *As noites*

Tenho a impressão que as emoções se vão esbatendo nas personagens e que, como nos sonhos, a voz flutua. Sobretudo nos últimos livros (que era por onde eu deveria ter começado, não devia ter publicado os primeiros), tenho sempre a sensação que a tristeza ou a alegria já são vividas como um estado segundo. Estou a contar um sonho, estou a escrever sonhos e os sonhos, em si mesmos, não são alegres ou tristes. Somos nós a despertar, temos uma recordação deles, que pode ser de tristeza ou de alegria. Quero que o leitor, durante a leitura, fique todo mergulhado. Ao sair do livro, foi uma grande alegria ter conseguido escrever o que escrevi. É isso que eu quero que o leitor entenda. Quando à noite atravessa a sua casa com as luzes apagadas e passa pelos sítios onde estão os livros, os livros bons são florescentes, os bons livros estão iluminados. Os outros, pelo contrário, não se dá por eles, estão na escuridão. Somos sempre capazes de encontrar os livros bons, de lhes estender a mão, de saber o lugar deles. Como se eles nos dissessem: «Sou eu, estou aqui.»

Sara Belo Luís, "O mundo de António Lobo Antunes em 12 partes" (entrevista) in *Visão*, 26 de outubro, 2006, pp. 136-141.

5.
DISCURSO CRÍTICO

DISCURSO CRÍTICO

> O conjunto de textos críticos a seguir transcritos ilustra de forma diversificada e plural diferentes aspectos da obra de António Lobo Antunes.
> A arrumação dos textos é temática, sendo os respetivos títulos da responsabilidade da autora deste volume. Foram suprimidas notas, quando se entendeu que não eram essenciais para a boa compreensão dos textos.

Uma leitura de *Memória de Elefante* ([1])

(...) A narração (...) desenvolve-se num plano aparentemente e linearmente *mimético* (a narração de um dia), mas o quadro narrativo caracteriza-se imediatamente através de um duplo nível de representação, cuja força está justamente no contínuo e dialético interpor-se e forçar-se: aquele da existência como sucessão linear de eventos e aquele da vida como sentimento da existência. Por isto a representação constrói-se, desde os primeiros passos do romance, através de uma espécie de contínuo universo de ressonâncias verbais, que não formam propriamente uma cadeia efabulatória, mas sim uma escrita *per-fabulatória*: ou seja, é como se a palavra, a escrita como infinito ato material de constituição da palavra e do discurso, tentasse, não cumprir um ato de redundância no que respeita

---

([1]) Vincenzo Arsillo tece ainda considerações acerca de outros aspetos centrais da ficção de Lobo Antunes: a problemática do ato de voltar; a questão de África ou o "sentimento da lembrança de África (...) como teatro de guerra", p. 58; ou, numa ligação estreita com este último, "a visão do tempo e a relação entre tempo contínuo e tempo fraccionado" (p. 60).

ao que está fora do sujeito narrativo ou do autor, mas, antes, servir e ser utilizada como instrumento (...) para *atravessar* (...) o imenso e misterioso mecanismo que, por convenção, chamamos "realidade" (...).

Do mesmo modo, a dimensão de representação artística ou, ainda melhor, do contínuo reenvio figurativo-criativo a obras e pintores contra a ordinariedade "imagética" da vida como puro *sistema organizado* (isto é, castrante e alienador) constitui uma das formas expressivas do protagonista-narrador (e, note-se, que a contínua passagem, durante todo o romance, da terceira para a primeira pessoa, o *diálogo narrativo incessante entre olhar interior e olhar estranhado* (...), é um outro sinal determinante deste sentido de ambivalência, da oximórica ambivalência do sentimento do existir), o qual dá forma, mesmo no ato da escrita, ao elemento inegável da revolta contra o mundo, contra o seu "ser bem" e a sua hipocrisia (escrita entendida ética e esteticamente como uma voz que interiormente fala a si mesmo e que através da voz dos loucos toma corpo, *faz-se corpo*).

E o corpo é, sobretudo, aquele da perda, o *outro de si*, aquele da separação e do desejo: o corpo feminino. O corpo feminino, o universo feminil, são um espelho, mais uma vez, em que o narrador se reflete e do qual apercebe a estranheza (...) e que se modula na imagem materna, "...*classe dos mansos perdidos*... com o curro do útero da mãe, único espaço possível onde ancorar as taquicardias da angústia" (p.13), em que a figura materna, "movida por um tropismo vegetal de girassol" (p.14), vem dramaticamente representada, quase como num *gag* de sabor beckettiano, expressiva da incomunicabilidade e inutilidade da troca entre sujeitos, até mesmo entre mãe e filho (...). Do mesmo modo, as velhas internadas do hospital, a sua descrição de imobilidade e de excesso de sentido representam (...) a tentativa vã de decifrar entre a linha ("espirais") das rugas, a leitura impossível da dor do passado, a sua reconstrução, revelando apenas a possibilidade de ver fisicamente os sinais (...) (pp. 16-17).

As rugas das velhas internadas como aquelas do elefante? O vidro opaco das lembranças, das recordações brumosas, o vazio daquele olhar contrapõe-se à terrível, pudicamente mortal claridade do espelho (recorde-se também, por exemplo, a simbologia e analogia entre espelho e água no mito de Narciso). Paralelo a este movimento, está o contínuo, expressivo deslocamento semântico do plano objetual para aquele artístico-literário, a mulher louca que vagueia "como o espectro de Charlotte Brontë" (p. 18), a que corresponde, na construção do texto como um espaço físico e mental num mesmo tempo, feito de correspondências que revelam-se sempre como ausências, a consciência de uma espécie de doença universal, da qual ninguém é excluído: "(quem entre aqui para dar pastilhas, tomar pastilhas ou visitar nazarenamente as vítimas das pastilhas é doente, sentenciou o psiquiatra no interior de si mesmo)" (p. 18).

O corpo, portanto, como o espelho, é o próprio limite e o próprio limiar, e no ato sexual revela-se ainda mais dramaticamente a condição de alienação à qual a loucura, loucura como internamento, conduz: assim, o sexo torna-se a presença de um contínuo desafio verbal com o corpo do outro, como um desvendar sem revelação. E assim, no ato de autoerotismo – o preto que se masturba – torna-se a hipóstase da dramática, indizível pena da coincidência entre desejo e repressão, como ato de expressão-solidão, e esta visão-descrição assume uma dimensão de espetáculo trágico e silenciosamente alienado. (...). A loucura, os "loucos" são, sobretudo, discursos, atos linguísticos, *lógoi*, dimensões verbais e dissonantes. E a correspondência, ao mesmo tempo inevitável e impossível, entre corpo e palavra cria uma ulterior tensão lógica e narrativa, ou, melhor, lógica *pois* narrativa. (...).

Vincenzo Arsillo, "Il maré e la terra che furono: una lettura di *Memória de Elefante* di António Lobo Antunes", in *Rassegna Iberistica*, n.º 75-76, 2002, pp. 52-55 (tradução do autor).

Uma nova morfologia da nação [2]

(...) O narrador de *Os Cus de Judas* persegue o conceito de nação através de uma morfologia híbrida, em que aparece o registro popular e o erudito, o vocábulo das ruas de Lisboa e os termos da selva africana, o vocabulário português e as palavras estrangeiras. O discurso no narrador denuncia uma fragmentação do sujeito, mas, para além do aspecto individual, revela uma rutura insuperável com a unidade nacional informada pela tradição.

O sonho de um Portugal ultramarino "com um calendário das Missões com muitos pretinhos na parede" transfigura-se em pesadelo de homem insone, que passa as noites a beber e a reconsiderar o passado. A personagem, entretanto, não recorre à justificativa de "contaminação" ou degradação causadas pelo contato com o Outro, ao contrário, a experiência na África é a oportunidade de autorreconhecimento, quando não de um desvelamento provocado pelos angolanos, a exigirem: "vai na tua terra, português". O médico retorna, mas a violência da guerra de descolonização, depois de quase quinhentos anos de dominação do território, abala o senso de autonomia e exige a aceitação do Outro, que, por fim, deixa suas marcas no discurso.

A reação da personagem em *Os Cus de Judas* revela um sentimento comparável ao "horror" descrito em *O coração das trevas*: "e aqui também (...) – falou Marlow de repente –

---

[2] Partindo de referências nietzschianas sobre "o caráter dionisíaco que integra a arte" – responsável pelo "horror espantoso que se apodera do homem quando (...) vê que o princípio da causalidade (...) tem que admitir uma exceção" –, Gislaine Marins começa por referir a forma como *Os Cus de Judas* procedem a "esse desvelamento do horror" (p. 167). São ainda tecidas considerações sobre a possibilidade de lermos a estrutura desta narrativa como uma cartilha e sobre o facto de a sintaxe permitir verificar a agudização das relações entre o discurso hegemónico e o contradiscurso do narrador (de que se fala no excerto transcrito). A problemática da reconstrução da identidade, que se considera um projeto inconcluso, ocupa os parágrafos finais do artigo.

já foi um dos lugares mais sombrios da terra". Como ocorre com a personagem de Joseph Conrad, o médico português começa seu relato ao cair da noite, mas sugere que a escuridão é ainda uma situação presente em Portugal. A imagem reforça a metáfora de obscuridade que se verifica ao nível da linguagem, apontando para dois sentidos: a ausência de transparência nos atos do Estado e a cômoda ilusão da população, que impedem Portugal de se ver. Ao falar do horror da guerra, o narrador de Lobo Antunes fala do horror que paira sobre seu país, denunciando esse estado de coisas pelo único meio que encontra: de modo marginal, na calada da noite, num monólogo com improvável repercussão.

A metonímia e a metáfora aparecem com destaque na narrativa, pois dentro de um contexto de vigilância da palavra e de desprezo pelos discursos hegemônicos, esses processos atendem ao propósito de (re)construção do vocabulário da nação. O título do romance é um exemplo do procedimento adotado, em que todos os lugares de Angola por onde passara o narrador são substituídos pelo vocábulo coloquial que evoca, simultaneamente, afastamento e traição. A distância de Lisboa, imposta pela guerra, é a mesma em qualquer um dos "cus de Judas" por onde andara: de um lugar a outro há sempre o mesmo horror, numa repetição infindável, mas necessária para que a personagem aos poucos se descubra traído e progressivamente se abandone à traição em relação aos antigos valores.

Do processo de substituição, o narrador passa a questionar ironicamente a própria existência dos fatos. É o que ocorre nos trechos abaixo:

> Todo um universo de que me achava cruelmente excluído prosseguia, imperturbável, na minha ausência, o seu trote miúdo ritmado pelo coraçãozinho ofegante do despertador, uma torneira qualquer suava um pingo perpétuo nas trevas.

> Tudo é real, sobretudo a agonia, o enjôo do álcool, a dor de cabeça a apertar-me a nuca com o seu alicate tenaz, os gestos

lentificados por um torpor de aquário, que me prolonga os braços em dedos de vidro, difíceis como as pinças de uma prótese por afinar. Tudo é real menos a guerra que não existiu nunca: jamais houve colônias, nem fascismo, nem Salazar, nem PIDE, nem revolução, jamais houve, compreende, nada, os calendários deste país imobilizaram-se há tanto tempo que nos esquecemos deles, marços e abris sem significado apodrecem em folhas de papel pelas paredes, com os domingos a vermelho à esquerda numa coluna inútil.

Desse modo, não é somente a recusa em compactuar com o discurso hegemônico o que move a personagem em direção à construção de um outro discurso. A necessidade de preencher o vazio silencioso, pleno e imobilizado numa suspensão temporal absurda, num jogo de ser / parecer encoberto, toma o aspecto de missão:

> Um copo de uísque contra o peito, falando sozinho, cada um conversava sozinho porque ninguém conseguia conversar com ninguém, o meu sangue no copo do capitão, tomai e bebei ó União Nacional.

O narrador, então assume a embriaguez, refúgio livre das convenções hipócritas, mas é abandonado ao caos em que o leitor / interlocutor tenta apreender um discurso ressignificado. Seu relato toma forma de contradiscurso que revela pelo avesso o que é omitido pelo discurso oficial. (...).

Gislaine Marins, "*Os Cus de Judas*: cartilha para reapre(e)nder a Nação", in *Letras de Hoje. Estudos e debates de linguística, literatura e língua portuguesa*, vol. 36, n.º 1, março, 2001, pp. 169-171.

Conhecimento do inferno (³)

(...) Vejamos (...) como funciona a escrita deste último romance, que apesar de não ser repetitivo, traz a marca de uma personalidade que se apropriou de um território romanesco, o delimitou e o aprofundou. Trata-se de uma viagem, à superfície, do Algarve até Lisboa, como [l]inha axial de referênciações, mas, no fundo, a viagem de uma memória através de lugares outros, os lugares problemáticos ou obsessivos. Partir de férias em direção ao trabalho, ao Hospital psiquiátrico, sendo este lugar a atingir o foco de irradiação retroativa: à sua volta gira alucinatoriamente o espaço citadino em relação de contiguidade, como o espaço do quartel e da guerra colonial giram também alucinatoriamente, agora porém em relação metafórica. O que une tudo não é apenas o viver no exercício do risco de morte nem apenas a condição de morrer mas a trágica conjuntura de matar. Aqui a escrita de uma crítica da classe médica, e, em particular, da classe psiquiátrica, que se dilata ondulatoriamente à própria cultura subsistindo na eminência abissal. Deste modo, o trajeto geográfico, linear e progressivo, é constantemente intercetado pelo trajeto fragmentado da memória com o retorno intermitente e reiterado a lugares de ferida correspondendo-se oniricamente com significados incidentes.

Na realidade, o processo narrativo prevalecente na constituição da história é o que se pode chamar um processo circunvolutivo: a partir de um motivo-base desenvolvem-se irradiações sucessivas que vão jogando em fluxo e refluxo sobre os lugares problemáticos da fixação. Esse motivo pode ser a mesa de um restaurante, a figura/fantasmas do psicanalista, uma palavra ou expressão como: «O senhor Valentim vai recitar

---

(³) Os parágrafos iniciais deste texto referem o "modo impetuoso e perturbante" como António Lobo Antunes "surgiu na Literatura Portuguesa" e relacionam, de forma breve, os romances publicados com outras obras dadas à estampa na década de 70.

159

um poema da sua autoria», etc. A ambiência, natural ou artificial, do trajeto geográfico primeiro ou dos percursos da memória, entra em íntima solidariedade com a exaltação ou a raiva ou o desencanto do próprio corpo. Assim a tradicional descrição perde o caráter decorativo surgindo integrativamente como significante humano. Aliás, é fácil verificar que o trajeto do romance se pode formular ainda de outra maneira: a partida do mar, lugar de fascínio, de permeabilidade, de imersão, de luz magnificente, para percorrer, terra dentro, lugares cada vez mais obscuros, sujeitos à delimitação, à resistência, ao pulular de outros seres, numa aproximação angustiante do lugar que os condensa e figura a todos na frieza sólida do enclausuramento, o Hospital. Poder-se-ia dizer, pois, que o conhecimento neste romance é, como nos mitos, uma descida aos infernos.

A visão inicial onde homens e objetos se apresentam como seres de plástico é proposta primeira de um mundo de máscara social. Conhecer é desejar o rosto, ultrapassar os limites, desafiar as aparências suportáveis. Procede-se, então, à explosão da linearidade, através de uma certa incandescência vocabular e imagética, com a voracidade de atingir a «vertiginosa fundura de um poço». Por isso se agitam tantas questões neste livro, quer a nível de escrita romanesca, quer a nível de cultura ou mundo quotidiano de relação. E isso, talvez, a partir de qualquer coisa tão simples como esta: «Agora regressava a Lisboa sem nunca ter saído do Hospital.» O mar e a simplicidade são um passado excessivamente remoto para quem já mergulhou nos fundos sombrios da existência social.

Duarte Faria, "A viagem aos lugares obscuros", in *Jornal de Letras, Artes e Ideias*, 14 de abril, 1981, p. 32.

Explicação dos Pássaros ([4])

«As asas batiam num ruído de folhas agitadas pelo vento, [...] eu estava de mão dada contigo e pedi-te de repente Explica-me os pássaros. [...] tu sorriste e disseste-me que os ossos deles eram feitos de espuma da praia, que se alimentavam das migalhas do vento e que quando morriam flutuavam de costas no ar, de olhos fechados como as velhas na comunhão» (pp. 43-44).

Este diálogo representa para a personagem um momento privilegiado da infância, o momento em que o pai é poeta e Rui S. se assume como seu filho. Na harmonia cúmplice das mãos dadas, ambos partilham o mistério das coisas, e passa de uma mão para a outra a chave do universo que é também – os poetas sabem disso – a chave do seu próprio ser.

Este momento, ao qual a personagem sempre de novo, obsessivamente, regressa, não existiu contudo, provavelmente, nunca: apenas houve uma série de equívocos. Desde logo porque os poetas são rigorosos, e quase tudo, nessa frase, é falso. O homem que disse essas palavras (ou nem sequer disse, talvez, e a cena foi apenas sonhada) provou só que não era, jamais seria, poeta. Mas Rui S. escuta, por detrás das palavras erradas, outras, exatas e belas; sobre o verdadeiro rosto do pai imagina outro – o rosto que lhe permitiria assumir – encontrar – o seu próprio.

Debalde, todavia. A realidade do pai, que ao longo de todo o texto se impõe, é – e só – a do universo da Lapa, a grande casa burguesa, a família patriarcal com a sua «digni-

---

([4]) Nesta recensão a *Explicação dos Pássaros* (1.ª edição de 1981, para cujas páginas somos remetidos), Teolinda Gersão deixa bem claras as principais metáforas (pássaros, voo e circo) que os romances anteriores de Lobo Antunes (principalmente *Conhecimento do Inferno*) vinham progressiva e obsessivamente desenhando. Na parte não transcrita deste texto a escritora chama ainda a atenção para o que vê como "os dois pontos mais altos do romance: a construção e a autenticidade" (p. 104).

dade distante», o seu dinheiro e os seus contratos, as suas aparências e hipocrisias, as suas missas e as suas *bavaroises*, os seus casamentos frustrados e as suas louças da Companhia das Índias, um universo repressivo e concentracionário, mesmo quando se julga elegantemente permissivo, em que o desespero, como os sofás e os cortinados, aparece forrado de veludo. Mas nem por isso mata menos. Porque afinal é o pai, representante desse universo, que no fim espetará a personagem na folha de papel (p. 247), tal como fez a outros elementos da família (p. 246), e, como o texto insinua, é o culpado, se não da morte da mãe, pelo menos da sua outra morte, do desespero e do vazio de uma existência feita de jogos de canasta e de obrigatória compostura.

Universo que Rui S. recusa – e que o recusa, porque todos os dissidentes são olhados de alto, como incapazes – mas do qual não consegue evadir-se; assim, por exemplo, a profissão de historiador não é escolhida «positivamente», por si mesma, mas «negativamente», como oposição ao universo paterno, que a não admite; e do mesmo modo, o outro «mundo» para onde parte, e que existe em contraste e oposição a este, é olhado com os olhos da Lapa, e também não é, portanto, assumido.

Campolide surge como um submundo de estreiteza e mau gosto, feito de mobílias baratas, «cortinas de pintas» e «quintalecos», e é para a personagem ao mesmo tempo um desafio à Lapa e uma punição. E por isso mesmo um desafio não ganho. Se o amor não existe na Lapa, onde as relações são frustradas e falsas, também é falsa a relação com Marília: «[...] eras bem do modo de onde vinhas», pensa Rui S. olhando-a, «nunca topei com pés tão grandes como os teus» (p. 29). Assim pensa a Lapa. O meio, a classe dela, é ele que lhos aponta. A distância entre ambos, é ele que a mantém e a faz sentir.

O amor de Marília é posto em dúvida (não se trata, afinal, de militância política?) e não é retribuído com amor algum – Rui S. «utiliza-a», inconscientemente, como compensação pela partida da mulher e como contestação à Lapa; pelo grupo político de Marília não é, evidentemente, aceite, porque para ingressar nele lhe falta tudo: a capacidade de acreditar numa causa, e a capacidade do dom de si próprio.

Que Marília entenda que se tratou de um equívoco e queira deixá-lo, funciona para a personagem (não para o leitor) como um efeito de surpresa. «Abandonado», Rui S. tentará por todos os meios agarrar-se a ela, porque sente a terra fugir-lhe debaixo dos pés e vai ser obrigado a encarar o que não quer ver: que é um ser que não pertence a parte alguma, e que, para estabelecer uma relação válida com os outros, terá primeiro de se encontrar a si mesmo. Tema que, dentro da metáfora obsessiva dos pássaros, se cristaliza na metáfora do voo frustrado, da impossibilidade do voo; no tema da viagem sem rumo: Aveiro em vez de Tomar, por uma súbita mudança – ausência – de objetivo.

A imagem da ria, envolvente, fascinante, um «enorme, ilimitado espaço claro unicamente habitado pelos gritos roucos das gaivotas» (p. 75), adquire uma força crescente. A ria é o grande espelho narcísico onde se procura um rosto, a resposta à pergunta inicial, não resolvida – quem sou? – e lugar onde se desiste da procura, atravessando a superfície das águas, cedendo ao apelo da morte, a que se mistura a morte da mãe, desde o princípio anunciada e suspensa. (...).

Outra metáfora – a terceira grande metáfora do texto – se mistura a esta: o circo, em que a personagem, ao mesmo tempo ator e espetador, encena a sua vida e a sua morte, transformando-as em espetáculo, numa visão amarga, irónica, cruel, voluntariamente desmitificadora da visão do circo como círculo mágico da infância. A imagem do circo assenta na visão alienada, canibal, da arte que é a dos jogos circenses e a da sociedade de consumo: a morte de Rui S. é um espetáculo oferecido e pago pela publicidade, o artista existe – é pago para – divertir o público, ser por este devorado, gasto, como qualquer outro produto consumível. Na mesma relação de ódio que, a todos os níveis, se mantém subjacente ao texto. (...).

     Teolinda Gersão, "António Lobo Antunes: *Explicação dos Pássaros*", in *Colóquio/Letras*, n.º 72, março, 1983, pp. 102-104.

Fado Alexandrino [5]

(...) A reconstrução discursiva de *Fado Alexandrino* principia com o regresso de África a Lisboa e faculta a sobreposição dos espaços colonial e metropolitano: "Estou em Lisboa e em Moçambique, vejo ao mesmo tempo as casas do bairro económico e as árvores da mata" (p. 13); "Estamos ainda em África, seguimos ainda os vestígios dos gajos" (p. 18). O entrelaçar destes espaços é deslocamento, e também comentário sobre as condições socioeconómicas da colónia e da metrópole: "Como os cães e os putos se parecem nesta terra (...), se pareciam em África: a mesma expressão pedinte, o mesmo pêlo baço, os mesmos membros frouxos de lírio" (p. 19). As experiências em Moçambique são constantemente reimaginadas no contexto de uma Lisboa tornada estranha e desconhecida. O soldado explica ao seu capitão que deveria ter ficado em África, já que regressou como a vítima de uma apoplexia e teve que reaprender tudo, sílaba por sílaba. O que aqui se encontra deslocado, tal como em *Os Cus de Judas*, é um império inventado na diferença, quando, no fim de contas, tal como o soldado comenta quando se lhe pergunta sobre África, é "mais ou menos como aqui".

O colapso do império é reiterado no caráter estranho de Lisboa, como espaço simultaneamente geográfico e inventado, e também no caráter não heróico com que os membros do grupo são recebidos. O soldado não é bem-vindo à casa de sua irmã e muda-se para casa da família do tio, trabalhando para a empresa de mudanças deste e, à noite, como prostituto. O alferes procura em vão algo familiar na sua mulher e o

---

[5] De acordo com as palavras da autora, o presente ensaio pretende ser, em simultâneo, um exercício interpolativo e interpelativo da forma como *Os Cus de Judas* e *Fado Alexandrino* constroem a identidade nacional. Assim, partindo do que designa por citações provocatórias (de Catherine Hall e de Eduardo Lourenço), Phyllis Peres avalia o modo como a imagem de Portugal se vai (re)construindo por entre as ruínas do império.

tenente-coronel chega a Lisboa no dia seguinte à sua mulher ter morrido com cancro. Apenas o oficial de transmissões regressa a casa da sua suposta tia mais velha, e madrinha, que vivia por detrás da Feira Popular, um parque de diversões – O Poço da Morte, "O Mundo de Ilusão" – que, por esta altura, ficamos a saber tratar-se de um tropo das ruínas do império.

O fim do império é reconstruído à volta da mesa de jantar por cinco camaradas de tropa crescentemente embriagados. Os acontecimentos, pois, são percecionados através de olhos pessoais e embriagados, mas esta é, em derradeira instância, a reconstrução de uma farsa revolucionária coletiva; a inaptidão da oposição portuguesa, o falhanço da revolução e a crise da identidade nacional. Assim, o mesmo capitão Mendes que tem um papel de comando na revolução de 1974 aparece mais tarde como um famoso contrabandista em Cabo Ruivo. O coronel, num outro grande gesto de estertórica impotência colonial, recusa apoiar a revolta dos capitães ou o governo de Caetano. Depois da revolução, é-lhe dado o emprego (completo com o cubículo revolucionário) de revisor dos casos de oficiais de alta patente, sendo informado que, quanto mais generais brigadeiros forem desacreditados, melhor são as suas hipóteses de promoção. O oficial de transmissões, membro da organização Marxista-Leninista-Maoista portuguesa, é deixado a apodrecer em Caxias enquanto os seus camaradas levam a cabo grosseiros assaltos a bancos.

O deslocamento pós-imperial predominante impõe o tom à narração – uma mistura confusa de vozes – que é levada a um outro nível já que inúmeras personagens, que aparentemente são diferentes atores em peças supostamente diferentes, de facto desempenham múltiplos papéis e assumem diferentes identidades. A mulher do soldado, Odete (a filha da mulher do seu tio), é também Dália, o contacto da célula de oposição do oficial de transmissões, e também o objeto do seu desejo não retribuído. A ex-mulher do alferes torna-se no amor da filha do tenente-coronel, depois de um angustiante – para o então marido, claro – caso com a senhora do cabelo roxo. O alferes procura vingança, mas não amor, nos braços da anã, certo na sua imaginação que mais ninguém poderia querê-la. A porteira torna-se amante do tenente-coronel e, depois, do soldado. A segunda mulher do coronel – "a nuvem de perfume" – é também a amante do oficial de transmissões.

Este baile de máscaras de personagens é, de facto, o Mundo desmantelado da Ilusão, um *fado* alexandrino do império moribundo executado no Poço da Morte. Assim, o que deveria ser o clímax da narrativa, o assassinato do oficial de transmissões, é choque do não choque – mais uma vez, o anti-clímax, o esperado não esperado, dentro da fragmentação da imaginação coletiva e narrativa. Terá o oficial de transmissões sido morto como vingança pelo caso que mantinha com a "nuvem de perfume"? Terá sido o pagamento por desejar Dália/Odete? Ou trata-se apenas da morte piedosa da impotente Esquerda Portuguesa? Na insegurança do deslocamento, o camião do soldado esmaga-se contra o viaduto e na sua imaginação a violência do impacto mescla-se com a violência da guerra em Moçambique. Ele imagina a sua morte – morre no embate ou durante uma heróica missão suicida, granada na mão, fugindo em direção a uma aldeia Moçambicana? O alferes perde o seu carro, o seu almoço e a sua liberdade no mar de betão da Lisboa pós-imperial.

O fio que permanece passível de ligar nação e *ethos* num Portugal reinventado é ainda o grandiloquente discurso do império (as Cruzadas, os navegadores, Magalhães, Gama, etc., etc.), mas nas ruínas do império este ecoa contra "o desfile de incontáveis macaquinhos de realejo de espingarda ao ombro" (p. 427). A articulação da nação tornou-se desarticulação, já que nem a regeneração pode trazer a reinvenção da nação. O narrador de *Os Cus de Judas* é deixado a refletir entre fotos de generais defuntos, que das consolas o olham severamente. Em *Fado Alexandrino*, a narrativa termina com um ocaso, com o hidroavião de um contrabandista lentamente levantando voo, "escalando dificilmente os degraus ocos da tarde a caminho do mar" (p. 608). A nação reinventada leva novamente ao mar, como piratas de uma impossível pós-colonial viagem estética, em busca de jardins com tesouros escondidos e onde os sonhos imperiais nunca terminam.

Phyllis Peres, "Love and Imagination among the Ruins of Empire: António Lobo Antunes's *Os Cus de Judas* and *Fado Alexandrino*", in Helena Kaufman e Anna Klobucka, (eds.), *After the Revolution: Twenty Years of Portuguese Literature, 1974-1994*. Lewisburg, PA; London, England: Bucknell UP; Associated UP, 1997, pp. 197-1999.

Possessão e posse no *Auto dos Danados* ([6])

(...) Sexto romance de uma carreira fulgurante, iniciada em 1979 com *Memória de elefante*, distingue-se dos anteriores por um certo desvio da incidência temática, pois já não é nele central nem a memória de África e da guerra nem o exercício clínico da psiquiatria, nem tampouco nenhuma crise conjugal e existencial, ainda que esta não deixe de estar presente como motivo de primeiro plano da desagregação familiar. Distingue--se também por uma acentuada e clara distribuição de perspetivas, através da atribuição da narração a diversas personagens, algumas delas secundárias ou quase meros figurantes, havendo uma tendencialmente uniforme e equitativa atribuição, a cada narrador, de uma das cinco jornadas que constituem as cinco secções deste livro. Tal uniformidade apenas sofre um primeiro (aparente) desvio na segunda secção – «Véspera da festa. Ana à noite» – em que um «Lado A» (capítulo) é exposto por Lurdes (mãe de Ana) e o segundo capítulo – «Lado B» – tem a própria Ana como narradora. No entanto,

---

([6]) Centrando a sua abordagem de *Auto dos Danados* essencialmente "na categoria da personagem", Graça Abreu destaca a importância de Ana, analisa pormenorizadamente as características desta e das outras personagens (com particular relevo para as analogias entre o avô e o touro, "reveladoras da violência comum à arena e à casa senhorial", p. 63) e propõe significados possíveis da família neste romance.

não há ainda a pluralização de narradores dentro de cada um dos capítulos e só na quinta e última secção – «Terceiro dia da festa. A importância da máquina de influenciar na génese da esquizofrenia» – se apresenta um total estilhaçamento do modelo até aí seguido quase rigorosamente, com um narrador diferente por capítulo e havendo um deles (o terceiro dos cinco não numerados) em que diferentes vozes interferem e se entrecruzam, de um modo que virá a ser desenvolvido e apurado em romances posteriores do autor. Não se trata em nenhum dos casos de processos totalmente novos, sublinho, mas sim de uma mais sólida e estruturada arquitetura dos mesmos, o que torna este romance particularmente inovador.

Persistem nele as invasões do presente pela memória da infância, em concomitância vívida de experiências temporalmente distanciadas, e a importância da experiência familiar das diversas personagens, em que adquire particular relevo o papel de *pater familias*, sendo este, no caso do *Auto dos Danados*, o detentor de um poder tirânico que condiciona todas as outras personagens e lhe consigna a função de protagonista central mesmo se o seu tempo de fala (de narrador) é assaz escasso. Com efeito, toda a danação de que se constrói o romance se articula em torno dele.

Figurando essa danação logo no título, importa fazer a análise deste como ponto de confluência indiciador das linhas de força que percorrem o texto.

Em *Os romances de António Lobo Antunes* já Maria Alzira Seixo aponta a dupla aceção – jurídica e teatral – da palavra auto, salientando-lhe igualmente o sentido etimológico de ato, para dar conta da constelação semântica que o romance desenvolve (...) (pp. 143-150).

Do caráter religioso da sua origem teatral medieval, conserva este *Auto* o binómio simbiótico de representação/ação, através de personagens/atores trazidos a mostrar o seu viver, na cena textual, por um autor que, embora nunca assumindo a narração, não só convoca e ordena as vivências testemunhais mas também se entrevê, de modo implícito e fugaz, em passagem do discurso de Francisco (neto do patriarca), ao mencionar «a parte deste relato que me mandaram contar». Com esta pequena menção, indicia-se quer um determinado estatuto do autor textual implícito quer uma pluralização do sentido da palavra «auto» no título do romance, apontando modos de leitura.

No que se refere ao autor, a sua intervenção é assim especificada como limitação: ele será o que apenas recolhe depoimentos (como num inquérito ou processo de averiguações), devendo pois abster-se de emitir qualquer juízo. Desse modo, assumiria este *Auto* um carácter jurídico ou judicial (faria parte de um processo de justiça) mas não de ação judicativa pois qualquer julgamento ser-lhe-ia sempre exterior e posterior – num tempo que seria o da leitura: o *Auto* seria então peça de um processo, registando (e representando) os factos, as circunstâncias e demais elementos da desagregação desta família constituída pelos *Danados*, a ser remetido ao tribunal competente – ao leitor capacitado para formular um juízo. Contudo, duas outras menções – «no tempo deste livro» e «na altura dos acontecimentos deste livro» –, pela voz de Nuno, narrador único e personagem principal de «Antevéspera da festa», levam a conjeturar sobre uma possível figuração autoral na personagem, a qual, mais que qualquer outra, tem contundente precisão na definição da família de Ana, a mulher, mantendo sobre a mesma a distância de situação – a sua família é, de facto, outra – e de perspetiva que lhe assegura a clarividência de observação e lhe reforça a exterioridade. (…).

Graça Abreu, "Possessão e posse no *Auto dos Danados* de António Lobo Antunes: possuidores, possuídos e desapossados", in Petar Petrov, (org.), *O romance português pós-25 de Abril*. Lisboa: Roma Editora, 2005, pp. 55-58.

Uma Penélope pós-colonial: des(a)fiando a odisseia lusa [7]

De entre os detritos ideológicos, sobreviventes ao eclipse de um imperialismo decadente, que *As Naus* de António Lobo Antunes satiriza, destaca-se o mito luso-tropical do império português como democracia racial enraizada numa miscigenação harmoniosa, mito este que, conforme argumentar Anna M. Klobucka, tem como modelo literário e exemplar a alegoria camoniana da Ilha dos Amores. Foi já observado que o romance inverte a narrativa da expansão imperialista estabelecida pel'*Os Lusíadas*, demolindo assim a construção do sujeito nacional como heróico navegador e descobridor. De igual modo, as relações atribuladas entre os protagonistas do romance e suas companheiras – estas, na maior parte, filhas das colónias miscigenadas – podem ser lidas como uma paródia grotesca da alegoria da ilha amorosa, paródia que serve para ridicularizar a noção freyriana do colonialismo como 'convivência completada pelo amor' entre os portugueses e as terras e etnias novamente «descobertas». É de notar que estas inversões dos padrões camonianos que estabilizam a visão mitificada do império vêm reforçadas pela amplificação de desacordos narrativos e hermenêuticos entre *Os Lusíadas* e a epopeia que tinha servido como um dos seus modelos principais, a *Odisseia*. No romance de Lobo Antunes, a mulher africana, enganosamente reconhecida pelo lusíada caduco como consorte divina (conforme uma deturpada visão épica), assume (de acordo com uma ótica oposta, de natureza burlesca) os contornos da Penélope homérica, modelo de esposa fiel e intrépida que foi excluído da narrativa camoniana para facilitar a alegoria da «união» do luso com o trópico.

---

[7] Este texto faz parte de um trabalho de investigação que visa comparar as reinterpretações do mito de Penélope em *As Naus*, *A Jangada de Pedra* (de José Saramago) e "Salsugem" (de Al Berto). O artigo será publicado no volume *Postimperial Spaces*, organizado por Paulo de Medeiros.

A partir desta reescrita da grande narrativa lusotropical surgem questões profundas relativas tanto a uma possível solução para a crise pós-imperial como quanto às relações pós-coloniais da suposta «família» lusófona. Enquanto Lobo Antunes constrói uma alegoria dilacerante que enfatiza o aspeto sexual do complexo sistema explorador do colonialismo, as poucas intimações de uma solução para a crise pós-imperial portuguesa que o romance oferece focalizam o eventual benefício aos iludidos homens portugueses. Para além disso, na sua reescrita satírica do regresso épico, o único resgate do herói nacional do naufrágio da aventura colonial deriva do empenho de um agente feminino e africano. Assim se pode caracterizar a história de Diogo Cão, engenheiro civil reformado que percorre a trama do romance numa embriaguez permanente, e, portanto, cismado numa perceção da sua atualidade tão cor-de-rosa quanto os mapas e as cartas do império defunto, os quais ele leva sempre consigo. A ilusória visão épica vivida pelo marinheiro tem o seu aspeto sexual, inspirado pelo *locus amoenus* erótico d'*Os Lusíadas*. Cão, que se imagina 'reservado por determinação divina para amores de Tétis' (220 [170 ed. *ne varietur*]), escolhe a sua consorte de entre as dançarinas-prostitutas numa casa de alterne da Ilha de Luanda. Logo após a deslocação à Europa, procura o amor diante das montras dos bordéis de Amesterdão, tomando por caudas escâmeas de *tágides*, sereias e ninfas, os vestidos lantejoulados das meretrizes. Quanto a mulher de Diogo Cão, abandonada em Angola, opta por lançar uma missão de busca ao companheiro devasso, a identificação do projeto colonial com a epopeia nacional torna-se ainda mais absurda, conforme a troca dos papéis assumidos pelos protagonistas no cenário épico. A mulher, que Cão tomou por ninfa tropical, assume os papéis nos quais o marido já fracassou: navegador, descobridor e salvador. Ao usurpar o «heróico» lusíada na sua missão de resgate do perdido homem europeu, a angolana relembra, porém, ao mesmo tempo, a Penélope homérica, cuja fidelidade e engenho garantem os direitos patriarcais do parceiro contrariado. A mulher resiste às vicissitudes da viagem na busca pelo marido por meio das suas artes de tecedeira: isto é, ganha a vida pelo «tricot» metafórico das habilidades amatórias de prostituta, enquanto nutre o seu espírito a bordar, nas horas livres, um lençol de cama de casal. Este lençol tornar-se-á um emblema de reafirmado compromisso matrimonial aquando do reencontro tardio com o companheiro, incapacitado pelo consumo de álcool numa tasca lisboeta. (...).

Logo depois deste inglório regresso do marinheiro a casa, quando a turma de estudantes aparece à procura de mais uma dose das delícias já proporcionadas pela angolana, o resgate dos privilégios patriarcais através do laço conjugal é de novo simbolizado – mas também satirizado – por meio da referência à atividade «feminina» de bordar (...).

A conclusão das aventuras de Diogo Cão, por outro lado, sugere que, ao fim de contas, tal resgate depende também de fatores suplementares à interpretação pragmática da fidelidade uxoriana e do carinho e compaixão «femininas». Embora Diogo Cão, excecionalmente entre os lusíadas falhados do romance, chegue ao fim da trama alojado no seu próprio lar e cuidado por uma mulher fiel, a sua reconciliação tanto com a companheira como com a realidade das suas circunstâncias exige-lhe a abjuração da ilusão imperialista. O efetivo desvanecimento do seu onírico mundo imperial é representado quando Cão, tendo atingido um grau relativo de sobriedade, volta à Residencial Apóstolo das Índias acompanhado pela mulher, para reclamar os pertences empenhados já à chegada em Lisboa. Durante outra viagem tortuosa rumo a casa, Diogo Cão e a sua mulher acabam por se desfazer da carga de mapas e instrumentos de navegação: 'o marinheiro destapava um contentor de lixo e vertia-lhe dentro um feixe de rios tropicais [...] O planeta inteiro sumiu-se dessa forma, país a país e meridiano a meridiano, nos caixotes da cidade' (232 [180 ed. *ne varietur*]). Contudo, este abandono dos vestígios da ontologia imperialista do mundo não acaba por completo com as desilusões de Diogo Cão. É significativo que a insistência no engano se evidencia precisamente aquando do encontro sexual iniciado com a mulher que, na sua contemplação do marido caduco, 'já nada esperava mau grado a minúcia tecedeira da sua arte'. Aqui o entrelaçamento, no imaginário (neo-)colonial, de estruturas de poder baseadas na opressão sexual e racial e na posse de território é apontado de novo numa cena sexual extraordinária, onde Lobo Antunes denota os pontos, superfícies e pregas do corpo através de metáforas náuticas e geográficas, ao narrar o encontro a partir de uma série de perspetivas. Assim, embora seja o olhar da mulher de Diogo Cão que explora 'os inúmeros nichos do corpo topando com mais baías e enseadas e vilas piscatórias do que até então encontrara nos inúmeros marinheiros da minha vida', é uma voz extradiegética que afirma o assombro da mesma mulher perante o repentino despertar erógeno do marido e do seu 'imenso, inesperado mastro orgulhoso do navegante, erguido, na vertical da barriga, com todas as velas desfraldadas e o ressoar de cabaça das conchas'.

Tanto no encontro sexual que aqui se descreve como na conclusão que ata os diversos fios narrativos, a visão carnavalesca do Portugal pós-imperial consegue inverter o *grand récit* do encontro do «civilizador» europeu com o seu Outro «bárbaro», sem explicitar nenhuma solução para as iniquidades do mundo pós-colonial. Embora o reencontro sexual do colonizador com a mulher subalterna conclua a demolição satírica do mito da Ilha dos Amores como modelo e precursor da «convivência» luso-tropical, a maneira como este reencontro é narrado dá azo a uma série de interpretações alternativas da política sexual do colonialismo português. A visão contra-imperialista e burlesca cede lugar primeiro à paródia hiperbólica da ilusão imperialista, e, logo, à insinuação de um prazer masoquista na violência cultural e sexual do colonialismo, o qual é implicado no gozo que a angolana deriva da 'terna batalha de sucessivas navalhadas ardentes no meu corpo' (223 [173 ed. *ne varietur*]). O conselho mais adequado para as futuras relações pós-coloniais derivará, talvez, da afirmação da angolana de que 'os homens necessitam tanto mais de mãe quantas mais mães tiveram, e que somente os órfãos se encontram preparados para os escolhos quotidianos da paixão' (231 [179 ed. *ne varietur*]). Assim, a história dos Cão não valoriza tanto a compaixão da Outra pós-colonial pelo atribulado ex-colonizador. Alerta sim para a necessidade da ex-metrópole, que já não consegue «semear», e da ex-colónia, que se recusa a «dar fruto», abjurarem de vez dos paradigmas de pais/filhos ou de patriarca e consorte, e procurarem, por meios económicos e culturais, uma reconciliação igualitária. (...).

Mark Sabine, texto inédito.

Paródia e carnavalização em *Tratado das Paixões da Alma* ([8])

(...) Não são só as coisas que constituem a paródia, mas o modo como as coisas se constituem. E assim se vai da paródia à carnavalização. Exemplificando, a partir do título, pode-se dizer que as «paixões da alma», narradas no livro, se mostram fielmente especulares do seu modelo, mas o modo como se exercitam (ou descrevem) é exemplarmente caricatural. No traço caricatural se espelha, com justeza, a realidade do mundo circunstante. Mas o que é que se parodia e carnavaliza neste

---

([8]) Fernando Mendonça organiza esta recensão a *Tratado das Paixões da Alma* à volta de dois aspetos muito importantes para o estudo deste e de outros romances do autor: a paródia e a carnavalização (de notória inspiração em Mikhaïl Bakhtine). Cremos, todavia, que qualquer estudo que, no presente, pretenda desenvolver a questão da paródia, não pode deixar de ser (re)instruído pelos princípios apresentados, *ad exemplum*, por Linda Hutcheon em *A Theory of Parody. The Teachings of Twentieth-Century Art Forms*. New York & London: Methuen, 1985 (tradução portuguesa de Teresa Louro Pérez – *Uma teoria da paródia. Ensinamentos das formas de arte do século XX*. Porto: Edições 70, 1989) (ver infra, Cap. 6, *Paródia*).

romance de Lobo Antunes? Faça-se um breve resumo do que acontece no livro.

Num tempo recentíssimo, o Estado precisa de capturar um grupo terrorista que vinha praticando atentados contra alvos e personalidades importantes. Um dos componentes do grupo é preso e um Juiz de Instrução é escolhido (a dedo) para conduzir o interrogatório do prisioneiro. Acontece que os dois foram amigos de infância e praticamente criados juntos. A partir desta relação Juiz de Instrução/Homem (terrorista) se instaura o universo romanesco, com os protagonistas e os acontecimentos surgindo das reminiscências que inevitavelmente os dois acordam durante os interrogatórios. A infância, a adolescência, a idade adulta se recriam com os seus conflitos, as suas paixões que, agora, aos poucos, vão de novo imperceptivelmente aproximando as duas personagens.

O tempo da ação é breve, mas as ramificações da mesma se tornam múltiplas e complexas, o discurso narrativo flui num movimento pendular constante entre o passado e o presente, produzindo uma narrativa fraturada mas tranquila, apesar das refrações bruscas que obrigam a uma leitura extremamente atenta e memorizada. Nesse ritmo apropriado da leitura jamais se perde o fio da meada e, no momento exato, tudo se vai revelando e encaixando – os factos, as pessoas, os nomes. Salvo melhor juízo, é uma das mais complexas estruturas narrativas que o romance português produziu nos últimos tempos, mas é igualmente uma das mais sedutoras leituras que um texto moderno nos pode propor. E, apesar da modernidade, é um romance que se lê à velha maneira (leitura aliás a que todos os romances aspiram mas nem sempre conseguem), isto é, quando o leitor subitamente se enreda no texto, como se dele participasse, assim se instalando como narratário obrigatório.

Tem-se falado aqui de paródia e carnavalização como principal carpintaria deste romance. Seria interessante dar alguns exemplos dessa prática, ao mesmo tempo cómica e documental. Dois momentos do livro seriam suficientes: quando os terroristas decidem atacar a sede da Polícia Judiciária; quando a Polícia Judiciária resolve atacar os terroristas. A imitação da realidade é insuperavelmente cómica, pelo ridículo e incompetência dos terroristas, dos seus gestos, do seu linguajar, o mesmo acontecendo com os agentes e a tropa que organizam o cerco aos terroristas – a melhor maneira de carnavalizar o cerco foi fazer acreditar aos populares presentes que se tratava de um filme.

Para se dar uma ideia aproximada do que é este novo romance de Lobo Antunes seria preciso um espaço bem maior do que aqui naturalmente se dispõe. É um romance no qual o tempo da narrativa é longo e abrangente, e, se a ação é breve, como se disse atrás, as recorrências onde se instalam todos os intervenientes que, de uma forma ou de outra, falam da história recente (e menos recente) da vida portuguesa, as recorrências, repita-se, são a máquina que produz o universo fundamentalmente inquisitivo do romance.

Sim. Não é só o Homem (terrorista) que é interrogado. É a vida, com as suas paixões, rudimentares ou complexas, que se interroga e questiona. A lição final é a mesma para o Juiz e para o terrorista: ambos serão assassinados pelos órgãos de segurança.

Não é a primeira vez que o Autor se arroga o direito da paródia, mas nunca ela foi tão intensa nem tão relevante a carnavalização como neste *Tratado das Paixões da Alma*. Mas há algo ainda que é preciso dizer e com certa urgência. António Lobo Antunes acena-nos, neste romance, com uma conclusão, à qual chegamos sem muita dificuldade. Por detrás do rosto da paródia e do seu corolário, desvela-se um outro que não é caricaturável, antes carrega nos olhos e na boca uma notícia tão aforística quanto desoladora, e isso ao longo das centenas de páginas do livro: que quanto mais as coisas mudam, mais são a mesma coisa.

Fernando Mendonça, "António Lobo Antunes. *Tratado das Paixões da Alma*", in *Colóquio/Letras*, n.º 125-126, julho-dezembro, 1992, pp. 296-297.

A Ordem Natural das Coisas: «*Voar debaixo da terra*» ([9])

Um homem, de quem nunca se saberá o nome, fala na noite de insónia, dirigindo-se à mulher que ama e ao lado de quem se deita, mas que o despreza e ignora, virada para o outro lado e simulando não dar pela sua presença e sinais. Ele tem cinquenta anos, é funcionário público apagado, fisicamente desinteressante; ela tem dezoito e é estudante do liceu. Inventa conversas para ela, em pensamento, ou fala-lhe a meia-voz, e o que intriga o leitor não é só a situação chocante dessa rejeição afetiva e física, é também o ambiente misterioso da infância que o homem desfia nos seus monólogos de recordação:

> Até aos seis anos, Iolanda, não conheci a família da minha mãe nem o *odor dos castanheiros* que o vento de Setembro trazia da Buraca, com as ovelhas e os chibos que galgavam a Calçada na direcção do cemitério abandonado, tangidos por um velho de boina e pelas vozes dos mortos. Ainda hoje, meu amor, estendido na cama à espera do efeito do valium, me sucede como nas tardes de verão em que me deitava, à procura do fresco, num

---

([9]) A ensaísta aborda, ainda, a questão da alternância dos tempos, "entretecidos por proveniências diversificadas" (p. 226); a estrutura do romance, comentando e analisando cada um dos cinco Livros que o compõem; e, a partir da instância titular, apresenta os possíveis significados da "ordem" das coisas: a "experiência do tempo", "a natureza", o mundo" (pp. 227-228). É concedida particular atenção ao desejo de evasão de Domingos (pai de Iolanda) e ao discurso de Julieta (mãe do homem cujo nome sempre desconheceremos) nos momentos finais do romance. O relevo – a voz – concedido ao feminino é sublinhado a partir da referência a obras como *O Auto dos Danados* ou, a um outro nível, *Os Cus de Judas* (p. 236). Dividida em três partes ("Os romances," "Questões de crítica e de interpretação" e "Notas auxiliares"), a obra em que se integra este excerto representa, sem dúvida, o mais incisivo, interessante e ilustrativo estudo da produção ficcional de António Lobo Antunes (de *Memória de Elefante* a *Que Farei Quando Tudo Arde?*).

bairro de jazigos destroçados: sinto um ornato de sepultura magoar-me a perna, *oiço a erva das campas no lençol* (...); uma mulher de chapéu plantava couves e nabos nas raízes dos ciprestes; os badalos dos cabritos tilintavam na capela sem imagens, reduzida a três paredes calcinadas e a *um pedaço de altar com toalhinha submerso em trepadeiras*; e eu observava *a noite avançar lápide a lápide*, coagulando as bênçãos dos santos em *manchas de trevas*. (Sublinhados meus)

Este *incipit*, com um ritmo lento edulcorado pela interpelação amorosa e pela evocação elegíaca, implica desde logo uma circunstância decetiva: não conhecer então a família, procurar a solidão do cemitério, comunicar o seu ambiente em ruínas, e correlacionar implicitamente tudo isso com a situação presente (o comprimido para dormir, o ornato de sepultura a magoar, o lençol visto como mortalha, e mesmo o desinteresse da mulher pela conversa (...); mas os pormenores fixados por uma sensibilidade terna e atenta compensam esse tom de desengano: cheiros, aragem, animais e árvores povoam a paisagem e a lembrança, a própria relação de afeto manifestada nos vocativos de insistência fragilizante e irrisória, mas sobretudo os ecos visuais do passado, que dão vida (com a erva crescendo nas campas, a mulher plantando, e a «toalhinha» do altar ocultada pela vegetação) a um começo de narrativa marcado «pelas vozes dos mortos», pela «noite que avança» «de lápide em lápide», em som e sombra que definem um panorama generalizado de «manchas de trevas».

E é, de facto, um livro de mortos e de noite, de crimes e de ausência, de afastamento e escuridão, este nono romance de António Lobo Antunes (...) mas (e um trabalho prodigioso da escrita das contradições do claro-escuro da motivação humana e do desenrolar da existência faz dele um dos mais belos textos que até hoje escreveu) é também um livro de amor e da vibração do corpo, da natureza a projetar-se sobre a destruição social e cultural, da relevância do sonho sobre a inanição de projetos impossibilitados pela crueldade e pela devastação.

É, por entre essas «manchas de trevas» que o início tão impressivamente impõe à perspetiva do leitor, talvez o livro mais claro e luminoso que na obra de Lobo Antunes existe (no sentido em que há vias desafetadas que insinua, halos de luz que marcam personagens e situações, nomeadamente o lindíssimo final com a chuva a cair, vista como «uma toalha de pólen cor de prata sob o céu azul», na partida de Julieta a caminho do seu pensamento do mar), assim como é, desde o início da carreira do romancista, o seu texto que menos vive da tendência para o disfemismo e a irrisão, a sátira e o sarcasmo lúdico, que no entanto em parte se mantêm (sempre na sua obra se mantêm) como suportes, mais ou menos jocosos, da visão do mundo e da sua particular representação na escrita.

Mas retomemos a análise, e consideramos apenas, em relação ao *incipit*, mais dois dados: 1. o de que, na comunicação da temática da família e da infância (que são vetores constantes em Lobo Antunes), é o trabalho da memória que as configura, e que esse trabalho, habitualmente movimentado por motivos concretos e funcionais, tem aqui suporte no «odor dos castanheiros», abrindo o campo semântico das árvores (mas também o dos animais, e mais uma vez muito particularmente, o dos pássaros), sendo que a memória sensorial é privilegiada, de acordo aliás com o título da primeira parte, que integra este primeiro capítulo: «Doces odores, doces mortos»; 2. e o de que, nos três planos da história que neste fragmento se determinam (o plano da personagem até aos seis anos; o plano do «ainda hoje, meu amor, estendido na cama à espera do efeito do valium» – e é importante notar que esta frase modifica por momentos o registo de escrita do primeiro parágrafo, nobremente evocativo e de efeito idílico e bucólico, tingido de *spleen* nesse apego tétrico ao campo de jazigos, comunicando-lhe com, com a notação do «valium», um sentido de vulgaridade irrisória que mantém subjacente a referida tendência jocosa e disfemística do autor – e o plano do período a partir dos seis anos, que portanto será o daquele em que conheceu a família da mãe e o odor dos castanheiros), é sobre o terceiro afinal que a focalização substancial do tempo incide. Isto é, o plano da organização fabular marcado pela negativa e pelo desconhecimento é o que justamente se desenvolve como centro da narrativa e faculta a possibilidade da descrição, desenvolvendo neste romance como que a desocultação de um enigma, e progressivamente, o conhecimento do(s) outro(s) como uma impossibilidade. (...).

Maria Alzira Seixo, *Os romances de António Lobo Antunes.* Lisboa: Dom Quixote, 2002, pp. 223-225 [223-253].

A Morte de Carlos Gardel: Crónica da vida vulgar [10]

Neste novo romance de António Lobo Antunes, há uma decisão de ordem formal, ou técnica, cheia de consequências: as personagens são introduzidas e detêm o discurso como numa peça dramática. Entra uma personagem «em cena» e com a sua fala, à maneira de um monólogo, cumpre o papel de narrador até dar o lugar a outra que, a partir de um ponto de vista diferente, ocupará a mesma função. O processo mantém-se até ao fim, explorando a ambivalência do estatuto das personagens: funcionais (considerando o «engenho» narrativo na sua forma mais pura e nua são elas que, do interior dele, o fazem mover), mas também substanciais (dotadas de um conteúdo analógico, representativo).

---

[10] Autor de vários comentários sobre a obra de António Lobo Antunes, António Guerreiro apresenta agora uma breve mas incisiva aproximação ao romance *A Morte de Carlos Gardel*. O interesse deste texto reside, pois, não apenas nas linhas de abordagem particular que faculta, mas também na perspetiva englobante que oferece para o estudo conjunto de outros romances do autor. A saber: o que se designa por "uma espécie de épica da indiferença" ou por "um mundo onde o real" parece não ter lugar "senão para a vida como pura idiotia".

No princípio, a forma narrativa adotada cria algumas dificuldades na compreensão da história, na reconstituição da rede de relações que nos permita situar as ações e as personagens, uma vez que esta forma de narração introduz necessariamente os elementos da história por uma ordem que não segue o critério do desenvolvimento causal. Mas, pouco a pouco, acabamos por perceber que Álvaro vive com Raquel, depois de se ter divorciado de Cláudia; que desse primeiro casamento resultou um filho, Nuno, que vive com a mãe até ao momento em que morre no hospital (de tétano ou de excesso de droga?); que Cláudia, depois de se ter divorciado de Álvaro, conhece alguns namorados, até se fixar em Ricardo, um jovem com a idade do filho; que Graça (médica) é irmã de Álvaro e vive com Cristiana; e assim por diante, segundo um percurso de cruzamentos e encontros fortuitos. É um percurso sem metas nem fins últimos, feito de adesão ou rejeição espontânea a cada momento da vida, marcado pela desarmonia entre um mundo falho de sentido e o indivíduo que não sente a necessidade de procurá-lo, seja através do recurso a uma superestrutura ideológica, seja através da imposição de uma pragmática da vida com objetivos a alcançar. Assim, as personagens deste romance soçobram na indiferença e no insignificante, habitam um mundo de relações anónimas e funcionais onde só existe a multidão, e o indivíduo enquanto tal foi expropriado de toda a existência. É o mundo das periferias urbanas evocado por alguns nomes próprios (Amadora, Barreiro, Algés, Corroios...), onde o fluir metropolitano resulta na acumulação anárquica e caricatural, estranha a toda a conexão significativa e a toda a síntese: «(...) e isto sem contar os noivos, dúzias de noivos de casaco alugado, de luvas alugadas, de calças de fantasia alugada, sem contar as madrinhas afligidas pelo aperto dos sapatos, pelo aperto das cintas, pelo aperto das molas dos brincos nas orelhas (...), noivas da Bobadela, de Rio de Mouro, do Forte da Casa, do Laranjeiro, de Mem Martins, dos Olivais, das caves e rés-do-chão acanhados e escuros, jarrinhas enfeitadas, (...) pracetas tortas, merceariazinhas alquebradas, domingos intermináveis a escutar o rádio dos vizinhos (...)» (p. 214).

É assim o mundo onde as personagens vivem uma espécie de épica da indiferença. Nem o amor, nem a morte, nem o desejo, nem o afeto conseguem resgatar as coisas – e as pessoas – da acidentalidade e da insignificância. Ninguém neste romance consegue ser detentor de uma vida sua que se subtraia à «prosa do mundo», como chama Hegel a essa estrutura de contingências e puras relações funcionais.

Percebemos assim a adequação que existe entre o mundo representado e a técnica narrativa adotada: o romance constrói-se como uma colagem que leva ao extremo a dispersão do particular, em que nada tende para uma síntese ou para um desfecho final. O importante na vida das personagens não são os factos que se vão desenvolvendo cumulativamente (separações, desencontros, cruzamentos, conflitos, etc.), mas é antes o que nessa vida se estende na simultaneidade de todos os objetos e momentos, e está disponível a qualquer outra ordem.

Na paisagem urbana em que as personagens habitam há uma espécie de lei supraindividual, coerciva e anónima, que é a da verdade do real (lugares como Corroios ou Rio de Mouro respondem a um imperativo realista) onde o indivíduo é dissolvido sem a proteção de qualquer mediação especulativa. Não se trata apenas de uma épica da indiferença mas também da inocência.

Instaura-se assim aquela indiferença universal que Marx considerava ser a «prostituição generalizada» dos homens, a sua redução ao estatuto degradado da mercadoria. É o que acontece nas relações entre Nuno e o pai, Álvaro, quando este o visita aos domingos e o leva a passear nos centros comerciais e no Jardim Zoológico: «(...) e o meu pai, que até se ir embora não conversava comigo nem me via (...), o meu pai na esplanada do Jardim Zoológico, preocupado com o sol (...) a pagar-me laranjadas, a pagar-me chupa-chupas, a pagar-me bolos, a tentar interessar-se, a tentar mostrar que se interessava, o meu pai num tom falso – Como é que vai a escola?» (p. 240). Eis aqui plasmada de um modo exemplar uma situação em que tudo é convertível a valor de troca e nenhuma propriedade substancial ou valor simbólico resistem à lei generalizada da equivalência. Sabemos como aquilo a que se tem chamado niilismo perfeito ou completo é a redução final de todo o valor de uso a valor de troca, ou, em termos nietzschianos, a transmutação de todos os valores abandonada a um processo sem fim.

É por este niilismo que nos conduz *A Morte de Carlos Gardel*? Não haverá uma inadequação entre o nível em que se situam estas significações abstractas e aquele em que se situa a linguagem deste romance, as suas elaborações de sentido, as suas personagens chãs que habitam um mundo onde o real emerge e provoca uma adesão tão necessária e espontânea que não há lugar senão para a vida como pura idiotia? Será legítimo dizermos que esta obra, não tematizando explicitamente estas questões, leva a falta de sentido do mundo representado a um tal grau de exasperação que até a própria questão do sentido é abolida como problema?

É verdade que esse mundo onde não se vislumbra um gesto ou um sentimento que o resgate da indiferença, do lugar--comum, da idiotia, só existe na medida em que alguém o representa e assim o julga e transcende. Mas também, é verdade que os meios usados para o representar acusam algumas fragilidades devidas quase sempre a uma adesão fácil à matéria narrativa. Leia-se esta passagem: «(...) temos tudo a nosso favor para recomeçar a vida do princípio e ser felizes, apesar do blequendequer do segundo cê que aos sábados e domingos, a partir das sete da manhã, nos fura as cabeças, ao furar a parede, numa alegria cruel.» Por mais que no pormenor do sono interrompido por um vizinho «bricoleur» reconheçamos uma experiência habitual, ele não deixa de ser um lugar--comum explorado em situações anedóticas (situação anedótica reforçada aqui pela relação que se cria entre a felicidade e o «blequendequer»). Por isso, ele provoca uma quebra de toda a seriedade, faz com que a narrativa deixe de ser a travessia de um mundo falho de sentido, onde se dá o triunfo da indife-

rença e da contingência, para se transformar uma simples caricatura da vida suburbana. Quebras constantes deste tipo impedem, em suma, que lugares e personagens passem do irrisório, ou do ridículo, ao falho de sentido, ou descolem de uma realidade cujo peso referencial se diz em alguns nomes próprios (Corroios, Amadora) e passem a ter um significado universal. E só quando o anedótico e o ridículo têm capacidade para significar a dissolução do indivíduo no fluxo vital da realidade sem valores e sem sentido é que a escrita deste romance deixa de ser regida por injunções idiomáticas de alcance restrito e se torna verdadeiramente interessante.
    António Guerreiro, "*A Morte de Carlos Gardel*. Crónica da vida vulgar", in *Expresso*/Cartaz, 16 de abril, 1994, p. 23.

Sobre *O Manual dos Inquisidores* [11]

(...) aquilo que me toca logo de entrada neste livro é uma questão de ritmo. Raras são as obras que nos impõem de um modo tão imperativo e incontornável uma cadência de leitura. Concertam-se aqui três ordens de fatores: em primeiro lugar, o estilo de registos de factos em que a escrita se move; ou, por outras palavras, o modo como o livro se constrói por uma acumulação de gestos repetidos. Reparem que digo factos, não acontecimentos. Um acontecimento é algo que rompe o tecido do tempo, e instala uma linha de demarcação entre um antes e um depois. Os factos que envolvem as personagens de Lobo Antunes não são personagens, e por isso não rompem o tempo, muito pelo contrário, são factos que fazem o tempo (improdutivo, repetitivo, vazio, aflitivo, emparedado, pungente) das suas vidas – são janelas abertas (e voltarei a esta metáfora)

---

[11] Fazendo prova de que a Crónica serve de perfeito espaço para a crítica literária, Eduardo Prado Coelho expõe, de modo conciso mas muito claro, *a sombra das sombras* de *O Manual dos Inquisidores*: do estilo ao ritmo, dos temas à *alma* dos factos e das personagens.

sobre a vida de seres desoladoramente banais. Mas o modo de empilhamento discursivo destes factos impõe um estilo afirmativo que está certo com a forma de inquérito (apuramento dos factos) como o livro se constrói. Inquérito ou inquisição, veremos.

Em segundo lugar, o estilo enumerativo (enumerações que se desenvolvem em enumerações, proliferação viciosa do real) cerca as personagens, encosta-as à parede, tem um modo policial de as destruir, cria nelas, e em nós, um ritmo implacável. Implacável, precisamente: nada pára esta máquina de apuramento da verdade, Percebemos, por algumas observações desgarradas ao longo do texto, que existe alguém que toma notas para contar uma história, que faz perguntas às personagens (e algumas respondem para dizerem que não respondem, que preferem olhar o cair da noite numa cadeira de repouso, cansadas de se lembrarem, exaustas de não poderem esquecer, mas respondem sempre, continuam inexoravelmente a responder) – a inquisição em curso não lhes deixa alternativas.

Sublinhemos um ponto essencial: o medo domina tudo. Todas as personagens têm medo, são seres aflitos e acossados, são animais perseguidos. Há homens que desde sempre têm medo do escuro, há mulheres que os protegem do escuro, mas têm medo do medo que eles têm, e têm medo de um dia os perderem e se perderem deles. Todos têm medo de solidão, da desolação imensa do amor, da mediocridade da vida, da exiguidade castrante dos sentimentos. Todos têm medo de serem eles próprios, e sobretudo de não serem mais do que eles próprios. O livro de Lobo Antunes é uma sucessão de quadros de Hopper, alguns quase literais: "eu a olhar a Praça do Chile sentada diante da caixa registadora vazia à espera que a sombra caminhe pelo chão e alcance as prateleiras para me levantar, trazer os taipais, colocar o cadeado na porta".

Se este livro é um livro sobre o fascismo (dedicado a Melo Antunes, note-se) não é que as pessoas aqui tenham medo do fascismo (o fascismo de que se fala é apenas o prolongamento da violência nas relações entre as pessoas, uma forma de amplificar o poder de uns sobre os outros). É outra coisa: o fascismo é acima de tudo o medo da vida em que as pessoas se tornaram, a ronda cega e cabisbaixa das suas existências. Daí que a morte do general Delgado (as admiráveis páginas entre a 343 e a 354) se venha inserir sem distorção no encadeamento dos factos – não chega a ser história, é apenas mais um facto a fazer-se.

O ritmo que António Lobo Antunes imprime ao romance tem ainda outras consequências: ele produz um efeito de "ralenti". Essa espécie de decomposição obsessiva das imagens em que os gestos se arrastam na monotonia martelada das repetições agrava a crueldade dos factos narrados. Como numa novela de Kafka, imprimem-se na própria pele dos condenados. O que se intensifica através de outras técnicas que Lobo Antunes utiliza. Em primeiro lugar, não há praticamente diálogos, mas inserção de frases que se transformam no emblema suplicante de cada personagem: é o refrão que marca cada uma delas, código secreto e murmurado do seu desamparo, marca de apelo e perdição. Cada personagem deixa-se envolver na dor destas palavras, faz delas o canto assustado do desespero em que vive. Cada pessoa está encarcerada no círculo da sua cantilena sonâmbula.

Resulta daí outro aspeto extremamente importante. Os acontecimentos, aquilo que faz o enredo deste romance, existem mas são dados num conta-gotas de suplício chinês, e numa espécie de informação lateral e suplementar em relação aos quadros traçados por cada capítulo. Um capítulo, seja relato, seja comentário, é sempre a fala de uma personagem, que começa por narrar uma cena obsessiva onde vem interferir uma segunda e por vezes uma terceira cena obsessiva, criando uma sobreposição de cenas que suporta uma rede complexa de interferências. Isto permite duas coisas. Em primeiro lugar, do cruzamento das cenas derivam processos de construção metafórica que se vão tecendo ao longo do texto. Assim, dizer-se (p. 315) "a caranguejar a mão na minha anca" permite escrever na página seguinte "enquanto as pinças de caranguejo me rasgavam tecidos". Verifica-se uma espécie de absorção metafórica da cena: "o mar do outro lado que se dava por um rumor de berço" até "nos espelhos, eu que deixo de ser eu naqueles lagos de vidro" (p. 316).

Em segundo lugar, todos os capítulos visam a formação de uma imagem, isto é, de uma cena final que, com extrema intensidade lírica, se sobreimprime sobre todas as outras, concentrando-as, condensando-as e fixando-as. Essa imagem final é, para utilizarmos indevidamente uma expressão de José Gil, a imagem-nua de cada personagem. É aqui que as janelas se acendem – e percebemos que cada ser humano é, na noite de todos nós, o mistério de uma janela acesa.

Que os acontecimentos se acumulem nas margens dos quadros, que as pessoas estejam enredadas no "ralenti" das suas vidas e que a história deste romance aconteça por acréscimo, apenas nos vem confirmar que cada ser age como um inseto num papel mata-moscas e que o movimento sem sujeito da história é algo que passa ao lado do jogo de cabra-cega da ação de cada um de nós – que somos apenas "figuras deslizando nas cortinas num jogo de sombras de cinema antigo".

Eduardo Prado Coelho, "O mistério das janelas acesas", in *Público*, 2 de novembro, 1996, p. 12.

O Esplendor de Portugal ou o retrato do coletivo ([12])

(...) Desde já, é preciso dizer o seguinte: tematicamente[] «O Esplendor de Portugal» prossegue e reitera as grandes preocupações que eram as d'«O Manual dos Inquisidores» e

---

([12]) Ao mesmo tempo que discorre sobre a genialidade de *O Esplendor de Portugal*, Carlos Reis chama a atenção para a necessidade de uma reflexão sobre "a incidência da escrita, enquanto ato material, na criação literária e nos seus resultados, do ponto de vista qualitativo" (p. 24). Na parte final do artigo comenta-se o investimento feito na Feira do Livro de Frankfurt e a projeção de António Lobo Antunes na Alemanha.

as de outros romances do autor: à ficção de Lobo Antunes deve-se um retrato extremamente cruel e desencantado da nossa vida coletiva, envolvendo um lapso de tempo que vai da guerra colonial até aos sucessos e aos desencantos do chamado cavaquismo. Cultivando quase obsessivamente o registo do sarcasmo, da caricatura, do grotesco e por vezes do repulsivo, Lobo Antunes fornece nos seus romances, material suficiente para o conhecimento das facetas mais disformes e desproporcionadas da realidade portuguesa, num tom que só encontra paralelo na crónica amarga, corrosiva e desencantada de Vasco Pulido Valente. O que não deixa de ser interessante, se tivermos em conta que também Lobo Antunes é cronista, sendo que nesta sua atividade facilmente se reconhece o contributo do romancista.

Este «Esplendor de Portugal» inscreve, no lugar estratégico da epígrafe, nem mais nem menos do que «A Portuguesa», de Henrique Lopes de Mendonça, letra do nosso Hino Nacional ou quase: durante a recente querela acerca de uma intervenção de António Alçada Baptista, quase ninguém notou que o verso da discórdia («Contra os canhões, marchar, marchar, marchar») resulta, afinal, do ajustamento ao hino adotado pela República de um outro verso («Contra os bretões, marchar, marchar»), que deixara de fazer o sentido antibritânico que inicialmente lhe havia sido incutido, por causa da questão do *Ultimatum*.

Neste caso, o Hino nacional só pode aparecer, na abertura do romance, sob o signo de um propósito sarcástico, mais do que simplesmente irónico. Com efeito, o romance conta as histórias cruzadas e entrelaçadas de diversas personagens de várias gerações, tendo todas elas em comum uma relação com África, particularmente com Angola. O tempo angolano que no romance se representa é o da colonização e o da descolonização, o da guerra civil e o do êxodo desses que rumaram a Portugal, na sequência da independência das antigas colónias. É sobretudo em torno de três personagens – Carlos, Rui e Clarisse – que se estruturam as três partes do romance; nele, o tempo é organizado de forma externamente muito clara e determinada: glosando a estrutura do diário (mas retirando-lhe alguns aspetos da escrita diarística ortodoxa, como a sucessividade cronológica e a fixação nas confissões de uma única personagem), glosando essa estrutura, dizia, «O Esplendor de Portugal» estabelece como eixo de referência temporal dominante a noite de 24 de Dezembro de 1995, quando uma das personagens espera os irmãos para uma consoada a todos os títulos inusitada, porque inabitual; é essa data que regularmente alterna com muitas outras, localizadas sobretudo nas décadas de 80 e 90. Em todas elas, o tempo estilhaça-se e submete-se à aleatória, por vezes caótica, dinâmica de evocações que as personagens interpretam, centradas todas nos traumas do regresso, nas imagens do passado africano, nos pequenos conflitos e problemas da família (a doença, o alcoolismo, o envelhecimento, etc.).

Há um passo d'«O Esplendor de Portugal» em que encontro concentrado o fundamental dos seus sentidos temáticos e mesmo dos seus procedimentos técnicos: «quando eu não tinha adormecido, não podia adormecer, nunca poderia adormecer, tinha de ficar horas e horas de olhos abertos, quieto no escuro para que ninguém morresse dado que enquanto qualquer coisa no meu peito oscilasse da esquerda para a direita e da direita para a esquerda continuávamos a existir, a casa, os meus pais, a minha avó, a Maria da Boa Morte, eu, continuaríamos todos, para sempre, a existir» (p. 77).

O que aqui leio vem do pensamento de Carlos, que assimila o bater do relógio ao bater do coração: é esse movimento que, para a personagem, assegura que a vida segue o seu devir e nele envolve o das outras personagens que rodeiam Carlos. Anos depois da vida (e da origem) africana, já no tempo da fixação em Portugal, é a memória que insiste ainda em manter vivo esse tempo; agora, contudo, ele é um tempo perturbado pela azeda refutação de mitologias públicas e privadas: a Pátria e o seu esplendor, a família e os seus rituais (p. ex.: o Natal). Tudo isso transcorre num discurso narrativo cujas dominantes técnicas são evidentes: além da constante (quase frenética) irrupção de correntes de pensamento que privilegiam sobretudo a recuperação de um passado distorcido por força dessa evocação subjetiva, o discurso do romance contempla também a frequente interseção de planos temporais (entre personagem e personagem e entre tempos distintos), aparentemente sem prioridades nem hierarquias. (...)

Carlos Reis, "Um romance repetitivo",
in *Jornal de Letras, Artes e Ideias*, 22 de outubro,
1997, pp. 24-25.

Exortação aos Crocodilos: **para um realismo analítico** ([13])

(...) 2. «Exortação aos crocodilos» começa por um sonho («tinha sonhado com a minha avó») e termina com uma carta («esta carta tão amiga endereçada a ti»): veículos ambos de mensagens codificadas, o sonho na dimensão psicanalítica e a carta na dimensão interpessoal, ambos ligados à esfera do sujeito para uma interpretação possível, que passa pela interrogação das suas vidas, na sua esfera mais interior. Entre estes dois momentos de começo e fecho, desenrola-se um percurso de que as mulheres são o veículo expressivo: é pela sua voz que temos acesso à «h/História», na dimensão dupla dos acidentes individuais, irrelevantes para além do espaço anónimo de um quotidiano inexistente para além da memória efémera de quem o vive (um conjunto de personagens envolvidos na preparação

---

([13]) Partindo de considerações sobre a instância narrativa, o ponto 1. deste artigo aborda as características fundamentais "[d]a *diferença* de António Lobo Antunes na escrita ficcional contemporânea" (p. 263). Os pontos 3. e 4., por sua vez, apresentam, respetivamente, a questão da fluidez genológica de *Exortação aos Crocodilos* e a possibilidade de considerarmos este romance num "ponto-charneira" "entre «O Esplendor de Portugal» (1997) – título eufórico – e a disfórica interpelação que é «Não entres tão depressa nessa noite escura» (2000)" (p. 272).

de atentados), e dos acontecimentos históricos, registados no contexto de uma época em termos gerais (a «rede bombista» no imediato pós-25 de Abril).

Rapidamente se ultrapassa esse contexto, que funciona apenas como um referente temporal, para entrarmos na construção de um universo de que nos são dados todos os elementos através do jogo dialógico cujo tabuleiro tem, nos seus ângulos, os nomes das quatro narradoras: Mimi, Fátima, Celina e Simone, em que cada nome funciona como o embraiador de uma lógica discursiva que irá culminar em pontos de vista próprios de cuja harmonia ou conflitualidade procede a ficção. Não se pode ignorar, por outro lado, um referente intertextual: a «Exortação da guerra», de Gil Vicente, referida por Maria Alzira Seixo (...) (p. 356). (...)

Nos relatos que se alternam e encadeiam, num elo imediato e necessário entre eles, seguem-se pela ordem Mimi, Fátima, Celina e Simone, em 32 capítulos, o que corresponde a oito intervenções de cada uma; nesse encadeado vai-nos ser dada a relação das mulheres umas com as outras, através da sua ligação aos protagonistas da rede que prepara os atentados, como o de Camarate, em que cai o avião em que seguia Sá-Carneiro, ou o que vitima um padre comunista, no Norte: Mimi é casada com um responsável, Fátima, separada, vive com o padrinho, um bispo que dá cobertura aos atentados; o marido de Celina trabalha com o marido de Mimi; e Simone é a namorada do motorista deste.

As mulheres partilham uma relação difícil com a escuridão, desde Mimi, que contrapõe a sombra à luz, e que é o personagem em que a complexidade nesta relação é maior, tanto devido à surdez que a corta de uma parte do real, como pela doença, o cancro, que a põe em contacto com a morte; até Fátima, que participa na destruição dos corpos das vítimas da rede, cobertos por uma manta regada a petróleo a que se deita fogo. Também Simone tem medo do escuro; mas é ela quem procura uma saída, através do desejo de ter um filho, o que não irá suceder, embora seja ela, por outro lado, a que melhor domina o lado sexual, o que vem do contacto que, em criança, teve com um exibicionista, de que as colegas se riam, e que irá morrer atropelado. Em Celina coexiste uma memória da luz, através da imagem de um Natal em família, e o desejo de voar, repetido como uma fórmula.

Nesta ambivalência entre a rejeição do noturno (que as leva a refugiarem-se no sonho ou na memória de infância) e a «sombra» a que estão condenadas pela atividade dos que lhe estão próximos, surge o drama que é marcado simbolicamente pela doença (o cancro de Mimi), pela impossibilidade de terem filhos (Simone), pela cena do sofrimento no dentista (Celina) ou pelo divórcio (Fátima). Progressivamente, as mulheres, que pertencem ao espaço invisível do que constitui esta fração da História, adquirem um papel de primeiro plano através da voz enunciativa, simultaneamente eco e espelho de outras vozes que pelo seu discurso perpassam, mas também expressão de uma forma de ver o mundo (e essa História) em que o Homem é sujeito e objeto, ao mesmo nível, dos acontecimentos.

Há, então, na escrita de «Exortação aos crocodilos», uma alteração radical do próprio fundamento da ficção tradicional, onde o argumento é pano de fundo para a apresentação temporal e espacial das personagens. Aqui, é ultrapassado esse patamar, e encontramo-nos perante o que, no início, pode parecer como um aspeto fragmentado/fragmentário do real: a voz/fala dos personagens. No entanto, rapidamente, o leitor se tem de obrigar a uma imersão nesse discurso, isto é, a tornar-se o Outro dialógico, recetor do discurso que o investe no trabalho de restabelecer a narrativa «ausente». (…).

Este projeto «apelativo», que está implícito em cada capítulo, dirige-se ao leitor que terá de recompor uma realidade fracionada («estilhaçada») sob o discurso. As vozes não se limitam a ser um prolongamento desse real subjacente, de que elas pedem a coerência; são igualmente o único registo possível desse real, perdido no instante em que os seus protagonistas desaparecem, fique embora o outro registo («histórico») de que os indivíduos desaparecem para ficar apenas a situação (direita contra esquerda), o fenómeno terrorista, etc. Temos então, num primeiro momento, uma implosão do real, em que é dado a ver o interior do universo que cada uma das vozes transporta, na soma de todos os elementos que a constituem; depois, sob o nível plano da enunciação que resulta da soma dessas vozes no instante presente da narrativa, emerge o tempo, sobrepondo-se a esse espaço vazio do presente de onde o real referido no romance desapareceu (a carta de Simone a Gisélia, efetuando a negação dos crimes), através da analepse formada por todos os segmentos de memória das quatro mulheres, desde a infância ao momento em que a ligação à rede bombista as juntou.

Assim, o seu discurso apresenta-se como uma resistência a essa rasura final, insistindo em modelizações próprias que buscam a distinção e a oposição de cada sujeito numa expressão contrastiva: o tom distante e crítico de Celina contra a forma (melo)dramática de Mimi; a linguagem vulgar e oral («derivado a») de Simone contra a complexidade psicológica de Fátima, são blocos subjetivos em que se elaboram perspetivas e pontos de vista sobre esse real, numa procura de atingir o ponto de (im/)explosão – a explosão discursiva dos discursos das três mulheres que desaparecem, restando a figura «implosiva», de-negativa, de Simone, que rompe o quadrado ao dirigir-se a uma outra, Gisélia, fora do espaço/tempo em que o romance decorre.

Vamos então no sentido de uma re-apropriação do fragmento, sendo este texto final, de Simone, o palimpsesto de onde é necessário rasurar cada palavra para reencontrar o sentido primeiro, e primordial, da voz, ou das vozes, que esse palimpsesto apagou. (...)

Nuno Júdice, "Exortação aos crocodilos: para um realismo analítico", in Petar Petrov (org.), *O romance português pós-25 de Abril*. Lisboa: Roma Editora, 2005, pp. 265-269.

Não Entres Tão Depressa Nessa Noite Escura:
Noite Transfigurada ([14])

(...) Em *Não Entres Tão Depressa Nessa Noite Escura*, a problemática da noite, em termos de temática e de poética, parece regressar em força, e logo a partir da sua sobredeterminação titular, na incisividade de perceção que lhe atribui a sua posição de paratexto. Atalhada, é certo, pela formulação negativa em imperativo, e pelas modalizações de velocidade («tão depressa») e de deítico («essa»), que tornam esse imperativo em débil força contra uma necessidade inapelável. Intertextualizada, também na «citação» implícita do verso de Dylan Thomas («Do not go gently into that good night»), cuja reformulação agudiza a «velocidade» mencionada (a que irá responder, em contraponto de glosa e demora, o «ritmo» lentíssimo deste longo romance, com uma face tateante, cautelosa, e mesmo, em certa medida, «gentle») assim como a qualidade ambiencial («good» – «escura») que transmuda o quadro-circunstância da eventual ação decorrente em inerência substancial irrecusável, e por isso inócua e não diacrítica (a noite é factualmente sempre escura, pelo menos longe das regiões polares). Daí que a abundância destes termos do título, em extensão não habitual, constituindo por isso mesmo um conjunto verbal literariamente impressivo, pratique de certa forma uma neutralização recíproca inter-partes, e acabe por fazer avultar, no sentido aqui mais apropriado e específico do termo «vulto» (emergência indefinida e obscurecida), uma entidade composicional dupla que, de forma justamente indistinta mas decisiva, faz trabalhar no texto esta proposição titular.

([14]) Além de comentários diversos sobre o plano do discurso, Maria Alzira Seixo explora e desenvolve também outras componentes temáticas presentes em *Não Entres Tão Depressa Nessa Noite Escura* (a morte, a infância, a ruína da Casa, a configuração identitária, etc.). Convém destacar, no entanto, os parágrafos dedicados ao "modelo de enunciação" (p. 418) do romance (Poema – segundo indicação do autor) e às ligações que mantém com algumas peças musicais (pp. 415-425).

Essa entidade composicional dupla é constituída pelo sujeito (que fala e a quem se fala, isto é, pela instituição subjetiva), que é o centro da interpelação praticada («não entres» – mas quem diz a quem que não entre?), e simultaneamente pelo seu lugar (que é o lugar da história desse sujeito e da sua atuação – onde e quando, e porquê e como, esse quem diz a quem que não entre?), ou talvez mesmo a sua meta, isto é, um lugar de alcance em processo diferido (o lugar da sua direcionalidade, do seu impulso, do seu destino fugaz – experiencial e literário, o destino noturno e sombriamente mortal do ser humano, o vulto que o romance conforma como lição de texto cumulativa a uma história contemporânea da sensibilidade e das mentalidades), que é de facto a noite do texto enquanto corpo verbal dado à interpretação (a sua difícil, elaborada e dolorosa urdidura), ou o seu fim em horizonte concluso de objeto-livro (mas distanciado nessa urdidura a partir de limites proposicionais e suas perdas, dada a dimensão interpretativa plural de leitura que ele próprio movimenta).

Pode ser, por isso, o próprio texto, essa noite escura. Porque o fim de um texto (e particularmente os romances de Lobo Antunes) veicula por vezes o infinito de uma sensibilidade que atua para além da finitude da sua leitura; quero dizer, a conclusão de um romance pode ser a escrita proposicional, ou suspensiva, do seu caráter inconcluso e de aberturas de sentido cujas bases traçou. Vimo-lo nomeadamente, em *O Manual dos Inquisidores*, voltamos a vê-lo agora, em *Não Entres Tão Depressa Nessa Noite Escura*. O «quando», o «porquê», o «onde» e o «como», fundamentos criadores da comunicação e molduras narrativas de qualquer história que se conte, partem aqui, pois, da duplicidade do sujeito e do lugar, em vertigem especular inicial (alguém que fala para outro alguém, num lugar onde se pode retardar – quando muito – a entrada nesse outro lugar que é a noite). E confundindo lugar e tempo, porque ambos aqui se implicam. Essa duplicidade vai por sua vez desdobrar-se, e mesmo multiplicar-se e divergir, em função de entidades diferenciadas que compõem o conjunto narrativo deste livro de Lobo Antunes, em pares ou em leque: a narradora, Maria Clara, sua irmã Ana Maria, sua mãe Amélia, sua avó Margarida, sua empregada Adelaide, seu pai Luís Filipe, seu avô Hernâni, entre outros. É, pois, textualmente reconhecida a duplicidade do sujeito. Mas o seu lugar será também detetado como duplo: não só Maria Clara, a narradora, desenvolve a sua atuação como personagem no «mundo possível» criado pela ficção, como a certa altura se percebe que esse mundo ficcional se desdobra em duas possibilidades, dado que Maria Clara, para além de «existir» como personagem, está no interior da ficção, a escrever o seu diário, cujos textos se intercalam, fundidos na ficção geral. O espaço torna-se, portanto, duplo, (seja o lugar do texto, seja o lugar demarcado pelo texto), e a relação entre sujeito e espaço provoca uma multiplicidade de outros desdobramentos, uma vez que: 1. Maria Clara reescreve no seu diário o que é dado no texto como ficção (implicando desta forma a vida como sucedâneo da ficção, e não o contrário); 2. Maria Clara inventa no seu diário factos que não aconteceram e personagens que não existiram; 3. Maria Clara altera *n* vezes a reescrita que faz dos sucessos da ficção, transformando-os; 4. Maria Clara dá a Ana Maria a possibilidade de escrever, a certa altura, e com o seu ponto de vista diferente, no seu diário; 5. sendo Maria Clara a personagem mais radicalmente focalizada na narrativa deste romance (escrito na primeira pessoa), outras personagens, no entanto, se lhe substituem, alternando as suas primeiras pessoas com a primeira pessoa narrativa dela, para o que os planos em itálico, no discurso do texto, chamam a princípio a atenção, facilitando relativamente ao leitor o acesso a esta múltipla vertigem de atos comunicativos diversos e entremeados, não identificados e escassamente articulados em suportes de transição ou de mutação encadeada das várias vozes que convergem e divergem na ficção; 6. a própria alternância dos planos em redondo e em itálico (que configuram a duplicidade textual mais imediatamente apreensível) deixa a partir de certa altura de poder identificar-se com clareza, sofrendo comutações, na medida em que o itálico *nem sempre* remete para *uma outra* personagem cujos pensamentos se transmitam, já que essa outra pode emergir no plano em redondo e fazer transitar a primeira, tornada, por sua vez, *outra* (numa reversão constante de identidades), para o plano em itálico, o que em princípio aparece como diferente, com um destaque (que capta uma atenção especial para a leitura) ou mesmo como um *vulto*, dentro do texto, cuja alteração no claro delineado da mancha tipográfica a escrita em itálico faz emergir mais a cheio. O conjunto destes «vultos itálicos» pode, ainda, ser tomado como um complemento (pois que já aparecia em vários romances anteriores) da metáfora parcial, ou sua componente derivada, dessa «noite escura» indecidível, que a análise se esforça por apreender. (...).

Maria Alzira Seixo, *Os romances de António Lobo Antunes*. Lisboa: Dom Quixote, 2002, pp. 386-388 [385-425].

A encenação das vozes: *Que Farei Quando Tudo Arde?* ([15])

(...) Lobo Antunes, que, desde o seu primeiro romance, se caracteriza por um processo narrativo que se desenvolve pelo cruzar de vozes que nem sempre entabulam diálogo umas com as outras, leva, neste romance, o desenvolvimento de tal tradição a um ponto limite a que poderíamos chamar a *dominância absoluta da polifonia em rutura* (Bakhtine, 1970 [*La poétique de Dostoievski*], p. 33), ou, para usarmos termos mais simples,

---

([15]) A propósito da emergência múltipla das várias vozes do/no romance, em estreita conexão com a teoria da informação de Shannon e Weaver, Carlos J. F. Jorge refere ainda as consequências do que podemos designar como contaminação enunciativa: "a enunciação resvala, em muitos casos, de um sujeito que aparentemente a suportava (...) para o sujeito do enunciado ou mesmo para o vocativo da frase, passando a responsabilidade a ser, também, do «ele», de quem fala, ou do «tu» a quem se dirige" (pp. 202-203).

a *dominância das sentenças em concorrência sem estabelecimento de diálogo*. Explicando ainda melhor, tudo se passa como se as vozes, representando personagens – por vezes personagens evocadas por uma delas –, se quisessem fazer ouvir pelas outras sem, contudo, darem atenção ao que as outras dizem.

Paulo, por exemplo, parece ser a personagem suporte desta narrativa, visto ser a partir da sua que todas as outras emergem – e aquela cujo nome é mais frequentemente evocado como elemento central do drama que se constrói como intriga (cf. M. A. Seixo, 2002, pp. 428-429). No entanto, não é inteiramente evidente que isso seja sempre assim. Por exemplo, um dos capítulos começa com uma voz que se deixa perceber como a da mãe de Paulo invetivando o sujeito da escrita: «O meu filho Paulo que o aldrabe se lhe der na gana/e o senhor a acreditar nele e a escrever ou a fingir que acredita nele e a escrever...» (p. 495). É claro que, desse modo, fica posta em causa – pela aceitabilidade do princípio da contradição de duas afirmações antagónicas relativamente aos factos apresentados – a autenticidade de todos os ditos, incluindo o escrever que se presume (embora ninguém o afirme) que é o do escritor. A dúvida sobre a atividade da escrita como registo da verdade, aliás, é lançada de modo ainda mais evidente quando uma das vozes se manifesta como repórter e se revela incapaz de escrever o artigo em que fala do travesti, pai de Paulo, e do seu enterro, não só pelo contraditório dos depoimentos como pela impossibilidade de fornecer os «pormenores» que lhe parecem necessários e que o chefe de redação anula por os considerar uma «mania» que «estraga a prosa» (pp. 257-262).

Uma outra tradição que seria de evocar aqui é a do modernismo português de Raul Brandão, dado que o terror e a piedade se revelam como a grande **paixão** deste romance, em simultâneo com a paródia e o espetáculo de circo que resultam do confluir das várias personagens e cenários do romance. Esta passagem, que se liga à *voz/escrita* da personagem do jornalista, falando do pai de Paulo que foi palhaço e transformista, pode servir de exemplo dessa dúvida para com o autor de *A Farsa*: «a criatura chama-se Soraia senhor, foi a sepultar anteontem [...]/veja a Soraia nessa esquina/um acento grave e uma maiúscula que a fita não imprimiu/a regressar das discotecas da Rua da Imprensa Nacional, umas caves de degrau na penumbra e nos fins dos degraus a música, as bailarinas, a cerveja em conta, a empregada/dona Amélia/com um tabuleiro de chocolates, perfumes e tabaco americano, o paraíso dos puros de coração, homossexuais, viciosos, melancólicos, transformistas, lésbicas e solitários como eu que perderam o seu ideal há trinta e cinco anos» (p. 260). De Brandão, parece-nos, é, assim, o culto de uma situação obsessiva, permanente, recorrente, expressa no acumular hiperbolizante dos elementos de um universo de desregramento, dor em paroxismo e «espanto» face aos indícios surpreendentes do mundo.

No entanto, o modelo mais direto do recurso a essa cena-quadro, quase estática ou repetitiva, núcleo dramático, de ressonância trágica, em torno do qual se vai compondo o mosaico das imagens, parece-nos ser José Cardoso Pires, sobretudo o de *O Delfim*. É dele que virá o modelo que Lobo Antunes tão bem cultiva dos fragmentos de ações, frases enigmáticas, diálogos em desentendimento, quadros percetivos pouco nítidos aglutinando-se em torno de um núcleo mítico-fabulatório, uma espécie de narrativa arcaica à qual se vêm juntar todas as fantasias, fantasmas e vivências. Tudo como se a dimensão afetiva desse núcleo perdido, apenas salvaguardado a custo e com imprecisão na memória, desencadeasse a intensidade da paixão e tornasse quase impossível o desenrolar seguro e aprazível da vivência e a sua fruição como realidade conquistada para a estabilidade do sujeito exatamente porque à nossa voz se opõe, perversamente, a voz do outro. (...).

Carlos J. F. Jorge, "A encenação das vozes quando todos falam sobre *Que Farei Quando Tudo Arde?*", in Eunice Cabral *et alii*, (orgs.), *A Escrita e o mundo em António Lobo Antunes*, Actas do Colóquio Internacional António Lobo Antunes da Universidade de Évora. Lisboa: Dom Quixote, 2003, pp. 196-201.

Angola, o regresso [16]

Angola de novo em António Lobo Antunes. Com uma arquitetura original, já que pela primeira vez o autor publica um romance constituído por três livros com prólogo e epílogo (regressando e mesclando as técnicas que estão na génese de dois romances da década de 90: *Tratado das Paixões da Alma* e *A Ordem Natural das Coisas*), *Boa Tarde Às Coisas Aqui Em Baixo* – com 574 páginas – constitui-se como o regresso singular e pungente a uma das temáticas essenciais da obra antuniana, Angola.

O título, extraído de um texto de Enrique Vila-Matas citado em epígrafe ao corpo do romance, apresenta-se desde logo como um enigma. Esta frase, tradução da saudação de Larbaud, "Bonsoir les choses d'ici bas", assim como o texto em que se insere têm a particularidade de atrair a nossa atenção para a linguagem, o seu poder mas simultaneamente as suas limitações, levando-nos a verificar que a força das palavras reside tão só na composição que com elas é criada e que por vezes a linguagem mostra-se incapaz de reproduzir os objetos e o mundo que nos rodeia. Ao longo do texto, vamos reencontrando insistentemente essa preocupação com a palavra, que leva algumas personagens a questionarem-se vezes sem conta "*será que remendo isto com palavras ou falo do que aconteceu de facto?*", sabendo de antemão que, ao Serviço – para o qual trabalham – como à generalidade das pessoas, apenas interessa a versão mais favorável dos acontecimentos. Por analogia, esta citação chama igualmente a nossa atenção, para o trabalho do próprio escritor, já que ele é, por excelên-

---

[16] O número do *Jornal de Letras* em que se encontra incluída esta crítica ao 15.º romance do autor integra ainda um excerto da obra, um esclarecimento de Maria Alzira Seixo sobre a edição *ne varietur* (de que esta obra é o 1.º volume), e três breves textos sobre Lobo Antunes: "Uma obra imensa", de Nuno Júdice; "Falar o inconsciente", de Daniel Sampaio", e "Trata do dito e do feito" (fragmento emendado) de Júlio Pomar.

cia, o grande obreiro das palavras, particularmente este autor. Com efeito, esta problemática ganha uma outra dimensão quando falamos da obra de António Lobo Antunes, o seu trabalho com a língua é particularmente notável. Os caminhos da escrita por ele encetados na década de setenta conduziram-no até este romance. Um texto de uma grande depuração e rigor, onde cada palavra foi pensada e escolhida pela força das imagens que à sua volta irradiam, convidando o leitor a penetrar no universo perturbado e perturbante de homens e mulheres comuns, sem grandes defeitos nem virtudes particulares, que vêem as suas vidas manipuladas e destruídas por uma máquina institucional que nem tentam contrariar.

Situando os acontecimentos narrados no período da pós-descolonização, é ao espaço que cabe o papel fulcral da organização diegética. Com efeito, é Angola que vai unir Seabra, Miguéis, Morais, Gonçalves, Tavares (funcionários governamentais portugueses, agentes dos Serviço, ou militares) e Marina (a mestiça angolana), unificando dessa forma a trama do romance. Os destinos dos agentes de espionagem, homens simples e anódinos, nos antípodas do herói, estão tão marcados quanto os dos toiros lidados na praça situada frente aos escritórios do Serviço no Campo Pequeno, destinos que se confundem e se fundem de tal forma que cada nova entrada de toiro na arena coincide com o aparecimento de um novo agente para substituir aquele que antes de si falhou – *"um segundo toiro idêntico a mim"* nas palavras de Seabra. No escritório são "lidados" pelos superiores hierárquicos: *"ao confortar-me o ombro o director colocou a fitinha em mim, o responsável do oitavo andar quando palpei o osso, quando mugi/ – Tem comichão Seabra?"*, as páginas com as ordens de serviço metamorfoseiam-se em trapos coloridos que os espicaçam, *"os bicos de caneta que em vez de sublinhar parágrafos (...) incomodavam a garupa"*.

Cada livro veicula focalizações diegéticas diferentes, narrando os acontecimentos referente à viagem de um novo agente a Angola, viagem condenada à incompletude porque sem regresso *"da mesma forma que nenhum toiro torna à camio-*

neta em que veio". Enquanto que nos dois primeiros livros, surge com evidência um ponto de vista dominante, respetivamente o de Seabra e o de Miguéis, no terceiro livro o leitor vê-se perante uma pulverização de olhares e de vozes narrativas, não só os do agente de espionagem, Morais ou Borges – (o leitor nunca saberá a verdadeira identidade do terceiro agente uma vez que lhe entregaram *"um passaporte com outro nome"*), mas igualmente a dos membros da coluna militar que sucessivamente vão tomando a palavra dando conta da sua forma particular de ver o mundo, dos valores que norteiam as suas opções. Estes três homens (Seabra, Miguéis e Morais ou Borges) vão sendo sucessivamente incumbidos de uma tarefa delicada e secreta. A sua missão consiste em contrabandear diamantes, recuperando e trazendo para Portugal as pedras preciosas roubadas que não puderam ser enviados atempadamente para o território nacional e que o Serviço descobriu estarem na posse de Marina. À medida que um falha é substituído pelo seguinte, partilhando todos o mesmo destino fatal, que os inibe de regressar a Portugal, ficando na fazenda angolana: o Seabra assim como *"o seu sucessor e o sucessor do seu sucessor"*.

Mais do que as peripécias inerentes a tais buscas, o que se constitui como o cerne deste romance é a incursão na existência destas personagens, a descoberta dos seus medos, das suas obsessões, das suas frustrações, dos seus anseios. "Descoberta" é aliás a palavra-chave quando se fala da produção antuniana e dos caminhos de leitura pelos quais o seu leitor se vê levado. António Lobo Antunes maneja de uma forma exímia e fascinante as técnicas discursivas que dão corpo ao romance, desafiando o seu leitor a entrar num jogo interpretativo, embrenhando-o no universo intimista das personagens. (...).

Agripina Vieira, "Angola, o regresso",
in *Jornal de Letras, Artes e Ideias*,
15 de outubro, 2003, pp. 16-17.

As verdades de *Ontem Não Te Vi Em Babilónia* ([17])

(...) O que é narrado – não por um único narrador, mas vários, sem hierarquia entre si – decorre das vísceras das personagens, numa noite assombrada pelas «verdades» nunca confessadas no que têm de mais cru e vil. As vozes deste último romance respondem que já estamos «perdidos» desde sempre e que é isto mesmo a vida. A única esperança vem do título, que é uma frase enigmática, aliás, sem a mínima relação com o texto do romance: quem diz «ontem não te vi» é alguém que esperava ter visto outra pessoa; teve a expectativa de avistar outra, num determinado lugar. E, ainda por cima, confessa confiantemente essa expectativa, que se malogrou, à outra («ontem não te vi em Babilónia»). Ora, todo o discurso do romance nega qualquer saída positiva, ao inscrever uma incomunicabilidade irremediável: encontramo-nos miseravelmente sós, às voltas com partes de descrições da realidade e de nós mesmos, sem ninguém à nossa espera. Neste último romance, o discurso é o do inferno português, a vida interna, sombria e anónima, os seus crimes afetivos, desamorosos, as suas ausências em relação aos outros e a si mesmo. Para contar este inferno, o romance não usa nenhuma referência culturalizada que pudesse servir de caução a tanto sofrimento; apenas surgem, aqui ou ali, referências de passagem ao contexto político passado, cheio de fealdade e de horror (a prisão de opositores ao regime salazarista, o forte de Peniche, o comunismo percebido como um «crime» por um dos protagonistas). A realidade narrada é feita numa tonalidade viscosa, apresentada em frases e palavras ditas sem premeditação ou consciência da sua

---

([17]) No início desta análise, Eunice Cabral sublinha que este último romance de Lobo Antunes confirma o caráter denso da ficção do autor (tendência iniciada "sobretudo desde *Boa Tarde Às Coisas Aqui Em Baixo*), "apesar da aparente simplicidade no registo da linguagem oral". Defende-se também a ideia (discutível, em nosso entender) que, de forma crescente, os romances do autor se têm tornado numa "entidade suprapessoal".

significação ou mesmo do seu alvo, pairando num registo fantasmagórico à procura, por vezes, de ecos de uma unidade perdida. A desagregação é uma característica constante no «dizer» de todos os narradores que «entram em cena», fazendo «jorrar» discursivamente as suas vidas, ao sabor de uma noite de insónia e de torpor, entre o estado semiacordado e o adormecimento, sem que o alívio do sono alguma vez chegue. (...)

A estrutura externa do romance é constituída por seis partes correspondentes à duração de uma noite, desde a meia-noite às cinco horas da manhã, o tempo presente aglutinador de falas de personagens que vão dizendo o seu mundo entre consciência e inconsciência. Nem esta noite se fez para dormir, nem para amar; fez-se para exprimir o ódio, o ressentimento, a desistência, a dor que entorpece qualquer vislumbre de sentimento positivo, numa espécie de duplicação deslocada e extemporânea da existência intrauterina, pertencente ao domínio da mucosidade, da prematuração de que a vida humana é também feita pelo inacabamento de que dá provas constantes. As vozes narrativas procuram, parecendo já desesperar, um sentido de vida que escapa logo que se põe em marcha; daí a necessidade da recorrência, da repetição dos nomes próprios, das designações de parentesco (pai, mãe, filha, avó), de palavras e de frases como gritos de um socorro que nunca virá. As personagens estão ligadas entre si quer por laços familiares, quer por proximidades criadas pela atividade profissional mas nada as vincula umas às outras exceto um isolamento a que nada nem ninguém consegue pôr cobro. Uma doméstica de nome Ana Emília, um ex-polícia da Pide, a sua mulher, enfermeira num hospital de província chamada Alice, a irmã daquele são os narradores principais de existências que germinam na maior das sombras, a ausência de esperança. As personagens femininas são as que se aventuram mais ousadamente no domínio do que se convencionou chamar "amor": no presente noturno, este é recordado através de cenas obsidiantes e recorrentes, sempre portadoras da inércia e da rasura de humanidade. Da falta de «amor» resta, por exemplo, uma mulher baixa, gorda, grisalha, que dá de comer a galinhas, batendo numa lata, a chamá-las, ou então, surge uma das personagens masculinas para quem o «amor» é um rosto desconhecido, projetado no estore, o único ser por quem é capaz de soluçar de amor.

O suicídio de uma rapariga de quinze anos que diz que vai ao quintal enquanto espera que a chamem para o jantar, que lança um fio de estendal de roupa numa macieira, que sobe a um escadote que derruba em seguida enforcando-se e que deixa como mensagem final uma boneca sentada na relva é o acontecimento central do romance. Apesar de quase todos os narradores (exceto dois) recordarem pormenores desta cena (são ao todo oito os narradores, relacionando-se entre si), é uma ocorrência inexplicável, que aparece e desaparece nos discursos que a vão rememorando distorcidamente como um conjunto de gestos cristalizados, intensos nas suas trevas enigmáticas, no seu poder negativamente simbólico: é a boneca que gira em vez da rapariga, é a mãe da rapariga que a imagina, ainda viva, a regressar do quintal, sentar-se à mesa e jantar; é o pai (cuja paternidade é apenas hipotética) que se lembra do desconforto sentido ao comprar aquela boneca e de a ter oferecido sem convicção. O quintal torna-se, entretanto, o lugar da casa do qual alguns saem, à socapa, sem serem vistos, assumindo-se, não como visitas, mas como gatunos de intimidades. O suicídio é o episódio basilar desta comunidade de participantes involuntários de um serviço fúnebre no qual nenhum conhece o seu lugar ou a extensão da sua contribuição. Este acontecimento traumático cria correspondências nas configurações das várias consciências das personagens do romance, sendo que cada uma delas apresenta dados divergentes do que aconteceu. É, por esta razão, uma ocorrência que desarticula, que amontoa, que desarruma factos, que dá a ver a insensatez do que se empreende na vida, que desune e que «mata» silenciosamente quem a pensa e quem a recorda. Um suicídio é uma transgressão em relação ao mundo humano; é um ato que representa a quebra de um compromisso que a vida estabelece com cada pessoa: continuar a viver, aconteça o que acontecer. O suicida, considerando que «não foi tido nem achado» na celebração desse contrato, rompe com o pacto fundador, ao perpetuar-se na memória dos que lhe eram próximos, confere à vida, depois do seu desaparecimento da face da terra, um halo sobrenatural e fantasmagórico que o existir efetivamente tem mas do qual nos esquecemos, um e outro dia. A intensidade emocional que o suicídio lança à sua volta, desagregando a comunidade familiar, fá-la viver uma «travessia do deserto», que é, neste romance, esta noite em que cada personagem se diz, se explica através de um registo de violência. De facto, o que é narrado é da ordem da ferida por sarar, dos acontecimentos percebidos como corpos estranhos, sem que haja a possibilidade de os integrar, elaborando-os. A impossibilidade, referida no início, expõe o desespero, não oferendo soluções de superação: resta a luz indecisa, contudo persistente, do título do romance.

Eunice Cabral, "Terrenos baldios",
in *Jornal de Letras, Artes e Ideias*, 25 de outubro, 2006, p. 22.

As violências em *O Meu Nome É Legião* [18]

(...) Deixando de lado romances como *O esplendor de Portugal* (1997) e *Boa tarde às coisas aqui em baixo* (2003) cujo enredo retoma em grau e modos diversos o espaço e questões de África (do passado mais distante como do mais recente), acreditamos poder afirmar que a presença e a memória de África, e tantas vezes a memória concreta da guerra e dos seus efeitos e prolongamentos, podendo não constituir o

---

[18] Nos parágrafos não transcritos deste texto, e no âmbito da imagem Próspero-Caliban, desenvolvem-se e ilustram-se as relações de violência entre brancos-negros e negros-mestiços. Em concomitância, desmistifica-se a ideia de não existência de racismo em Portugal.

cerne da narrativa e da narração, faz-se presente de modos mais ou menos subtis.

Sublinhamos, exemplarmente, as pontuais lembranças da guerra que percorrem *Memória de elefante* (1979) ou *Conhecimento do inferno* (1980); as não tão pontuais recordações do grupo de ex-combatentes em *Fado alexandrino* (1983); (...) ou, ainda, a inclusão no xadrez narrativo de personagens e de situações-conflitos sociais que, de forma inevitável, convocam a memória da experiência colonial, como acontece em *O meu nome é Legião* (2007). Afinal, ao contrário do que observa o alferes, personagem de *Fado alexandrino*, talvez não seja "esquisito como as coisas horríveis se nos pegam, viscosas, à memória... " (66).

E talvez por isso, do que se trata é de, através da memória individual, (re)avivar uma memória social que parece ter desaparecido, transformando-se ou diluindo-se em fenómeno de amnésia coletiva (este, sim, esquisito). (...).

Decorre do exposto que a violência que, regra geral, preside aos universos romanescos antunianos é uma violência justificada, porque necessária ao não esquecimento. É também uma violência tanto mais real quanto especula testemunhos em primeira mão ou, no mínimo, se baseia em extrapolações permitidas por esses mesmos testemunhos-vivências. Não se estranha, por consequência, que, recuperando técnicas de apresentação formal já anteriormente ensaiadas (da investigação, da inquirição e do inquérito-relatório policial), o romance *O meu nome é Legião* seja um dos mais violentos romances do autor. Talvez não o seja do mesmo modo que o são *Os cus de Judas*, *O esplendor de Portugal* ou *Boa tarde às coisas aqui em baixo*, com os seus terríveis episódios de guerra, perseguição, mortes e tortura física – ou talvez o seja também por isso –, mas porque se trata de uma obra cuja essência temática desnuda um vasto número de violações aos mais elementares direitos de igualdade entre o Homem.

Esta sensação, esta certeza da violência, respeita ainda ao facto de, a acompanhar a exposição dos conflitos inter- e intraraciais, as personagens fazerem uso de uma linguagem crua, objetiva e ostensivamente racista, como veremos. Ora, e na sequência do que acima dissemos, se tivermos em mente que é também o próprio autor quem sublinha a necessidade de, nos seus romances, partir de "um cenário sólido," de "uma base real," apontando que "a casca são pessoas que eu conheço, como as casas, como as ruas," que depois veste "por dentro e por fora conforme [lhe] apetece," então não é difícil compreender que o que desse modo extensionalmente se opera é a desmistificação da não existência de racismo em Portugal (Dias 151).

Além disso, a violência a que nos referimos é uma violência que se torna absolutamente assustadora porque reflete episódios que nos são próximos, espacial e temporalmente próximos. Referimo-nos não apenas aos assaltos a áreas de serviço na autoestrada do norte (*O meu nome é Legião* 15), a lojas de telemóveis (19), a carros (20), a casais de namorados (164), ou a cabinas das portagens (291), entre outros episódios, mas, essencialmente, ao microcosmos social em torno do qual se orquestra o romance. Por outras palavras, reportamo-nos a toda essa matéria humana que é, ainda, o resultado (inevitável?) de um processo de descolonização mal pensado e mal conduzido. Um conjunto de homens e mulheres descendentes em segunda ou terceira geração desses que, no pós-25 de Abril – ou para fugir às guerras civis ou, simplesmente, para tentar melhores condições de vida –, optaram por regressar a um país que, no passado recente como no presente de enunciação, não parece ter condições para os receber digna e igualitariamente, relegando-os e confinando-os a guetos-bairros de segunda categoria. (...).

Do modo como se vai dando a conhecer o desenvolvimento da investigação policial levada a cabo – e que envolve, necessariamente, outras personagens cujas vozes se vão chamando à boca de cena da narrativa –, torna-se possível, então, ilustrar as tensões raciais, e também identitárias, que caracterizam o Portugal coevo. Um jogo de forças que podemos

enquadrar no âmbito da conhecida e célebre imagem de Próspero e Caliban (Santos 31). Assim, do que se trata em O *meu nome é Legião* não é propriamente de comentar as atividades criminosas perpetradas pelo que podemos designar por Grupo dos 8. Trata-se, antes, de expor esses comentários em paralelo com o fator raça, isto é, fazendo depender a violência do facto de serem brancos – civilizados – ou negros – selvagens. (...).
Ana Paula Arnaut, "O barulho surdo(?) das raças em
O Meu Nome É Legião", in Portuguese Literary & Cultural
Studies, n.º 15/16 (Facts and fictions of António Lobo Antunes).
Center for Portuguese Studies and Culture:
University of Massachusetts/Dartmouth. No prelo.

Fragmentação e silêncios de O *Arquipélago da Insónia* ([19])

(...) A história é, ainda e sempre, de desagregação e de falência da família; de ruína e morte de uma Casa (Antunes, 2008: 139), "em que apesar de igual tudo lhe falta" (*ibid.*: 24--25). Melhor, "uma casa a quem tudo falta" (*ibid*: 21), como também afirma o autista, pela personificação misturando e confundindo o espaço e os seus habitantes e assim sublinhando a miséria, o abandono e o vazio de tudo e de todos – inclusivamente de Cristo e de Deus. Não por acaso, portanto, o primeiro surge "torto na parede" (*ibid.*: 17) ou em "agonia" (*ibid.*: 116), enquanto o segundo, esse, como insistentemente se escreve, sempre aparece como alguém que se esqueceu "da gente" (*ibid.*: 251), se calhar porque não está "em parte alguma" (*ibid.*: 38) ou, tão-somente, porque "se lhe turvou a cabeça" (*ibid.*: 251).

([19]) Além do tema da desagregação familiar e dos efeitos de indecidibilidade presentes neste romance, este artigo propõe também a possibilidade de o considerarmos como o encerramento do ciclo das contraepopeias líricas ou como o início de um novo ciclo de produção literária (o ciclo do silêncio). Não ficam sem referência, ainda, algumas das relações entre O *Arquipélago da Insónia* e os romances anteriores.

A história é também de jogos relacionais necessariamente inconclusos; da infância nem sempre feliz, ou quase nunca feliz; de solidões e de almas rotas e vazias; de amores e da impossibilidade de os ter; de afetos sempre suspensos e de desafetos quase sempre violentos. De vida mancas e de mortes ou de fragmentos estilhaçados de nós mesmos, enfim, tratam os 15 capítulos que compõem as três partes de O *Arquipélago da Insónia*.

A narração nas duas primeiras partes cabe, essencialmente, ao autista – alma principal do arquipélago de almas que em cada canto de página nos espreita. Momentos há, no entanto, mais uma vez numa estreita semelhança com o que ocorre em *Não Entres Tão Depressa Nessa Noite Escura*, em que ficamos a saber que a escrita, esta escrita (inventada ou verdadeira, não interessa), é partilhada com o seu irmão (*ibid.*: 100, *passim*). Mas não deixa de ser interessante, a propósito, que a voz que disso nos dá conta, isto é, a voz que narra esse outro ato de narrar, ou que narra o ato de escrever, é sempre a do autista (também ele sem nome, porque não se sabe o que fazer com eles, nomes, como se confessa a determinado momento, *ibid.*: 56) (...).

Pelo meio, num jogo de polifonia característico da ficção antuniana, subsistem, emergindo quase sempre de forma abrupta, as vozes do pai (*ibid.*: 85), a quem, de modo sistemático, se chama "idiota"; da mãe (*ibid.*: 149); do avô (*ibid.*: 81, 140); ou da avó (*ibid.*: 101).

O universo familiar que aqui se recupera e se rememora é, pois, necessariamente disperso, fragmentado e, por consequência, desordenado. E se assim acontece é porque as estratégias narrativas utilizadas e as ousadias gráficas tão características da prosa antuniana reduplicam agora, ou tentam reduplicar, a falência comunicativa própria do autismo. O testemunho pessoal e direto do autista relativamente à sua incapacidade de comunicar e de verbalizar parece, justamente, corroborar esta assunção. (...).

Além disso, a desconexão semântica, ou, se preferirmos, a quebra de uma linearidade narrativa tradicional, é também conseguida quer pela típica repetição de palavras quer pela interrupção do registo por longas definições eventualmente ilustrativas da capacidade de memorização dos autistas. (...).

Seja como for, e contrariando o que o autor diz em recente entrevista a Anabela Mota Ribeiro (2008: 18), a verdade é que se conta uma história em *O Arquipélago da Insónia*. Ou melhor, contam-se várias histórias: a do autista, do seu nascimento, da sua infância e das suas relações com a família e com os outros; a do pai e da mãe e do irmão; a do avô e da avó; a do feitor e do ajudante de feitor; a da sua paixão por Maria Adelaide e a da extraordinária prima Hortelinda que, como viremos a saber, é a morte. Mas esta história, estas histórias (nunca completas) não são, felizmente, contadas de acordo com as expectativas com que o romance canónico formou alguns gostos de leitura. (...).

Ana Paula Arnaut, "O Arquipélago da Insónia: litanias do silêncio", in *Plural Pluriel, Revue des cultures de langue portugaise*, n.º 2 automne-hiver, 2008 (http://www.pluralpluriel.org).

6.

ABECEDÁRIO

ABECEDÁRIO

> Conjunto de termos e conceitos fundamentais, organizados alfabeticamente como léxico especializado. A secção propõe-se, para além de facultar consulta rápida e acessível, ilustrar os grandes temas e formas que estruturam e individualizam a produção literária de A. Lobo Antunes, bem como a sua correlação com conceitos periodológicos, histórico-culturais, ideológicos, etc., correspondendo a domínios sobre os quais aquela produção se abre e com os quais interage.

AUTOBIOGRAFIA

Com uma origem que alguns autores fazem radicar na laicização do género das confissões religiosas, da autobiografia espera-se não apenas a manutenção de um fiável (subjetivo-objetivo) discurso íntimo e pessoal, mas aguarda-se, outrossim, um relato temporalmente sequencial do percurso de uma vida (Philippe Lejeune, *Le Pacte Autobiographique*. Paris: Seuil, 1975, pp.116-117).

Assim, "A classificação de uma narrativa como autobiografia releva de um pacto autobiográfico implícita ou explicitamente estabelecido (...), segundo o qual se observa a relação de identidade entre autor, narrador e personagem (...). Distinto da autobiografia em sentido estrito, é o chamado romance autobiográfico: nele é possível reconhecer de forma difusa (mas sem se afetar a condição de ficcionalidade que preside ao romance), a presença de parte ou da totalidade da vida do autor" (Carlos Reis e Ana Cristina M. Lopes, *Dicionário de Narratologia*. 5.ª edição. Coimbra: Almedina, 1996), como acontece com os romances *Memória de Elefante*, *Os Cus de Judas* e *Conhecimento do Inferno*. Nestes, como aliás já se deixou claro, os testemunhos e os momentos de vida que escoram a urdidura romanesca – respeitantes à Guerra Colonial, ao exercício da profissão no Hospital Miguel Bombarda ou às referências ao núcleo familiar –, especulam reconhecidas vivências pessoais de António Lobo Antunes.

Maria Alzira Seixo chama ainda a atenção para outros romances que, apesar de não serem autobiográficos, oferecem "peças de escrita literária relevando da autobiografia", situando-se "naquilo a que, com Lejeune, designaremos efetivamente como um «espaço autobiográfico»" (*Os romances de António Lobo Antunes*. Ed. cit., p. 487). Entre os exemplos apresentados pela ensaísta, contam-se "o que diz respeito às relações afetivas (...) ou o que respeita à prática da literatura" (*ibidem*, p. 486).

AUTOR

Segundo Oscar Tacca, "Em literatura (...) a noção de autor supõe (...) um homem de *ofício* (poético), estimulado pelo afã de criar e, sobretudo, de haver criado – um mundo (...)". A isto acrescenta que "A categoria de 'autor' é a do escritor que põe todo o seu ofício, todo o seu passado de informação literária e artística, todo o seu caudal de conhecimentos e ideias (não só as que sustenta na vida real) ao serviço unitário da obra que elabora. Esta entidade (...) surge muitas vezes na obra, por detrás do narrador, não confiando inteiramente nele, arranjando, compondo, aclarando, acrescentando, completando. A sua intervenção é por vezes dissimulada e subtil, outras descarada e insuportável. Essa imagem do autor não é, por conseguinte, a mesma para todas as obras do mesmo escritor, mas diferente para cada obra" (*As vozes do romance*. Trad. Margarida Coutinho Gouveia. Coimbra: Almedina, 1983, pp. 18-19).

O que estas palavras permitem é, entre outros aspetos, a problematização da importância e do poder da figura do autor, no que concerne à manipulação do universo romanesco (expressividade e inscrição ideológica incluídas), e das relações que estabelece com a entidade narrador. Ora, se em algumas situações os dilemas evidenciados se resolvem pelo facto de um autor claramente assumir a sua projeção na entidade narrativa e, por conseguinte, assumir a responsabilidade dos pontos de vista ideológicos apresentados (caso de José Saramago), em outras ocasiões, como acontece nos romances de António Lobo Antunes, a questão apresenta-se de modo bem mais complexo. Tal acontece não apenas em virtude da estratégia polifónica utilizada (ver *infra*, Polifonia), mas também porque se podem chamar à colação enquadramentos teóricos diversos ou, simplesmente, porque o autor se encarrega – por vezes – de negar o seu envolvimento e a sua projeção nos mundos recriados.

Assim, os romances de Lobo Antunes considerados autobiográficos parecem não colocar problemas maiores no que se refere à remissão para o autor empírico (real), pesem embora as oscilações entre uma 1.ª e uma 3.ª pessoa narrativas em *Memória de Elefante* e *Conhecimento do Inferno*. Outras obras, as caracterizadas pela pluralidade de vozes e de pontos de vista (logo, *manipuladas* por vários narradores), têm permitido a aplicação (pouco consensual, todavia) do conceito de autor implicado. Este, segundo o seu criador, Wayne C. Booth, "é sempre distinto do «homem a sério» – seja o que for que pensemos dele – que cria uma versão superior de si próprio, um *alter ego*, tal como cria a sua obra " (*Retórica da ficção*. Trad. Maria Teresa Guerreiro. Lisboa: Arcádia, 1980, p. 167). A questão fundamental é que, numa nota contraditória ao que aqui defende, o próprio Booth já havia dito que "o juízo do autor está sempre presente, é sempre evidente a quem saiba procurá-lo. (...) é preciso não esquecer que, embora o autor possa, em certa medida, escolher os seus disfarces, não pode nunca optar por desaparecer" (*ibidem*, p. 38). E por isso acreditamos, como já dissemos, que a tarefa hermenêutica da ficção antuniana sempre acaba por permitir entrever o modo como o autor vê as realidades, disfarce-se ele em narrador (a entidade fictícia a quem cabe o relato da história), dilua-se ele na máscara do plurivocalismo, ou ironicamente se esconda numa determinada perspetiva (ver *supra*, Apresentação, ponto 5.).

BURLESCO

Vocábulo utilizado para designar obras literárias que visam a obtenção do cómico através do exagero ridicularizante (ver *infra*, Grotesco), podendo esse efeito ser alcançado quer através da sátira à vida e aos usos e costumes de uma determinada época, quer através da imitação paródica de um texto por outro texto (ver Massaud Moisés (*Dicionário de Termos Literários*. São Paulo: Cultrix, 1974).

Em termos englobantes, o romance As Naus consubstancia, por um lado, em estreita aliança com a noção de grotesco, uma visão satírico-burlesca da ambiência e dos dramas vividos pelos retornados no período pós-25 de Abril. Por outro lado, permite ilustrar uma vertente paródica que decorre do modo como o romance imita – de forma desviada e desviante em relação a sérios registos/textos oficiais – reconhecidas figuras históricas. Num outro nível, do homem mais comum, se quisermos, uma personagem como Francisco, o ministro de Salazar em O *Manual dos Inquisidores*, ilustra o protótipo (ridículo) do homem poderoso e machista de um certo Portugal que (já?!) foi.

CRÓNICA

Destinada a ser publicada em jornais ou em revistas, e por isso tomando a forma de um texto breve, curto, a crónica de imprensa centra-se numa subjetiva narração em 1.ª pessoa. Esta, na ambiguidade latente de um registo/estilo que oscila entre o oral e o literário (e, muitas vezes, entre o monólogo e o diálogo), apresenta uma determinada visão do mundo (com notórias implicações culturais e ideológicas) a partir da matéria-prima facultada por triviais episódios do quotidiano: acontecimentos públicos, relações pessoais, *fatias* de vida ou de ambientes, etc.

Na "Crónica para quem aprecia histórias de caçadas", por exemplo, e num interessante desvendamento do trabalho de bastidores que preside à elaboração do texto, a matéria é a própria crónica:

> Estou aqui sentado, à espera que a crónica venha. Nunca tenho uma ideia: limito-me a aguardar a primeira palavra, a que traz as restantes consigo. Umas vezes vem logo, outras demora séculos. É como caçar paçacas na margem do rio: a gente encostadinhos a um tronco até que elas cheguem, sem fazermos barulho, sem falar. E então um ruidozito que se aproxima: a crónica, desconfiada, olhando para todos os lados, avança um tudo-nada a pata de uma frase, pronta a escapar-se à menor desatenção, ao menor ruído. De início distinguimo-la mal, oculta na folhagem de outros períodos, romances nossos e alheios, memórias, fantasias. Depois torna-se mais nítida a abeirar-se da água do papel, ganha confiança e aí está ela, inteira, a inclinar o pescoço na direcção da página, pronta a beber. É altura de apontar cuidadosamente a esferográfica, procurando um ponto vital, a cabeça, o coração
>
> (a nossa cabeça, o nosso coração)
>
> e, quando temos a certeza que a cabeça e o coração bem na mira, disparar: a crónica tomba diante dos dedos, compõem-se-lhe as patas e os chifres para ficar apresentável
>
> (não compor muito, para que a atitude não seja artificial)
>
> e manda-se para a revista. (...) (António Lobo Antunes, *Terceiro Livro de Crónicas*. Ed. cit., pp. 181-182).

Para vários comentários sobre a crónica como "prosa alimentar" e outros epítetos menos favoráveis, ver, por exemplo, as entrevistas concedidas a Rodrigues da Silva ("A confissão exuberante", " A salvação pela escrita" e "Mais perto de Deus", in *Jornal de Letras, Artes e Ideias*, 13 de abril, 1994; 25 de setembro, 1996 e 6 de outubro, 1999, respetivamente).

DESCOLONIZAÇÃO

"Um dos Três D da revolução [Descolonização, Democratização e Desenvolvimento]" (in John Andrade [ed.], *Dicionário do 25 de Abril: verde fauna, rubra flora*. Lisboa: Nova Arrancada, 2002). Designa o processo pelo qual as colónias portuguesas (colónias ultramarinas) – Angola, Cabo Verde, Guiné-Bissau, Moçambique e Timor – recuperam a sua independência após a Revolução de 25 de Abril de 1974 (assinale-se que a República da Guiné Bissau inicia a sua independência em 1973, mas esta, apesar de reconhecida internacionalmente, não é aceite por Portugal). Depois de "uma situação equívoca durante os meses que se seguiram ao 25 de Abril", em virtude de no Programa do MFA (Movimento das Forças Armadas) não se reconhecer o "direito à independência dos povos das colónias", António de Spínola corrige o erro, anunciando uma "inequívoca posição pró-independentista", em 27 de julho de 1974 – data também da promulgação da Lei que estabelece o princípio da independência (Diário do Governo/Suplemento, Lisboa, I série, n.º 174) (João Medina [dir.], *História Contemporânea de Portugal*, vol. "Vinte e cinco de Abril". Camarate: Multilar, 1990, pp. 59 e 119). Assim, no decurso de vários acordos celebrados entre delegações do Governo Português e os representantes das ex-colónias, delibera-se a independência oficial da Guiné-Bissau a partir de 10 de setembro de 1974, de Moçambique em 25 de junho de 1975 (*ibidem*, pp. 126, 131, respetivamente), de Cabo Verde, Angola e Timor em 5 de julho, 11 de novembro e 28 de novembro de 1975, respetivamente.

As dificuldades e as convulsões internas resultantes da transição política operada em Angola, em estreita conexão com as tensões geradas pela Guerra Colonial (ver *infra*) e pela guerra civil, constituem parte da matéria-prima dos romances *O Esplendor de Portugal* e *Boa Tarde Às Coisas Aqui Em Baixo*.

EPOPEIA

Evidenciando uma plêiade de aspetos comuns com a tragédia ("Porque todas as partes da poesia épica se encontram na tragédia", Aristóteles, *Poética*. 4.ª edição. Trad., Pref., Intr., Comentário e Apêndices de Eudoro de Sousa. Lisboa: IN-CM, 1994, 1449 b 17), a epopeia respeita à "imitação de homens superiores" na forma narrativa (1449 b 9). Por outras palavras, a matéria-prima do relato épico (cujos fundamentos históricos não têm que ser reproduzidos com inteira fidelidade) deverá ser constituída pelos feitos heróicos, grandiosos – reais, lendários ou mitológicos –, de um ou de vários indivíduos (ou de um em representação de uma coletividade), como acontece nas exemplares epopeias homéricas, *Ilíada* e *Odisseia*, ou na não menos exemplar epopeia camoniana, *Os Lusíadas*.

Segundo Mikhaïl Bakhtine, a epopeia, em relação ao romance, caracteriza-se por três aspetos fundamentais: 1) o objeto da epopeia é "o passado épico" nacional; 2) as fontes são as tradições nacionais (em detrimento de experiências individuais); 3) o "passado épico" separa-se e distingue-se do presente de forma absoluta ("distância épica absoluta") (ver *Esthétique et théorie du roman*. Trad. Daria Olivier. Paris: Gallimard, 1978 [1975], pp. 452-453).

De acordo com o exposto (e numa apreciação aqui necessariamente breve mas deixando sublinhadas as potencialidades hermenêuticas de uma análise que envolva a matéria em apreço), não é difícil entendermos a pertinência de se aduzir o prefixo "contra" ao 2.º e ao 5.º ciclos da produção ficcional de António Lobo Antunes. Em primeiro lugar, à exceção de *As Naus*, e ainda assim, como vimos, de modo enviesado, porque subversivo, porque paródico, porque satírico, nenhum dos outros romances recupera o legado do (heróico) passado nacional. Apesar de *Fado Alexandrino* e *Auto dos Danados* também se relacionarem com o domínio da História, não se instaura a premissa da "distância épica absoluta". Em segundo lugar, as aventuras que conhecemos decorrem das vivências, das experiências individuais de seres singularmente banais, em nada superiores, como preconizou Aristóteles, ao Homem comum – como acontece também com os romances do ciclo das [contra]epopeias líricas. O caso de *Explicação dos Pássaros* parece-nos particularmente interessante, não só pelas linhas de afastamento em relação à epopeia mas pelas suas nítidas afinidades subversivas com as características da tragédia.

FRAGMENTO

O conceito de fragmento literário, só aparentemente simples e linear, oferece várias linhas de desdobramento semântico-pragmáticas (ver Ana Paula Arnaut, "O todo e a(s) parte(s): o prazer do fragmento"). Numa primeira instância, e de forma quase instintiva, imediata, somos levados a estabelecer uma íntima conexão entre o uso do fragmento e a problemática da leitura da obra integral (assim o entendendo como sinónimo de excerto, a partir do qual se analisam vetores fundamentais de uma determinada obra narrativa). Em instâncias posteriores, todavia, somos conduzidos por outros muito peculiares sentidos. Esses que respeitam à utilização do fragmento como um microepisódio, cuja funcionalidade o torna numa pista importante e básica (e quase sempre tentativa) para o dilucidar de pontos de indeterminação. Esses, ainda, que se referem à possibilidade de o aceitarmos como característica fundamental da orquestração e da condução de determinadas tessituras narrativas (isto é, como uma estratégia que se traduz em sucessivas apresentações de *quadros* cuja aparente falta de coesão e de coerência contribui para a desagregação textual, por diversas formas gerada e por não menos diversos modos oposta à conceção tradicional de narrativa, assim dando azo à suspensão voluntária da crença no que se lê e assim transformando este uso do conceito em prática metaficcional) (ver *infra*, Metaficção).

É esta última aceção que, em termos gerais, caracteriza a produção literária antuniana. Tal acontece não apenas em virtude da sempre progressivamente mais complexa proliferação de *quadros* de vozes utilizados nos diversos romances (ver *infra*, Polifonia), mas também, como já foi dito na Apresentação, porque cada um desses *retalhos* se pode apresentar como uma composição a várias vozes.

GROTESCO

Utilizado em meios artísticos que não apenas a pintura – da literatura à arquitetura –, o conceito de grotesco implica, quase necessariamente, a ideia de disformidade, de distorção e de desequilíbrio, logo de bizarro e de ridículo. O efeito que se obtém é, portanto, o de uma espécie de caricatura cujas concretizações podem traduzir-se num modo, num registo, cómico, trágico, ou satírico, entre outros.

De acordo com Ofélia Paiva Monteiro, cujos pressupostos se baseiam na aproximação feita por Wolfgang Kayser, "ao nível do processo espiritual e emotivo que subjaz à criação artística, o grotesco traduz uma relação perturbada com o mundo – angústia, espanto, medo, troça –, porque são pressentidas forças obscuras a dominá-las ou falácias a tirarem-lhe a solidez". A aludida "relação perturbada com o mundo é dita através de hipertrofiada *excentricidade*, que visa (...) tornar o mundo *estranho* (...) deixando atingidas (...) as bases em que assentava a nossa visão conformista". Deste modo, sublinham--se: "distorções mais ou menos aberrantes, alianças semânticas e estilísticas que agridem as convenções concetuais e estéticas em vigor, contrastes violentos, extorsão das objetividades representadas ao seu contexto esperado" ("Sobre o grotesco: 'inconveniências', risibilidade, patético", in *O Grotesco*. Coimbra: Centro de Literatura Portuguesa, 2005, p. 24).

A proficuidade da aplicação prática deste conceito na obra de António Lobo Antunes revela-se e ilustra-se, então, na infindável galeria de personagens, ambiências e situações estranhas em relação ao que consideramos normal. A título exemplar, e englobante, pela representatividade excêntrica (e ex-cêntrica) que assume em função do universo narrado, deve mencionar-se o modo como se re-constrói a personagem Carlos-Soraia, o travesti que é sempre visto pelo filho como um palhaço ou como um espantalho (*Que Farei Quando Tudo Arde?*, *passim*), o mesmo que leva Judite, a ex-mulher, a "segurar a vergonha com o guardanapo" (p. 194). De *As Naus*, cortejo de figuras grotescamente (des)construídas (em íntima relação com o burlesco – ver *supra*), salientamos a "madrugada memorável" (p. 173) em que Diogo Cão (agora fiscal da Companhia das Águas) e a *sua* mulata de Loanda se enredam em nova relação íntima:

> Mal a noite principiou a diluir-se no quarto em fragmentos de tecido sem peso que os gases de víscera dos cacilheiros das sete espavoriam, a mulher encalhou de repente, quando já nada esperava mau grado a minúcia tecedeira da sua arte, no imenso, inesperado mastro orgulhoso do navegante, erguido, na vertical da barriga, com todas as velas desfraldadas e o ressoar de cabaça das conchas. Ao percorrer, fascinada, a monumentalidade náutica desse pénis florido de insígnias e de ecos, temeu sentir-se perfurada por uma energia muito maior do que o seu útero, que a desarticularia sem remédio, como nos suplícios árabes, nas maçarocas de milho do colchão. Tentou afastar-se, rastejando no lençol, siderada por aquela potência sem limites, mas os pulsos do marinheiro imobilizaram-lhe de golpe as nádegas com a força com que trinta anos antes domavam rodas de leme desvairadas pelos temporais, sofreu, a centímetros da cara, um sopro de beribéri e de bagaço digerido, e achou-se, por fim, apunhalada por

uma enxárcia descomunal que vibrava no interior do seu corpo dezenas de estandartes reais de caravelas (p. 173).

Não menos exemplificativos são, entre muitos, os casos de Milá, de *O Manual dos Inquisidores*, ou, do mesmo romance, do "dono do café a explorar as cáries com um pedaço de fósforo e a assear o fósforo nas nódoas da camisola interior" (p. 65). Ilustrando uma diferente dimensão do grotesco na obra de António Lobo Antunes, devemos assinalar, ainda, alguns *quadros* em que a excentricidade decorre do redimensionamento de elementos religiosos. Tal acontece com a figura de Deus que, em *Que Farei Quando Tudo Arde?*, "em pijama", espreita Paulo "na glória dos serafins do janelico do sótão" (p. 327), posteriormente surgindo "abraçado à chaminé a arrancar crostas de pombos" (p. 332) ou a permitir cheirar os "Seus fedores celestes de urina seca e bolor" (p. 333). Em outros romances, *O Manual dos Inquisidores* ou *Exortação aos Crocodilos*, respetivamente, varrem-se "os anjos mortos e as crias de anjos mortos" (p. 331); e "Cristos de narizes e óculos de Entrudo" seguram a testa de Fátima "numa exaltação de arlequim" (p. 166).

GUERRA COLONIAL

Designam-se por Guerra Colonial ou Guerra do Ultramar os confrontos militares que, entre 1961 e 1974, envolveram o exército português e os movimentos de libertação de Angola, Guiné e Moçambique. Ignorando as resoluções da ONU (Organização das Nações Unidas) de dezembro de 1960 – que tornavam "ilegal toda a prática colonial", considerando-se "como colónias os territórios africanos sob dominação portuguesa" – e ignorando, ainda, a reafirmação em 1961 do "direito das populações destes territórios à autodeterminação e à independência", o Estado Novo mantém o domínio colonizador. Numa das justificações apresentadas por Marcelo Caetano, este radicava "no desejo de lhes [aos colonizados] levar a mensagem do Evangelho, de os libertar das trevas do paganismo e salvar as suas almas" (ver João Medina [dir.], *História Contemporânea de Portugal*. Ed. cit., vol. "Estado Novo II", p. 217).

Escondendo-se por detrás de uma "moderna" colonização, o governo português levou a cabo na década de 60 uma série de medidas, "tardias e tímidas", que visavam possibilitar

> o início de uma escolarização maciça, a diminuição da prática do trabalho compulsivo, a abolição, em princípio, das regras e práticas discriminatórias, a introdução de melhoramentos sensíveis no campo sanitário e o desenvolvimento acelerado da economia. (...) Contudo esta «moderna» colonização sanciona, embora disfarçadamente, uma situação injusta sob a capa da liberdade e reconhecimento de direitos. O «aldeamento» só para negros e a discriminação nos salários para trabalhadores não especializados são exemplos concretos dessa situação" (*ibidem*).

Não admira, pois, que as sublevações contra o imperialismo português se sucedam rapidamente, primeiro em Angola (4 de fevereiro de 1961), depois na Guiné e em Moçambique (*ibidem*, pp. 226-227, 230, 232-233) (ver *supra*, Descolonização) (ver *supra*, Apresentação, para a ilustração do modo como a temática da Guerra Colonial percorre a ficção de António Lobo Antunes).

INDECIDIBILIDADE

Ao contrário do conceito de ambiguidade – indiciadora de intrínseca riqueza textual e passível de ser esclarecida a partir da leitura-interpretação do texto (já que a incerteza gerada se resolve, regra geral, pelo facto de a globalidade da obra pender mais para um sentido do que para outro) –, a noção de indecidibilidade, ou indeterminação, aponta para "a limitação ou incapacidade que o texto tem de cumprir a sua finalidade, entendendo-se esta quer como a finalidade que a obra literária tem de exprimir a verdade sobre a condição humana, quer como a finalidade da captação do significado da obra literária por parte de quem a interpreta" (Gerald Graff, "Determinacy/ /Indeterminacy", in Frank Lentricchia and Thomas McLaughlin [eds.], *Critical Terms for Literary Study*. 2nd edition. Chicago and London: The University of Chicago Press, 1995, p. 165).

No que respeita aos universos romanescos de António Lobo Antunes interessa-nos adotar esta última aceção, de âmbito apesar de tudo mais restrito que a primeira, mas adaptando-a a uma ideia de pluralidade de sentidos que de diversas maneiras sempre se fazem presentes nos universos retratados. Assim, as várias dificuldades interpretativas encontradas – ou melhor, a impossibilidade de nos decidirmos por um ou por outro sentido (o que, ainda assim, não impede a dilucidação de verdade(s) sobre a condição humana) –, decorre, essencialmente, de opções formais/estruturais (com as necessárias implicações na semântica textual).

Reportamo-nos, por exemplo, em primeiro lugar, ao facto de a crescente complexidade da polifonia narrativa (ver *infra*, Polifonia) impedir, num elevadíssimo número de situações- -episódios, o descortino – e, por consequência, a compreensão – de quem fala. Em segundo lugar, podemos referir a alternância tantas vezes indiscriminada (no que concerne a adequação a uma ou a outra voz) do tipo de letra redondo e itálico. Em outras situações, a indecidibilidade decorre do modo como as personagens formulam os seus discursos, como acontece em *Exortação aos Crocodilos*, romance em que o leitor não consegue decidir-se entre aceitar que Simone tem um entendimento positivo ou negativo do namorado bombista.

O caso de *Não Entres Tão Depressa Nessa Noite Escura* revela-se ostensivamente indecidível em alguns aspetos, na medida em que a própria narradora se encarrega de baralhar o leitor, assumindo a mentira e a invenção de algumas das coisas que conta (o envolvimento do pai no contrabando de armas, o aborto da irmã, Ana Maria, os casos amorosos do pai e da mãe, a filiação do pai, entre outros). Em menor grau, todavia numa estratégia afim, Paulo, de *Que Farei Quando Tudo Arde?*, assume, pontualmente, a indefinição sobre quem conta: "qual de nós conta isto pai, acho que você, acho que eu, acho que juntos", p. 141".

KITSCH

Passível de ser entendido como sinónimo de mau gosto, identifica-se ainda "como ausência de medida", cujas regras e perceção "variam com as épocas e as civilizações". Segundo Ludwig Giesz, o termo (que hoje se estende aos mais diversos domínios culturais) remonta "à segunda metade do século XIX", quando os turistas americanos em Munique, querendo adquirir um quadro, mas a baixo preço, pediam um esboço (*sketch*)". O termo alemão (direta e literalmente transportado para outros idiomas) teria, pois, começado a ser usado para "indicar a vulgar pacotilha artística para aquisidores desejosos de experiências estéticas fáceis" (Umberto Eco, *Apocalípticos e integrados*. Trad. Helena Gubernatis. Lisboa: Difel, 1991, pp. 89-90). Entendido em estreita conexão com a ascensão da classe burguesa, e posteriormente com a cultura de massas e a sociedade de consumo, o termo ganha englobantes conotações pejorativas relacionadas com os conceitos de arte de imitação e de mau gosto.

Nos romances de António Lobo Antunes a descrição de elementos/cenários kitsch serve à ilustração cómico-irónica da ambiência que caracteriza determinadas camadas sociais. Entre tantos exemplos possíveis, recordamos, de *As Naus*, a pensão do Conde Redondo com o seu "lavatório de torneiras barrocas imitando peixes que vomitavam soluços de água parda pelas goelas abertas" (p. 11). De *Memória de Elefante*, citamos um excerto relativo à descrição da casa do senhor Ferreira, o porteiro que habitava nos baixos do edifício protegido por uma porta estilo cofre-forte que o arquitecto devia ter achado adequada àquele cenário de bunker pretensioso: provavelmente fora ele quem pintara o inesquecível galgo da loja de móveis, ou concebera o imaginoso lustre de alumínio: essas três elucubrações notáveis possuíam uma centelha de génio comum. Não menos notável, aliás, era a sala de estar do senhor Ferreira (...) onde figurava, entre outras maravilhas de menor monta (um estudante de Coimbra de loiça a tocar guitarra, um busto do papa Pio XII de olhos maquilhados, um burro de baquelite com flores de plástico nos alforges) uma grande tapeçaria de parede representando um casal de tigres com o ar bonacheirão das vacas dos triângulos de queijo, a almoçarem numa repugnância de vegetarianos uma gazela semelhante a um coelho magrinho, fitando um horizonte de azinheiras na esperança lânguida de um milagre (pp. 131-132).

LEITMOTIV

De acordo com Wolfgang Kayser, "*Leitmotive* (motivos condutores)" seriam "os motivos centrais que se repetem numa obra, ou na totalidade da obra de um poeta"/de um escritor (*Análise e Interpretação da obra literária*. 6.ª edição. Coimbra: Arménio Amado, 1976, p. 69). No caso da produção ficcional de António Lobo Antunes, aos motivos recorrentes respeitantes à casa, às flores, aos pássaros, aos insetos, aos espelhos, ao fogo, ao mar, ao voo ou ao circo, devemos assinalar a importância do motivo da gaiola e destacar os motivos respeitantes ao ato de escrever e à particular presença de fotografias/retratos e relógios nos mundos re-criados. Com menor incidência, mas de modo muito interessante, salientamos também o que se refere à presença do hidroavião (ver, a propósito, por exemplo, *Fado Alexandrino*, pp. 714-715; *As Naus*, p. 82; *A Morte de Carlos Gardel*, pp. 172-173; *Eu Hei-de Amar Uma Pedra*, p. 17).

Ao contrário do que se poderia supor, ou ao contrário do que aconteceria numa narrativa comum, as fotografias/retratos não se limitam a um estatuto meramente decorativo de ambientes, revelando, pelo contrário, em múltiplas situações, um inusitado papel: o de comentar as atitudes das personagens ou o de reforçar os particulares ou englobantes sentidos da narrativa. Em *A Ordem Natural das Coisas*, por exemplo, o filho da costureira mostra-se indiferente "à indignação dos retratos" quando, ao visitar Julieta, "dava corda ao gramofone de campânula e inundava a Calçada do Tojal de uma área de ópera" (p. 178). Num outro exemplo, o despotismo do patriarca da família é simbolicamente reforçado quando avança "de imediato da moldura, a perguntar aos candeeiros e à lareira Que mal fiz eu a Deus para ter um filho tão estúpido, senhores?" (p. 146).

Os relógios, por seu turno, poderão reduplicar o próprio conceito de tempo para António Lobo Antunes, ou, por outras palavras, poderão especular o reconhecido desinteresse pelo tempo enquanto elemento (des)organizador das suas narrativas. E assim encontramos, em *Eu Hei-de Amar Uma Pedra* (com variantes neste e em outros romances), "relógios de ponteiros ao longo do corpo desinteressados do tempo" (p. 17), ou "um dos relógios a recordar-se de uma hora qualquer de um dia muito velho, a compreender/– Enganei-me perdoem/e a emudecer de novo" (p. 364).

METAFICÇÃO

Segundo Patricia Waugh, o termo *metaficção* (inicialmente utilizado por William H. Gass na década de 70) designa "aquela escrita ficcional que, de uma forma consciente e sistemática, chama a atenção para o seu próprio estatuto de artefacto, de maneira a suscitar questões sobre a relação entre ficção e realidade" (cf. *Metafiction. The Theory and Practice of Self-Conscious Fiction*. London and New York: Routledge, 1988, p. 2).

A variedade de exercícios metaficcionais distribui-se por dois grandes grupos de obras: por um lado, as ficções conscientes do seu próprio processo narrativo e criativo e, por outro, aquelas que são linguisticamente autorreflexivas. Dentro de cada um destes modos (o diegético e o linguístico) devem distinguir-se, pelo menos, duas formas ou variantes: a manifesta ("overt") e a dissimulada ("covert") (Linda Hutcheon (*Narcissistic Narrative. The Metafictional Paradox*. New York & London: Methuen, 1984).

No que respeita à forma manifesta do modo diegético, a autorreflexão e a autoconsciência (que pode ser menos evidente na forma dissimulada, da qual pode até encontrar-se ausente) descortinam-se através de manifestações tematicamente explicitadas, por exemplo através de comentários que vão sendo tecidos (também alegórica e simbolicamente) sobre o próprio ato de escrita. Assim ocorre em alguns dos romances de António Lobo Antunes em que o processo de criação e de composição romanesca se vai desnudando (direta e/ou indiretamente) através de comentários de índole e de grau diverso (relembrem-se, entre outros, *A Ordem Natural das Coisas*, *Não Entres Tão Depressa Nessa Noite Escura* ou *Ontem Não Te Vi Em Babilónia*).

Em relação às formas dissimuladas, a autorreflexão é implícita e, no caso dos textos do modo diegético, ela manifesta-se através de modelos axiomaticamente incorporados que se prendem, entre outros, com as expectativas que determinados paradigmas literários criam no leitor. Estas expectativas remetem, por si só, para a ficcionalidade da obra (caso da indicação de género ou de subgénero).

É, no entanto, o modo linguístico – na forma manifesta e dissimulada – o que melhor parece ilustrar a prática composicional da narrativa antuniana. Assim, se a primeira forma apontada respeita a textos em que a autoconsciência decorre não da exposição do nível semântico mas da exposição do nível estrutural da obra (caso das narrativas fragmentárias), a segunda é passível de ser ilustrada e atualizada através desses exemplos extremos em que parece instaurar-se o caos linguístico. Tal acontece pela utilização de trocadilhos e por outros jogos de duplicidade semântica afins, num processo em que se nos afigura legítimo incluir os enunciados em que a linguagem parece ser exponencialmente gerada. (Ver *supra*, Fragmento; ver *infra*, Polifonia).

NARRATIVIDADE

Característica e condição fundamental e intrínseca da narrativa de índole tradicional, este conceito pode ser entendido quer como "o fenómeno de sucessão de estados e de transformações, inscrito no discurso e responsável pela produção de sentido", quer como representação de "totalidades orientadas temporalmente, envolvendo uma qualquer espécie de conflitos e constituídas por eventos discretos, específicos e concretos, totalidades essas significativas em termos de um projeto humano e de um universo humanizado" (Carlos Reis e Ana Cristina Macário Lopes, *Dicionário de Narratologia*. Ed. cit., pp. 274-275). Neste sentido, os dois principais planos da narrativa literária – história (respeitante à realidade evocada) e discurso (relativo ao modo como essa realidade é contada) – articulam-se de acordo com procedimentos que permitem observar uma dinâmica de sucessividade temporal, isto é, oferecem uma linearidade na apresentação do relato levado a cabo pelo narrador (não obstante o eventual recurso a procedimentos que envolvem o recuo – analepse – ou o avanço no tempo – prolepse).

De acordo com o exposto, não parece difícil entender o motivo pelo qual nos permitimos falar de ausência ou de perda de narratividade na globalidade da ficção antuniana, temporal, espacial e vocalmente (polifonicamente) entrópica (ou seja, desordenada). Assim, apesar de ser possível verificar a existência de referentes temporais que emolduram a história, os procedimentos discursivos utilizados parecem desagregar e desorganizar o canónico e linear ritual de apresentação, sucessiva e ostensivamente misturando e baralhando tempos, vozes e acontecimentos. A este efeito, que dilui uma efetiva evolução cronológica e causal – bem como a existência de uma ação concreta –, não é alheio o facto de a essência inicial da história constantemente se lateralizar em recuperações/recordações de acontecimentos e personagens colaterais, que distendem o universo narrado ao invés de o fazer evoluir. Aliás, o que mais parece interessar não é a apresentação de uma ação e das suas ramificações mas, pelo contrário, a recriação de ambiências e do estado de espírito das personagens. É o que sucede, por exemplo, em *Ontem Não Te Vi Em Babilónia*, onde o suicídio da filha de Ana Emília – que pensaríamos consubstanciar a intriga do romance – apenas parece servir de móbil para o aparecimento de um leque de vozes que vão incluindo várias outras micronarrativas (quase murmúrios de memórias soltas) onde se especulam diferentes cosmovisões.

A verdade, no entanto, é que, apesar de tudo, nos parece ser possível verificar a permanência e a pertinência deste conceito na ficção de António Lobo Antunes. Tal acontece não nos moldes tradicionais, é certo, mas dentro de moldes outros que envolvem a reconhecida prática de inovações romanescas (intimamente relacionadas com o Post-Modernismo) que colidem com a própria aceção do género romance, tal como foi entendido na sua origem. Deste modo, em vez de falarmos de narratividade, devemos optar pela referência a narratividades (ou a micronarratividades), sendo que, em derradeira instância, "o fenómeno de sucessão de estados e de transformações, inscrito no discurso e responsável pela produção de sentido", passará a ser alcançado, primeiro, pela dilucidação individual de cada um dos *módulos* polifónicos apresentados e, segundo, pela conjugação desses diversos sentidos que assim dispersamente se facultam.

NE VARIETUR (EDIÇÃO)

Locução latina que significa "para que nada seja mudado", "cópia fidelíssima" (*Dicionário Houaiss da Língua Portuguesa*. Lisboa: Temas e Debates, 2003). Ver, a propósito, entrevista dada por Maria Alzira Seixo, ao *Jornal de Letras, Artes e Ideias*, 15 de outubro, 2003, p. 19. (Maria Alzira Seixo "dirige a equipa que trabalha na Edição *Ne Varietur* da obra de António Lobo Antunes, cujo primeiro volume é o do (...) romance (...) *Boa Tarde às Coisas Aqui em Baixo* (...)".

PARÓDIA

Em formulação proposta por Linda Hutcheon (que alarga o âmbito do conceito em relação a anteriores definições), a paródia é "uma forma de imitação caracterizada por uma inversão irónica, nem sempre às custas do texto parodiado", ou uma "repetição com distância crítica, que marca a diferença em vez da semelhança" (*Uma teoria da paródia. Ensinamento das formas de arte do século XX*. Lisboa: Ed. 70, 1989, p. 17). Neste sentido, "Não se trata de uma questão de imitação nostálgica de modelos passados: é uma confrontação estilística, uma recodificação moderna que estabelece a diferença no coração da semelhança" (*ibidem*, p. 19), não exigindo, necessariamente, que a crítica esteja "presente na forma de riso ridicularizador" (*ibidem*, p. 18). Ver, a propósito da aplicação deste conceito ao romance *As Naus*, o texto de Mark Sabine (Cap. 5, Discurso Crítico).

POLIFONIA

Conceito difundido pelo filósofo e teórico russo Mikhaïl Bakhtine (1895-1975), sobretudo a partir da publicação dos estudos sobre a obra de Dostoievski (1929), considerado o criador do romance polifónico (ver Mikhaïl Bakhtine, *La Poétique de Dostoievski*. Paris: Seuil, 1970). Contrariamente a um registo monológico, gerido por um narrador que pode optar por uma das várias técnicas de focalização, o princípio da polifonia, do romance polifónico, radica no facto de se atribuir a uma pluralidade de vozes – e, por conseguinte, a uma pluralidade de pontos de vista – a responsabilidade da narração dos acontecimentos postos em cena no e pelo romance. Partindo do pressuposto lógico que os indivíduos – as vozes que falam – são/podem ser diferentes e independentes entre si, partilhando ou não a mesma consciência social e política, podemos afirmar que desta multiplicidade de vozes decorre, de modo inegável, uma variedade de ideias, de sistemas de valores, de visões do mundo e de ideologias.

Assim se compreende que seja praticamente impossível reduzir o texto polifónico à expressão de uma única vertente ideológica, isto é, à exposição da consciência de um único sujeito ideológico, podendo mesmo as personagens afastar-se e contrariar o sistema de ideias que sabemos ser perfilhado pelo autor (que, ainda assim, eventualmente, pode fazer especular a sua voz através da voz de uma ou de outra personagem). De acordo com o exposto, e segundo Julia Kristeva, autora do Prefácio à edição francesa de *La poétique de Dostoievski*, o romance polifónico "é um dispositivo onde as ideologias se expõem e se esgotam na sua confrontação" (p. 18).

No que respeita ao universo ficcional de António Lobo Antunes, e apropriando-nos de uma outra expressão de Julia Kristeva, acrescentamos que, na sua larga maioria, os textos deste autor se consubstanciam em verdadeiros mosaicos de visões do mundo em que coexistem perspetivas diversas sobre a família, a sociedade, os outros, etc. Em *A Ordem Natural das Coisas*, e apenas a título de exemplo, o ponto de vista do Estado Novo pode ser avaliado (mesmo que de forma incipiente) a partir do ex-Pide Ernesto Portas, enquanto a reduplicação da perspetiva oposta é centrada em Jorge, irmão de Julieta (personagem a quem cumpre ilustrar a visão que um certo masculino tem sobre si e sobre os outros). (Sobre o conceito de Polifonia, ver, ainda, Carlos Reis e Ana Cristina M. Lopes, *Dicionário de Narratologia*, Ed. cit.).

PÓS-COLONIALISMO

Em íntima conexão com o questionamento da História operado pelo Post-Modernismo, a literatura pós-colonial, entendida como "prática contradiscursiva", tem em vista a re-inscrição no registo histórico paralelo que o romance constitui daqueles que, por motivos políticos, viram a sua voz de colonizados por diversas formas apagada.

Se é verdade que "A designação 'pós-colonial' tem sido usada para descrever práticas de leitura e de escrita baseadas em experiências coloniais fora da Europa, mas resultado da expansão e da exploração europeias de 'outros' mundos", não é menos certo que a escrita pós-colonial "também se encontra ligada", entre outros, a "conceitos resultantes da colonização interna, como a repressão de grupos minoritários". Embora recentes em Portugal, o impacto e o reconhecimento dos estudos pós-coloniais – no âmbito do projeto de re-escrita da História a que acima aludimos – são notórios nos Estados Unidos da América desde cerca de 1960 (ver "Postcolonial Cultural Studies", in Michael Groden and Martin Kreiswirth [eds.], *The Johns Hopkins Guide to Literary Theory & Criticism*. Baltimore and London: The Johns Hopkins University Press, 1994).

De acordo com Maria Alzira Seixo, "o colonialismo deve considerar-se de importância central e determinante" na obra de António Lobo Antunes,

> na medida em que não só desencadeia o processo de publicação dos romances, na prática, como preenche o mundo romanesco dos primeiros livros do escritor, quase nunca abandonado por completo, posteriormente, mesmo naqueles de onde parece à

primeira vista achar-se mais arredado. (...) Por isso a problemática dominante destes romances não é a da crítica do salazarismo e do imperialismo ou a da guerra colonial (embora obviamente as inclua em situação de proeminência), mas sim um complexo de atitudes que envolve a desgraça do colonizado tanto como a do colonizador, as atitudes de agressão e prepotência visíveis em ambos os lados, e, sobretudo, o misto de malogro e de oportunismo que a guerra produz em todos os sentidos, reduzindo a porção de humanidade no indivíduo, a capacidade criadora nos grupos familiares e afins, e a harmonia nas comunidades. Trata-se, efetivamente, de uma problemática pós-colonial, na medida em que as atmosferas criadas se reportam a um lugar invadido (com a deslocalização diversificada de nativos e de invasores) (...)" (Maria Alzira Seixo, *Os romances de António Lobo Antunes*. Ed. cit., pp. 499-502).

7.
REPRESENTAÇÕES

REPRESENTAÇÕES

EU QUE ME COMOVO POR TUDO E POR NADA
– CD AUDIO

Textos: António Lobo Antunes (exceto "Marcha de Alcântara"
– Vitorino)
Música: Vitorino
Produção: Vitorino e João Paulo Silva
Edição e distribuição: EMI – Valentim de Carvalho, Música Lda.
1992

Segundo Luís Maio, este "É o disco de dois lobos solitários. Histórias de noitadas e paixões desencontradas, onde a poesia se cruza com o sarcasmo e um certo marialvismo fatalista. Com tangos, fados, boleros e salsa, sempre carregados de lirismo. É o resultado do encontro do escritor Lobo Antunes com o cantor e compositor Vitorino. Um fruto já histórico de uma insinuante cumplicidade" ("A companhia dos lobos". Entrevista, in *Público*/Pop Rock, 11 de novembro, 1992, pp. VI-VIII).

É, ainda, podemos acrescentar, o resultado do exercício de uma nova forma – a poética – que, apesar de tudo, prolonga, ou obliquamente ecoa, alguns dos principais veios temáticos oferecidos pela ficção antuniana: os laços (des)afetivos que tantas vezes presidem às relações ("Bolero do coronel sensível que fez amor em Monsanto", "Aos maridos", "Tango do marido infiel numa pensão do Beato"); as diversas formas de solidão a que o tempo e a vida condenam os seres ("Valsa das viúvas da Pastelaria Benard – homenagem a Alexandre O'Neill", "Fado da prostituta da Rua de St.º António da Glória"); a fragilidade cómico-burlesca do (de algum) universo masculino ("Todos os homens são maricas quando estão com gripe"); a doença e a morte, e também o (não) amor ("Rua do Quelhas – homenagem a Florbela Espanca", "E se eu não te amar mais", "Ana I" e "Ana II", "Branco"); e, finalmente, a ternura e a saudade do seu universo familiar ("Canção para a minha filha Isabel adormecer quando tiver medo do escuro").

As 12 composições poéticas que acabamos de referir encontram-se incluídas no conjunto dos 37 textos que constituem o livro *Letrinhas de Cantigas*. À exceção de "Ana I" e de "Ana II" (variações musicais sobre o mesmo texto), que no livro surgem como "Fox-Trot n.º 3", todos os outros poemas mantêm o mesmo título.

A título de curiosidade, acrescentamos que "Bolero do coronel sensível que fez amor em Monsanto" foi ainda incluído no CD *POESIA ENCANTADA*, compilação de poemas musicados "de Camões a Pedro Homem de Mello", passando pela galega Rosalía de Castro (Edição e distribuição: EMI – Valentim de Carvalho, Música Lda., 2002).

8.

BIBLIOGRAFIA

BIBLIOGRAFIA

1. BIBLIOGRAFIA ATIVA

1979 – *Memória de Elefante*
1979 – *Os Cus de Judas*
1980 – *Conhecimento do Inferno*
1981 – *Explicação dos Pássaros*
1983 – *Fado Alexandrino*
1985 – *Auto dos Danados*
1988 – *As Naus*
1990 – *Tratado das Paixões da Alma*
1992 – *A Ordem Natural das Coisas*
1994 – *A Morte de Carlos Gardel*
1994 – *A História do Hidroavião* (Conto)
1996 – *O Manual dos Inquisidores*
1997 – *O Esplendor de Portugal*
1998 – *Livro de Crónicas*
1999 – *Exortação aos Crocodilos*
2000 – *Não Entres Tão Depressa Nessa Noite Escura*
2001 – *Que Farei Quando Tudo Arde?*
2002 – *Segundo Livro de Crónicas*
2002 – *Letrinhas de Cantigas* (Poesia)
2003 – *Boa Tarde Às Coisas Aqui Em Baixo*

2004 – *Eu Hei-de Amar Uma Pedra*
2005 – *Terceiro Livro de Crónicas*
2006 – *Ontem Não Te Vi Em Babilónia*
2007 – *O Meu Nome É Legião*
2008 – *O Arquipélago da Insónia*
Próximo romance – *Que Cavalos São Aqueles Que Fazem Sombra No Mar?*

2. BIBLIOGRAFIA PASSIVA

ABREU, Graça, "Possessão e posse no *Auto dos Danados* de António Lobo Antunes: possuidores, possuídos e desapossados", in PETROV, Petar (org.), *O romance português pós-25 de Abril*. Lisboa: Roma Editora, 2005, pp. 55-81.

ALVES, Clara Ferreira, "Lobo Antunes e os sete pecados mortais", in *Expresso*/Revista, 23 de novembro, 1985, p. 58.

ARNAUT, Ana Paula, "O todo e a(s) parte(s): o prazer do fragmento", in *Forma Breve*/Revista Literária, n.º 4 (O fragmento). Universidade de Aveiro, 2006, pp. 217-228.

ARNAUT, Ana Paula (ed.), *Entrevistas com António Lobo Antunes. 1979-2007. Confissões do Trapeiro*. Coimbra: Almedina, 2008.

ARNAUT, Ana Paula, "*O Arquipélago da Insónia*: litanias do silêncio", in *Plural Pluriel, Revue des cultures de langue portugaise*, n.º 2 automne-hiver, 2008 (http://www.pluralpluriel.org).

ARNAUT, Ana Paula, "O barulho surdo(?) das raças em *O Meu Nome É Legião*", in *Portuguese Literary & Cultural Studies*, n.º 15/16 (*Facts and fictions of António Lobo Antunes*, número inteiramente dedicado ao autor), Center for Portuguese Studies and Culture: University of Massachusetts Dartmouth. No prelo.

ARSILLO, Vincenzo, "Il mare e la terra che furono: una lettura di *Memória de Elefante* di António Lobo Antunes", in *Rassegna Iberistica*, n.º 75-76, Settembre 2002, pp. 51-64.

BARAHONA, Margarida, "Explicação dos Pássaros. A fragmentação e o modelo perdido", in *Jornal de Letras, Artes e Ideias*, 20 de julho, 1982, p. 26-27.

BLANCO, María Luisa, *Conversas com António Lobo Antunes*. Trad. Carlos Aboim de Brito. Lisboa: Dom Quixote, 2002.

CABRAL, Eunice, "Romance realista votado ao sucesso", in *Diário de Notícias*, 3 de dezembro, 1989, p. 9.

CABRAL, Eunice, JORGE, Carlos e ZURBACH, Christine, (orgs.), *A Escrita e o mundo em António Lobo Antunes, Actas do Colóquio Internacional António Lobo Antunes da Universidade de Évora* (14 a 16 de novembro de 2002). Évora, Publicações Dom Quixote, 2003.

CABRAL, Eunice, "Terrenos baldios", in *Jornal de Letras, Artes e Ideias*, 25 de outubro, 2006, p. 22.

CASTAGNA, Vanessa, "A representação de Lisboa em *As Naus* de António Lobo Antunes", in *Rassegna Iberistica*, n.º 80, Settembre 2004, pp. 79-88.

COELHO, Eduardo Prado, "O mistério das janelas acesas", in *Público*/Leituras, 2 de novembro, 1996, p. 12.

COELHO, Tereza, *António Lobo Antunes. Fotobiografia*. Lisboa: Dom Quixote, 2004.

CONRADO, Júlio, "'Exortação aos Crocodilos', de António Lobo Antunes", in *Colóquio/Letras*, n.º 157-158, janeiro, 2002, pp. 411-413.

CORREIA, J. David Pinto, "António Lobo Antunes: *Memória de Elefante*", in *Colóquio/Letras*, n.º 62, julho, 1981, pp. 87-89.

COTRIM, João Paulo, "«Ainda não é isto que eu quero»". Entrevista com António Lobo Antunes, in *Expresso*/Revista, 4 de dezembro, 2004, pp. 28-34.

CRUZ, Liberto, "António Lobo Antunes: *Auto dos Danados*", in *Colóquio/Letras*, n.º 97, maio-junho, 1987, pp. 118-119.

DIAS, Ana Sousa, "Um escritor reconciliado com a vida". Entrevista com António Lobo Antunes, in *Público*/Magazine, 18 de outubro, 1992, pp. 22-32.

Facts and Fiction of António Lobo Antunes. Portuguese Literary & Cultural Studies, 15/16. Center for Portuguese Studies and

Culture: University of Massachusetts Dartmouth, Fall 2008 (volume especialmente dedicado a António Lobo Antunes) (www.plcs.umassd.edu).

FARIA, Duarte, "A viagem aos lugares obscuros", in *Jornal de Letras, Artes e Ideias*, 14 de abril, 1981, p. 32.

FIGUEIREDO, Olívia Maria, "A ressonância emocional em *Boa tarde às coisas aqui em baixo*", in RIO-TORTO, Graça *et alii* (coord.), *Estudos em homenagem ao Professor Doutor Mário Vilela*. Vol. II. Porto: FLUP, 2005, pp. 771-781.

FONSECA, Eduardo, "A metaforização em *Os Cus de Judas*", in TEIXEIRA, Rui de Azevedo (org.), *A guerra colonial: realidade e ficção. Actas do I Congresso Internacional*. Lisboa: Editorial Notícias, 2001, pp. 361-373.

GATO, Margarida Vale de, "The Influencing Machine: Faulkner Revised by António Lobo Antunes", in *Actas do I Congresso Internacional de Estudos Anglo-Portugueses*. Lisboa, 6-8 de maio de 2001. Lisboa: Centro de Estudos Anglo-Portugueses/ /Faculdade de Ciências Sociais e Humanas, 2003, pp. 513--520.

GERSÃO, Teolinda, "António Lobo Antunes: *Explicação dos Pássaros*", in *Colóquio/Letras*, n.º 72, março, 1983, pp. 102-104.

GHITESCU, Micaela (org. e trad.), *Colóquio António Lobo Antunes na Roménia / Colocviu António Lobo Antunes în România / Colloque António Lobo Antunes en Roumanie*. Bucuresti: Fundatiei Culturale "Memoria", 2005.

GIUDICELLI, Michelle, "*As Naus* d'António Lobo Antunes et la carnavalisation de l'histoire officielle", in PIWNIK, Marie-Hélène, *La littérature portugaise: regards sur deux fins de siècle (XIXe - XXe)*. Bordeaux: Maison des Pays Ibériques, 1996, pp. 29-41.

GOMES, Adelino, "'Não sou eu que escrevo os livros. É a minha mão, autónoma'". Entrevista com António Lobo Antunes, in *Público/ Livros*, 13 de novembro, 2004, pp. 12-14.

GUERREIRO, António, "*A Morte de Carlos Gardel*. Crónica da vida vulgar", in *Expresso*/Cartaz, 16 de abril, 1994, p. 23.

JORGE, Carlos J. F., "A encenação das vozes quando todos falam sobre *Que Farei Quando Tudo Arde?*", in *A Escrita e o mundo* em *António Lobo Antunes*, Actas do Colóquio Internacional António Lobo Antunes da Universidade de Évora (14 a 16 de novembro de 2002). Évora, Publicações Dom Quixote, 2003, pp. 195-205.

JÚDICE, Nuno, "Exortação aos crocodilos: para um realismo analítico", in PETROV, Petar (org.), *O romance português pós-25 de Abril*. Lisboa: Roma Editora, 2005, pp. 263-272.

LEPECKI, Maria Lúcia, "Os vivos velam os mortos, os mortos velam os vivos", *Diário de Notícias*, 24 de julho, 1988, p. 10.

LEPECKI, Maria Lúcia, "Psicopatologia, ecologia e caricatura", in *Diário de Notícias*, 31 de julho, 1988, p. 8.

LEPECKI, Maria Lúcia, "A cabeça do homem e as dissociações", in *Diário de Notícias*, 7 de Agosto, 1988, p. 12.

"Lobo Antunes apresenta «As Naus», in *A Capital*, 8 de abril de 1988, p. 34.

LUÍS, Sara Belo, "O mundo de António Lobo Antunes em 12 partes". Entrevista com António Lobo Antunes, in *Visão*, 26 de outubro, 2006, pp. 136-141.

MADUREIRA, Luís, "The Discreet Seductiveness of the Crumbling Empire: Sex, Violence and Colonialism in the Fiction of António Lobo Antunes", in *Luso-Brazilian Review*, vol. 32, n.º 1, Summer, 1995, pp. 17-29.

MARINS, Gislaine, "*Os Cus de Judas*: cartilha para reapre(e)nder a Nação", in *Letras de Hoje. Estudos e debates de linguística, literatura e língua portuguesa*, vol. 36, n.º 1, pp. 167-175.

MARQUES, Carlos Vaz, "'Escrevo pela mesma razão que a pereira dá peras'". Entrevista com António Lobo Antunes, in *Ler*/Revista do Círculo de Leitores, n.º 69, Maio, 2008, pp. 33-43.

MARQUES, Catarina Homem, "António Lobo Antunes: 'A morte tem os nossos olhos'". Entrevista com António Lobo Antunes, in *Sol*/Tabu, 2 de fevereiro, 2008, pp. 44-51.

MARTINS, Luís Almeida, "Uma bela e alegre declaração de amor a um país", in *Jornal de Letras, Artes e Ideias*, 12 de abril, 1988, p. 7.

MARTINS, Luís Almeida, "António Lobo Antunes: «Quis escrever um romance policial»". Entrevista com António Lobo Antunes, in *Jornal de Letras, Artes e Ideias*, 27 de outubro, 1992, pp. 8-11.

MATHIAS, Marcello Duarte, "As crónicas de Lobo Antunes: ferocidade e ternura", in *Jornal de Letras, Artes e Ideias*, 24 de Maio, 1995, p. 27.

MEDINA, João, "O mito sebastianista hoje – dois exemplos da literatura portuguesa contemporânea: Manuel Alegre e António Lobo Antunes", in *Actas dos 3.º Cursos Internacionais de Verão de Cascais*. Cascais: Câmara Municipal de Cascais, 1997, vol. 4, pp. 199-212.

MELO, João de, "António Lobo Antunes: *Fado Alexandrino*", in *Colóquio/Letras*, n.º 82, novembro, 1984, pp. 104-106.

MENDONÇA, Fernando, "António Lobo Antunes. *Tratado das Paixões da Alma*", in *Colóquio/Letras*, n.º 125-126, julho-dezembro, 1992, pp. 296-297.

MONTEIRO, Maria do Carmo, "Elements pour une lecture de *Os Cus de Judas* de António Lobo Antunes", in *Recherches et Etudes Comparatistes Ibero-Françaises de la Sorbonne Nouvelle*, n.º 4, Paris, CRECIF, 1982.

MULINACCI, Roberto, "L'ombra di Camões. L'impossibile ritorno della storia in *As Naus* di Lobo Antunes", in *Periferia della storia. Il passato come rappresentazione nelle culture omeoglotte*. Bologna: Quodlibet, 2004, pp. 307-336.

MULINACCI, Roberto, "A história como retorno do reprimido. Para uma leitura freudiana de *As Naus* de Lobo Antunes", in VECCHI, Roberto e ROJO, Sara (orgs.), *Transliterando o real. Diálogos sobre as representações culturais entre pesquisadores de Belo Horizonte e Bolonha*. Belo Horizonte/Bolonha: Faculdade de Letras da UFMG/POSLIT/NELAM/NELAP, UNIBO – Dipartimento di Lingue e Letterature Straniere Moderne/Centro di Studi sulle Letterature Omeoglotte dei Paesi Extra-europei, 2004, pp. 97-111.

OLIVEIRA, Anabela (org.), *Espelhos, uma fisga... e poesia*. Vila Real: UTAD, 2007 (Doutoramento *Honoris Causa* de António Lobo Antunes).

PENA, Gisela Alina, "Receita para me lerem: o *Segundo livro de crónicas* de Lobo Antunes", in http://web.ipn.pt/literatura/zips/gisela01.rft

PERES, Phyllis, "Love and Imagination among the Ruins of Empire: António Lobo Antunes's *Os Cus de Judas* and *Fado Alexandrino*", in KAUFMAN, Helena e KLOBUCKA, Anna (eds.), *After the Revolution: Twenty Years of Portuguese Literature, 1974-1994*. Lewisburg, PA; London, England: Bucknell UP; Associated UP, 1997, pp. 187-201.

PIRES, José Cardoso, "Saber fintar o real", in *Jornal de Letras, Artes e Ideias*, 27 de novembro, 1990, p. 9.

RAMOS, Ana Margarida, "Vias da literatura infantil contemporânea: o caso de *A História do Hidroavião* de António Lobo Antunes", in *Rumos da Narrativa Breve*. Aveiro: Centro de Línguas e Culturas-Universidade de Aveiro, 2003, pp. 93-106.

REBELLO, Luiz Francisco, "Fado Alexandrino – Uma história, várias histórias", in *Jornal de Letras, Artes e Ideias*, 20 de março, 1984, p. 5.

REIS, Carlos, "Um romance repetitivo", in *Jornal de Letras, Artes e Ideias*, 22 de outubro, 1997, pp. 24-25.

REIS, Carlos, "A construção do universo ficcional de Lobo Antunes: o mundo como fragmentação", in Micaela Ghitescu (ed.), *António Lobo Antunes. Colóquio na Roménia*. Bucuresti: Editura Fundatiei Culturale "Memoria", 2005, pp. 7-20.

REIS, Carlos, "Los domingos grises de António Lobo Antunes", in *Cuadernos Hispanoamericanos*, n.º 660, Junio, 2005, pp. 37-51.

RIBEIRO, Anabela Mota, "Lobo Antunes: 'Como posso eu, cristal morrer?'". Entrevista com António Lobo Antunes, in *Público/Pública*, 12 de outubro, 2008, p. 12-24.

RIBEIRO, Margarida Calafate, "*Os Cus de Judas*, de António Lobo Antunes: dos «tristes trópicos» à «feira cabisbaixa»", in *Uma História de regressos. Império, guerra colonial e pós-colonialismo*. Porto: Afrontamento, 2004, pp. 259-295.

RODRIGUES, Ernesto, "Lobo Antunes cartesiano", in *Jornal de Letras, Artes e Ideias*, 4 de dezembro, 1990, p. 12.

SÁ, Maria das Graças Moreira, "*As Naus* de Lobo Antunes: o «oceano vazio» ou a desconstrução mítica de Portugal", in *As duas faces de Jano. Estudos de cultura e literatura portuguesas*. Lisboa: IN-CM, 2004, pp.187-197.

SEIXO, Maria Alzira, "As fragilidades do mal (*Exortação aos Crocodilos*, de António Lobo Antunes)", in *Outros erros. Ensaios de literatura*. Porto: ASA, 2001, pp. 339-343.

SEIXO, Maria Alzira, "As várias vozes da escrita (*O Manual dos Inquisidores*, de António Lobo Antunes)", in *Outros erros. Ensaios de literatura*. Porto: ASA, 2001, pp. 335-338.

SEIXO, Maria Alzira, *Os romances de Lobo Antunes: análise, interpretação, resumos e guiões de leitura*. Lisboa: Dom Quixote, 2002.

SEIXO, Maria Alzira, "Rewriting and the Fiction of History: Camões's *The Lusiads* and Lobo Antunes's *The Return of the Caravels*", in *Journal of Romance Studies*, vol. 3, n.º 3, Winter, 2003, pp. 75-92.

SEIXO, Maria Alzira, "O romance e a obra", in *Jornal de Letras, Artes e Ideias*, 26 de setembro, 2007, p. 19.

SEIXO, Maria Alzira, "António Lobo Antunes: 'Isto não é um livro, é um sonho'", in *Jornal de Letras, Artes e Ideias*, 8 de outubro, 2008, pp. 18-19.

SEIXO, Maria Alzira, SEIXO, Maria Alzira (dir.), *Dicionário da obra de António Lobo Antunes*. Lisboa: IN-CM, 2008 (2 volumes).

SEIXO, Maria Alzira, "As flores do inferno", in *Jornal de Letras, Artes e Ideias*, 28 de Janeiro, 2009, pp. 32-33.

SILVA, Maria Augusta, "«Quem lê é a classe média»", Entrevista com António Lobo Antunes, in *Diário de Notícias*, 18 de novembro, 2003, p. 2.

SILVA, Rodrigues da, "A confissão exuberante". Entrevista com António Lobo Antunes, in *Jornal de Letras, Artes e Ideias*, 13 de abril, 1994, pp. 16-19.

SILVA, Rodrigues da, "A salvação pela escrita". Entrevista com António Lobo Antunes, in *Jornal de Letras, Artes e Ideias*, 25 de setembro, 1996, pp. 16-17.

SILVA, Rodrigues, "Mais perto de Deus". Entrevista com António Lobo Antunes, in *Jornal de Letras, Artes e Ideias*, 6 de outubro, 1999, pp. 5-8.

SILVA, Rodrigues da, "'Mais dois, três livros e pararei'". Entrevista com António Lobo Antunes, in *Jornal de Letras, Artes e Ideias*, 25 de outubro, 2006, pp. 16-21.

SILVA, Rodrigues da, "O eremita no seu eremitério", in *Jornal de Letras, Artes e Ideias*, 26 de setembro, 2007, p. 21.

SOUZA, Maria Salete Daros de, *Desamores: a destruição do idílio familiar na ficção contemporânea*. Florianópolis: UFSC / São Paulo: Edusp, 2005.

UTEZA, Francis, "*Os Cus de Judas*: mirage au bout de la nuit", in *Quadrant*, 1984, pp. 121-145.

UTEZA, Francis, "Lobo Antunes: le point de vue de l'écrivain", in *Quadrant*, 1984, pp. 147-156.

VIEGAS, Francisco José, "«Nunca li um livro meu»". Entrevista com António Lobo Antunes, in *Ler*, n.º 37, Inverno, 1997, pp. 30-43.

VIEIRA, Agripina, "Angola, o regresso", in *Jornal de Letras, Artes e Ideias*, 15 de outubro, 2003, pp. 16-17.

VIEIRA, Agripina Carriço, "Uma voz que diz... o mal", in *Jornal de Letras, Artes e Ideias*, 26 de setembro, 2007, pp. 18-19.

XAVIER, Lola Geraldes, "Os (heróis) velhos (des)ilusão e simbolismo em *As Naus*, de António Lobo Antunes", in *A luz de Saturno – figurações da velhice*. Aveiro: Universidade de Aveiro, 2005, pp. 115-121.

XAVIER, Lola Geraldes, "Fragmentos da natureza humana em *O Manual dos Inquisidores*, de António Lobo Antunes", in *Forma Breve*/Revista Literária (Universidade de Aveiro), n.º 4 (O fragmento), 2006, pp. 229-240.

Índice

1. Nota Prévia 7
2. Apresentação 13
   1. O escritor e o público 15
   2. Os ciclos de produção literária 19
   3. "Mudar a arte do romance" 22
   4. A presença de África 29
   5. O pendor autobiográfico 36
   6. As inovações formais 41
   7. Os malogros existenciais 46
3. Lugares Seletos 53
   Aforismos 55
   Textos Doutrinários 78
   Textos Literários 92
4. Discurso Direto 141
5. Discurso Crítico 151
6. Abecedário 213
7. Representações 239
8. Bibliografia 243